Marlo Morgan
Traumfänger

BUCH »Traumfänger« ist die Geschichte einer Amerikanerin, die von einem Stamm australischer Aborigines zu einer Ehrung für ihre Arbeit mit jugendlichen Ureinwohnern eingeladen wird. Nach stundenlanger Fahrt durch die Wüste bei dem Stamm der »Wahren Menschen« angekommen, teilt man ihr mit, daß sie auserkoren worden ist, an einem dreimonatigen »Walkabout« – einer Wanderung durch den australischen Busch – teilzunehmen.

Marlo Morgan hat keine andere Wahl, als dieser Einladung zu folgen, denn ihre Kleider, ihren Schmuck, ihre Papiere haben die Ureinwohner verbrannt. Sie sieht sich ganz neuen Lebensumständen ausgesetzt: messerscharfes Gras und Dornengestrüpp malträtieren ihre Füße, ihre Muskeln schmerzen von den meilenlangen Märschen, und ihre helle Haut verbrennt in der gleißenden Sonne. Da die Aborigines auf ihrem Walkabout nichts Eßbares bei sich tragen, stehen Ameisen, Eidechsen, Krokodile, Käfer, Känguruhs, Maden und Wurzeln auf der Speisekarte.

Aber Marlo Morgan erfährt auch eine unerwartete Bereicherung, denn die Aborigines heißen sie als eine der ihren willkommen und werden zu einfühlsamen Lehrern. Die »Wahren Menschen« zeigen ihr, was es bedeutet, die Begabung und die Talente, die in jedem Menschen stecken, zu achten und zu fördern. Und sie lernt, daß diese Menschen seit 50000 Jahren in einer einzigartigen Harmonie mit der Natur leben und dieser mit Ehrerbietung gegenübertreten.

AUTORIN Marlo Morgan studierte Medizin und engagierte sich besonders im Bereich der Gesundheitsvorsorge. Mit dem vorliegenden Buch gelang ihr ein sensationeller Weltbestseller, der mittlerweile in 26 Sprachen übersetzt wurde. Heute lebt sie in Missouri, USA.

Außerdem bei Goldmann lieferbar

Traumreisende (geb. 30786)

Marlo Morgan

Traumfänger

Die Reise einer Frau in die Welt der Aborigines

Aus dem Amerikanischen
von Anne Rademacher

GOLDMANN

Die amerikanische Originalausgabe erschien 1994
unter dem Titel »Mutant Message Down Under«
bei Harper Collins Publishers, Ind., New York

Umwelthinweis:
Alle bedruckten Materialien dieses Taschenbuches
sind chlorfrei und umweltschonend.

Der Goldmann Verlag
ist ein Unternehmen der Verlagsgruppe Bertelsmann

Genehmigte Taschenbuchausgabe

Umschlaggestaltung: Design Team München
Umschlagfoto: Tony Stone/Brofsky
Made in Germany · Verlagsnummer: 44174

ISBN: 3-442-44174-9

WIDMUNG

Dieses Buch ist meiner Mutter gewidmet,
meinen Kindern Carri und Steve,
meinem Schwiegersohn Greg,
meinen Enkeln Sean Janning und Michael Lee
und ganz besonders meinem Vater.

Inhalt

Der Mensch hat das Netz des Lebens nicht gewebt, er ist nur ein Strang dieses Netzes. Was immer er dem Netz antut, tut er sich selbst an.

Häuptling Seattle aus Amerika

Es gibt nur einen Weg, eine Prüfung zu bestehen, man muß sich ihr stellen. Dies ist unumgänglich.

Der Älteste Königlicher Schwarzer Schwan

Erst wenn der letzte Baum gefällt, der letzte Fluß vergiftet und der letzte Fisch gefangen ist, werdet ihr merken, daß man Geld nicht essen kann.

Prophezeiung der Cree-Indianer

Mit leeren Händen geboren,
mit leeren Händen gestorben.
Ich habe das Leben
in seiner ganzen Fülle kennengelernt,
mit leeren Händen.

Marlo Morgan

Von der Autorin an den Leser

Dieses Buch basiert auf Tatsachen und ist von wahren Erfahrungen inspiriert. Wie Sie bald erkennen werden, hatte ich kein Notizbuch zur Hand. Verkauft wird dieses Buch jedoch als Roman, um den kleinen Aborigine-Stamm vor rechtlichen Schwierigkeiten zu schützen. Aus Rücksicht auf Freunde, die nicht erkannt werden wollen, habe ich mir die Freiheit genommen, einige Details auszulassen. Außerdem soll die Lage unserer heiligen Stätte weiterhin ein Geheimnis bleiben.

Einen Gang in die nächste öffentliche Bibliothek kann ich Ihnen ersparen. Alle wichtigen historischen Informationen sind in diesem Buch enthalten. Auch eine Reise nach Australien ist nicht nötig. Über die Situation des modernen Aborigine kann man sich in jeder amerikanischen Stadt informieren, in der die dunkelhäutigen Bürger in Ghettos leben. Gut die Hälfte von ihnen ist arbeitslos, und diejenigen, die eine Anstellung haben, verrichten niedere Arbeiten. Ihre eigene Kultur scheint vergessen zu sein, vergessen wie die der amerikanischen Ureinwohner, die in Reservaten leben müssen und ihre heiligen Riten seit Generationen nicht mehr ausüben dürfen.

Was ich Ihnen jedoch nicht ersparen kann, ist die Botschaft einer Veränderten!

Überall in Amerika, Afrika und Australien scheint man sich zu bemühen, die Beziehungen zwischen den Rassen zu verbessern. Doch irgendwo im trockenen Herzen des australischen Busches, im Outback, schlägt langsam und regelmäßig ein uraltes Herz. Dort lebt eine einzigartige Gruppe von Menschen, denen Rassenunterschiede egal sind: Ihnen geht es nur um ihre Mitmenschen und die Umwelt. Wer diesen Herzschlag versteht, wird auch das Menschsein oder das menschliche Sein besser verstehen.

Dieses Manuskript erschien ganz friedlich im Eigenverlag, war aber schon bald umstritten. Bei der Lektüre kann man zu verschiedenen Schlüssen kommen. Manchem Leser mag es so vorkommen, als hätte sich der Mann, den ich meinen »Übersetzer« nenne, in den letzten Jahren nicht immer an die Gesetze und Vorschriften der Regierung gehalten: Melde-, Steuer- und Wahlpflicht, Landnutzungsrecht, Schürfrechte, die Pflicht zur Meldung von Geburten und Todesfällen und ähnliches mehr. Vielleicht hat er sogar andere Stammesmitglieder zum Gesetzesmißbrauch angestiftet. Man hat mich gebeten, die Identität dieses Mannes preiszugeben und eine Gruppe entlang der Routen, die wir gewandert sind, in die Wüste zu führen. Ich habe mich geweigert! Daraus könnte man vielleicht schließen, daß ich mich entweder ebenfalls der Beihilfe zum Gesetzesmißbrauch schuldig gemacht habe oder daß ich lüge und diese Menschen gar nicht existieren, denn schließlich habe ich kein einziges Stammesmitglied vorgeführt.

Dies ist meine Antwort darauf: Ich spreche nicht für alle australischen Aborigines. Ich spreche nur für einen kleinen Stamm draußen im australischen Busch, den man als »Die Wilden« oder auch »Die Alten« bezeichnet. Ich habe sie noch einmal wiedergesehen und bin von diesem Besuch erst im Januar 1994 in die USA zurückgekehrt. Noch einmal habe ich den Segen dieser Menschen empfangen, und sie haben gutgeheißen, wie ich meine Aufgabe zu erfüllen versuche.

Dem Leser möchte ich folgendes sagen: Einige Menschen wollen sich nur unterhalten lassen. Wenn Sie zu diesen Menschen gehören, lesen Sie bitte dieses Buch, genießen Sie es, und verlassen Sie Ihren Sessel nach der Lektüre, wie Sie eine gute Theatervorstellung verlassen würden. Für Sie ist dieses Buch reine Fiktion, und Sie werden nicht enttäuscht sein: Es ist sein Geld wert.

Wenn Sie aber jemand sind, der die Botschaft hört, wird diese laut und mächtig zu Ihnen durchdringen. Sie werden sie tief in Ihrem Inneren spüren, in Ihrem Herzen, in Ihrem Kopf und im Mark Ihrer Knochen. Es hätten genausogut Sie die Person sein können, die für diesen Walkabout erwählt wurde. Glauben Sie mir, es gab viele Momente, in denen ich mir gewünscht habe, es wäre so gewesen.

Ein jeder von uns muß seine eigene Outback-Erfahrung durchleben, nur hat meine zufällig im echten Outback stattgefunden. Aber ich habe einfach getan, was auch Sie getan hätten, wenn Sie an meiner Stelle gewesen wären.

Mögen die Menschen, von denen hier berichtet wird, Ihr Herz berühren, während Sie dieses Buch lesen. Meine Worte sind in meiner Sprache formuliert, doch ihre Wahrheit ist wortlos.

Probieren Sie die Botschaft, genießen Sie das, was

Ihnen gut bekommt, und spucken Sie den Rest aus! Dies ist schließlich nichts anderes als das Gesetz des Universums!

Der Tradition der Wüstenmenschen folgend, habe ich einen anderen, neuen Namen angenommen, der für eine neue Gabe stehen soll.

Herzlichst,
Die Reisende Zunge

Dieses Buch ist frei erfunden und von meinen Erfahrungen in Australien inspiriert. Die Ereignisse hätten sich auch in Afrika, in Südamerika oder überall, wo die wahre Bedeutung der Zivilisation noch lebendig ist, zutragen können. Es soll ganz den Lesern überlassen bleiben, ihre persönliche Botschaft aus diesem Buch zu ziehen.

M. M.

1

Der Ehrengast

Man sollte meinen, es hätte irgendeine Warnung geben müssen, aber ich habe nichts dergleichen verspürt. Die Ereignisse hatten bereits ihren Lauf genommen. Meilen von mir entfernt saß eine Gruppe Raubvögel und harrte ihres Opfers. Das Gepäck, das ich erst vor einer Stunde ausgepackt hatte, würde am nächsten Tag mit dem Aufkleber »nicht abgeholt« versehen und in Aufbewahrung gegeben werden – viele Monate lang.

Es war ein schwüler Oktobermorgen. Ich stand in der Auffahrt des australischen Fünfsternehotels und wartete auf einen mir unbekannten Kurier. Und statt eine unangenehme Vorahnung zu empfinden, jubelte mein Herz. Es ging mir einfach wunderbar: Ich war freudig erregt, fühlte mich erfolgreich und gut vorbereitet. Tief in meinem Inneren wußte ich es: »Heute ist mein Tag.«

Ein Jeep ohne Verdeck bog in die kreisförmige Auffahrt ein. Ich kann mich erinnern, daß die Räder auf dem glühendheißen Asphalt zischten. Feine Wassertropfen wehten wie ein Sprühregen über die strahlendroten Lampenputzerbäume auf das rostige Metall. Der Wagen hielt an, und der Fahrer, ein etwa dreißigjähriger Aborigine, blickte in meine Richtung.

»Kommen Sie«, bedeutete mir seine schwarze

Hand. Er suchte nach einer blonden Amerikanerin. Und ich wartete auf jemanden, der mich zu einem Stammestreffen von Aborigines bringen sollte. Unter dem kritischen Blick und der mißbilligenden Gestik des uniformierten australischen Türstehers erkannten wir, daß wir uns gefunden hatten.

Noch bevor ich den lächerlichen Kampf mit meinen hochhackigen Schuhen aufnahm, um in den Geländewagen zu klettern, war mir klar, daß ich völlig unpassend gekleidet war. Der junge Fahrer an meiner Seite trug Shorts, ein schmuddeliges weißes T-Shirt und Tennisschuhe ohne Socken. Als wir den Transport zu dem Stammestreffen arrangierten, hatte ich vermutet, sie würden mir einen normalen Wagen schicken, vielleicht einen Holden, den Stolz der australischen Automobilindustrie. Niemals hätte ich mir erträumt, daß man mir ein völlig offenes Gefährt schicken würde. Nun denn, dachte ich, lieber zu gut als zu schlecht gekleidet, wenn es zu einem Empfang geht – noch dazu einem Bankett zu meinen Ehren.

Ich stellte mich vor. Er nickte nur und tat so, als sei ihm längst klar, wer ich war. Der Türsteher runzelte die Stirn, als wir an ihm vorbeischossen. Wir fuhren durch die Straßen der Küstenstadt, vorbei an Reihen von Häusern mit Veranden vor der Tür, an den für Australien typischen Milchbars und zubetonierten Parkplätzen ohne einen Tupfen Grün. Als wir in einen Kreisverkehr einfuhren, in den sechs Straßen mündeten, umklammerte ich krampfhaft den Türgriff. Als wir ihn wieder verließen, brannte mir die Sonne von hinten auf den Rücken. Schon jetzt wurde es mir in meinem neuerworbenen pfirsichfarbenen Seidenkostüm mit farblich abgestimmter Bluse unangenehm warm. Ich vermutete, daß wir zu einem Gebäude am anderen Ende der Stadt fuhren, aber da irrte ich. Wir bogen in die Hauptverkehrsstraße ein, die parallel zur Küste verlief. Offensichtlich spielte sich der Empfang außerhalb der Stadt ab, an einem Ort, der weiter vom Hotel entfernt lag, als ich erwartet hatte. Ich zog meine Jacke aus und machte mir Vorwürfe, daß ich so dumm gewesen war, nicht genauer nachzufragen. Wenigstens hatte ich eine Haarbürste in meine Handtasche gesteckt, und mein schulterlanges blondiertes Haar war – ganz der Mode entsprechend – zu einem Zopf geflochten und hochgesteckt.

Seit ich den ersten Anruf in dieser Sache erhalten hatte, war ich vor allem neugierig gewesen. Ich kann jedoch nicht sagen, daß er mich wirklich überraschte. Schließlich war es nicht das erste Mal, daß meine Arbeit öffentlich anerkannt wurde, und dieses Projekt war ein besonders erfolgreiches. Ich arbeitete mit städtischen Halbblut-Aborigines, die durch Selbstmordversuche auf sich aufmerksam gemacht hatten. Ich hatte ihnen zu ersten finanziellen Erfolgen und Selbstwertgefühl verholfen, und das mußte früher oder später bemerkt werden. Nur eines war merkwürdig: Der Stamm, der mich eingeladen hatte, lebte zweitausend Meilen weit entfernt an der anderen Küste des Kontinents. Allerdings wußte ich bis auf ein paar gelegentlich aufgeschnappte Bemerkungen auch nur wenig über die verschiedenen Aborigine-Völker. So war mir zum Beispiel nicht klar, ob es sich bei ihnen um eine ziemlich einheitliche Rasse handelte, oder ob es, wie bei den Ureinwohnern Amerikas, zwischen den einzelnen Stämmen große Unterschiede und verschiedene Sprachen gab.

Über eines aber machte ich mir wirklich Gedanken: Was würde man mir überreichen? Noch eine holzgeschnitzte Gedenktafel, die ich zur Aufbewahrung heim nach Kansas City schicken würde? Oder vielleicht einfach nur einen Blumenstrauß? Nein, bei Temperaturen um die 40 Grad sicher keine Blumen. Außerdem wären die für den Rückflug viel zu umständlich zu transportieren. Wie vereinbart war der Fahrer pünktlich um zwölf Uhr mittags gekommen. Also mußte es sich um einen Empfang mit Mittagessen handeln. Ich fragte mich, was ein Ureinwohnerrat wohl servieren würde? Hoffentlich kein traditionelles australisches Essen von irgendeinem Partyservice. Vielleicht war es ja ein improvisiertes Buffet, zu dem jeder etwas mitbrachte, so daß ich erstmals die Gelegenheit hätte, die verschiedensten Aborigine-Gerichte zu kosten. Ich hoffte auf einen mit vielen bunten Töpfen beladenen Tisch.

Dies versprach eine wunderbare und wirklich einzigartige Erfahrung zu werden, und ich freute mich auf einen Tag, den ich so schnell nicht wieder vergessen würde. In meiner Handtasche, die ich mir extra für diesen Anlaß gekauft hatte, befanden sich eine 35-mm-Kamera und ein kleines Tonband. Es war zwar nie von Mikrophonen und Scheinwerfern die Rede gewesen, auch hatte man nie erwähnt, daß ich eine Ansprache halten sollte, aber zumindest war ich auf alles vorbereitet. Es zählte zu meinen besten Eigenschaften, daß ich immer vorausdachte. Schließlich war ich mittlerweile fünfzig Jahre alt und hatte in meinem Leben genügend Enttäuschungen und peinliche Situationen erlebt, um für jede Lage einen Alternativplan dabeizuhaben. Meine Freunde lobten meine

Flexibilität: »Immer einen Plan B im Ärmel«, pflegten sie zu sagen.

Ein Highway-Straßenzug (die australische Bezeichnung für einen LKW-Konvoi, in dem jeder Wagen mehrere riesige Anhänger hinter sich herzieht) fuhr auf der Gegenfahrbahn an uns vorbei. Die Wagen tauchten plötzlich aus den flirrenden Hitzewellen auf und donnerten mitten auf der Fahrbahn auf uns zu. Meine Gedanken wurden abrupt unterbrochen, als der Fahrer das Steuer herumriß und vom Highway in einen holprigen Weg abbog, auf dem wir eine meilenlange rote Staubwolke hinter uns ließen. Irgendwann verschwanden auch die beiden ausgefahrenen Spuren, und jetzt konnte ich gar keine Straße mehr erkennen. Wir fuhren im Zickzack um die Büsche und holperten über den ausgetrockneten, sandigen Wüstenboden. Mehrmals versuchte ich ein Gespräch anzufangen, aber der Motorlärm in dem offenen Fahrzeug und das Geräusch des Gestrüpps, das von unten gegen die Karosserie schlug, machten jede Unterhaltung unmöglich. Ich wurde ordentlich durchgeschüttelt und mußte meine Kiefer fest aufeinanderpressen, um mir nicht auf die Zunge zu beißen. Auch der Fahrer schien ganz offensichtlich wenig geneigt, ein Gespräch anzubahnen.

Mein Kopf wurde hin- und hergeworfen, und ich fühlte mich wie eine Lumpenpuppe mit schlenkernden Gliedern. Mir wurde immer heißer. Meine Seidenstrumpfhose schien an meinen Füßen zu schmelzen, doch ich traute mich nicht, die Schuhe auszuziehen, weil ich befürchtete, sie könnten aus dem Wagen hinaus in die unendlich weite, kupferfarbene Ebene geworfen werden, die uns umgab, so weit das Auge reichte. Ich hatte wenig Hoffnung, daß mein stummer Fahrer wegen so etwas anhalten würde. Ein feiner Staubfilm legte sich auf meine Sonnenbrille, und ich wischte ihn immer wieder mit dem Saum meines Unterrocks ab. Diese Armbewegungen öffneten die Schleusen für wahre Ströme von Schweiß. Ich spürte, wie mein Make-up sich auflöste, und stellte mir vor, wie der rosafarbene Hauch, den ich mir am Morgen auf die Wangen gepinselt hatte, jetzt in roten Streifen an meinem Hals hinunterlief. Sicherlich würde man mir zwanzig Minuten zugestehen, damit ich mich vor dem Empfang wieder etwas zurechtmachen konnte. Ich würde darauf bestehen!

Ich blickte auf meine Uhr; wir fuhren nun schon seit zwei Stunden durch die Wüste. Ich konnte mich nicht erinnern, mich jemals so verschwitzt und unbehaglich gefühlt zu haben. Mein Fahrer blieb stumm und summte nur gelegentlich ein paar Takte vor sich hin. Plötzlich dämmerte es mir: Er hatte sich überhaupt nicht vorgestellt. Vielleicht saß ich ja gar nicht im richtigen Auto! Aber das war dumm. Ich konnte im Moment nicht aussteigen, und er schien keine Bedenken zu haben, daß ich der richtige Passagier war.

Vier Stunden später fuhren wir auf eine verrostete Wellblechhütte zu. Draußen war ein kleines, schwelendes Feuer zu sehen. Als wir uns näherten, erhoben sich zwei Aborigine-Frauen. Sie waren beide mittelalt, klein und nur spärlich bekleidet. Als Zeichen des Willkommens lächelten sie mir warmherzig zu. Die eine trug ein Band im Haar, das die dicken Locken in eigenartigen Winkeln von ihrem Kopf abstehen ließ. Beide wirkten schlank und durchtrainiert, und aus ihren runden Gesichtern blickten mich strahlende braune Augen an. Als ich aus dem Jeep kletterte, sagte mein Fahrer: »Ich bin hier übrigens der einzige, der Englisch spricht. Ich werde dein Übersetzer und Freund sein.«

»Na, wunderbar!« dachte ich. »Um diese australischen Ureinwohner kennenzulernen, hast du siebenhundert Dollar für einen Flug, ein Hotelzimmer und neue Kleidung ausgegeben, und jetzt können sie noch nicht einmal Englisch, von Modebewußtsein ganz zu schweigen.«

Aber da ich nun schon einmal hier war, konnte ich auch genausogut versuchen, mich anzupassen, obwohl ich tief in meinem Herzen wußte, daß es mir nicht gelingen würde.

Die Frauen stießen rauhe, fremdartige Geräusche aus, die nicht wie Sätze klangen, sondern höchstens wie einzelne Wörter. Mein Übersetzer wandte sich mir zu und erklärte, daß ich erst gereinigt werden müsse, um an der Versammlung teilnehmen zu dürfen. Mir war nicht klar, was er damit meinte. Natürlich war ich mit mehreren Schichten Staub bedeckt und von der Fahrt verschwitzt, aber darauf schien er nicht anzuspielen. Er überreichte mir ein Stoffbündel. Als ich es öffnete, entpuppte es sich als eine Art Lumpen-Wikkelkleid. Sie wiesen mich an, meine Kleider abzulegen und es anzuziehen.

»Wie bitte?« fragte ich ungläubig. »Ist das Ihr Ernst?«

Unnachgiebig wiederholte er seine Anweisungen. Ich sah mich nach einem geeigneten Ort zum Umkleiden um, aber es gab keinen. Was sollte ich machen? Ich war von zu weit hergekommen und hatte bereits zu viele Unannehmlichkeiten über mich ergehen lassen, um mich zu weigern. Der junge Mann entfernte sich.

»Ach, was soll's. Wenigstens wird mir darin kühler sein als in meinem Kostüm«, dachte ich. So diskret wie möglich legte ich meine verdreckten, gerade neu erworbenen Kleider ab, faltete sie ordentlich zusammen und zog dann das Ureinwohnergewand an. Ich stapelte meine Sachen auf einen großen Stein, der vorher den wartenden Frauen als Stuhl gedient hatte. In dem farblosen Fetzen kam ich mir recht dumm vor und bedauerte es, daß ich so viel Geld in ein Kostüm investiert hatte, um damit »Eindruck schinden« zu können.

Der junge Mann kam zurück. Auch er hatte sich umgezogen und stand jetzt fast nackt vor mir – er trug lediglich ein Stoffstück, das er wie eine Art Badehose um sich gewickelt hatte. Wie die beiden Frauen am Feuer ging er barfuß. Er instruierte mich, daß ich alles abzulegen hatte: Schuhe, Strumpfhose, Unterwäsche und sämtlichen Schmuck, sogar die Klämmerchen, mit denen ich mir das Haar hochgesteckt hatte. Langsam war es mit meiner Neugier vorbei, und ich fühlte mich immer unbehaglicher. Aber ich tat, was man mir sagte.

Ich erinnere mich, daß ich meinen Schmuck in die Spitze eines Schuhs stopfte. Und ich tat etwas, was jede Frau automatisch zu tun scheint, obwohl es uns sicher niemand so beigebracht hat: Ich nahm meine Unterwäsche und legte sie in die Mitte des Kleiderhaufens.

Eine dicke graue Rauchwolke stieg aus den schwelenden Kohlen auf, als sie jetzt frisches grünes Buschwerk auf die Feuerstelle warfen. Die Frau mit dem

Stirnband nahm einen Gegenstand, der aussah wie der Flügel eines großen schwarzen Raubvogels, und breitete ihn wie einen Fächer aus. Sie stellte sich vor mich und fächelte mir vom Kopf bis zu den Füßen zu. Der Rauch wirbelte um mich herum und nahm mir fast die Luft. Als nächstes bewegte sie ihren Zeigefinger in einer kreisförmigen Geste, die wohl »bitte umdrehen« bedeuten sollte. Das Rauchritual wurde hinter meinem Rücken wiederholt. Dann wiesen sie mich an, über das Feuer und durch den Rauch zu steigen.

Schließlich sagte man mir, ich sei jetzt gereinigt und dürfe die Wellblechhütte betreten. Während der bronzefarbene Mann mich zum Eingang geleitete, sah ich, wie die Frau mit dem Band im Haar meinen Kleiderhaufen nahm und ihn über die Flammen hielt. Sie sah mich an, lächelte, und während sich unsere Blicke trafen, ließ sie die Schätze in ihren Händen los. Alles, was ich besaß, wurde ein Opfer der Flammen! Dann bedeutete sie mir, nochmals über das Feuer und durch den Rauch zu steigen.

Einen Moment lang war ich wie gelähmt; ich atmete tief durch. Ich weiß nicht, warum ich nicht laut protestierte und schnell zum Feuer lief, um meine Sachen zu retten. Ich blieb einfach stehen. Der Gesichtsausdruck der Frau verriet, daß sie nicht böswillig handelte. Es war eher so, als würde sie einem Fremden eine ganz besondere Geste der Gastfreundschaft erweisen. »Sie weiß einfach nicht, was sie tut«, dachte ich. »Sie hat sicher noch nie etwas von Kreditkarten gehört.« Ich war froh, daß ich mein Flugticket im Hotel gelassen hatte. Dort hatte ich auch noch etwas zum Anziehen, und wenn es soweit war, würde ich es schon irgendwie schaffen, in diesem Gewand durch die Hotellobby zu schreiten. »Hey, Marlo«, dachte ich, »du bist doch ein flexibler Mensch. Wegen so etwas braucht man sich doch kein Magengeschwür zuzulegen.« Aber immerhin nahm ich mir vor, später einen meiner Ringe aus der Asche zu retten. Bis wir mit dem Jeep in die Stadt zurückfahren würden, wäre das Feuer sicher ausgegangen und abgekühlt.

Doch es sollte anders kommen.

Nur im nachhinein kann ich verstehen, welchen Symbolgehalt es hatte, als ich mich von meinem wertvollen und, wie ich dachte, völlig unverzichtbaren Schmuck trennte. Ich sollte noch lernen, daß Zeit für diese Menschen wirklich überhaupt nichts mit den Stunden auf meiner gold-diamantenen Armbanduhr zu tun hatte, die jetzt für immer der Erde übergeben worden war.

Erst viel später würde ich verstehen, daß diese Loslösung von bestimmten Dingen und Überzeugungen mir vorbestimmt und bereits ein erster, unverzichtbarer Schritt in meiner menschlichen Entwicklung zum *Sein* war.

2

Die Würfel fallen

Wir traten über die offene Seite der Hütte ein. Sie bestand nämlich nur aus drei Wänden, und Fenster oder Türen waren deshalb unnötig. Dieses Gebäude war einzig zu dem Zweck errichtet worden, Schatten zu spenden, vielleicht auch als Unterstand für Schafe. In der Hütte war es noch heißer als draußen, denn in einem Steinkreis brannte ein Feuer. Es fehlte jedes Anzeichen dafür, daß sie für menschliche Bedürfnisse ausgerüstet war: Es gab keine Stühle, keinen Fußbodenbelag, keinen Ventilator; und es gab keinen Strom. Es waren einfach ein paar Wellblechplatten, die notdürftig von ein paar alten, verrottenden Holzlatten zusammengehalten wurden.

Meine Augen stellten sich schnell von dem gleißenden Licht der letzten vier Stunden auf die durch Schatten und Rauch dunklere Umgebung um. In der Hütte traf ich auf eine Gruppe erwachsener Aborigines, die im Sand saßen oder standen. Die Männer trugen einen farbigen, reichverzierten Kopfschmuck und um ihre Oberarme und Fußgelenke Federn. Sie waren mit derselben Art Lendenschurz wie mein Fahrer bekleidet. Die Gesichter der Männer waren, mit Ausnahme meines Fahrers, mit Mustern bemalt, die sich auf ihren Armen und Beinen wiederholten. Sie hatten weiße Farbe benutzt, um Punkte, Streifen und aufwendige

Ornamente zu malen. Eidechsen schmückten ihre Arme, während auf Rücken und Beinen Schlangen, Känguruhs und Vögel zu sehen waren.

Die Frauen waren nicht so prächtig geschmückt. Sie schienen so groß wie ich zu sein – ungefähr 1,65 bis 1,70 Meter. Die meisten von ihnen waren älter, hatten aber trotzdem noch eine glatte, milchschokoladenfarbene Haut, die ihnen ein gesundes Aussehen verlieh. Ich sah keine einzige, die ihre Haare lang trug; fast alle hatten kurzgeschorene Locken. Diejenigen, die längere Haare zu haben schienen, hatten ein schmales Band mehrmals über ihrem Kopf gekreuzt, das die Haare fest zusammenhielt. Bei einer sehr alten, weißhaarigen Dame in der Nähe des Eingangs rankte sich ein handgemalter Blumenkranz um Hals und Fußgelenke. Hier war eindeutig ein Künstler am Werk gewesen, der die einzelnen Blüten- und Staubblätter sehr fein herausgearbeitet hatte. Alle trugen entweder zwei einzelne Stoffstücke oder ein Wickelkleid, wie sie es mir gegeben hatten. Ich sah keine Babys oder Kinder, nur einen Jungen im Teenageralter.

Mein Blick blieb an der am aufwendigsten geschmückten Person im Raum hängen – ein Mann, dessen schwarzes Haar von grauen Strähnen durchzogen war. Sein gestutzter Bart betonte den Ausdruck von Würde und Stärke in seinem Gesicht. Er trug einen phantastischen Kopfschmuck aus dicht gesteckten Papageienfedern in den buntesten Farben. Wie bei den anderen Männern waren Oberarme und Fußgelenke mit Federn geschmückt. Er hatte sich verschiedene Dinge um die Taille gegürtet, und vor seinem Oberkörper prangte ein runder, kunstvoll gearbeiteter Brustschmuck aus Steinen und Samen. Einige der

Frauen hatten ähnliche, kleinere Versionen dieser Brustplatte, die sie als Kette trugen.

Der Mann lächelte und streckte mir beide Hände entgegen. Als ich in seine schwarzen, samtenen Augen schaute, überkam mich ein Gefühl von Sicherheit und absolutem Frieden. Ich glaubte noch nie ein Gesicht gesehen zu haben, in dem so viel Sanftmut geschrieben stand.

Trotzdem war ich hin- und hergerissen. Die angemalten Gesichter und die rasiermesserscharfen Speere, welche die Männer im Hintergrund vor sich aufgepflanzt hatten, verstärkten meine ständig wachsende Furcht. Auf der anderen Seite wirkten sie alle fröhlich, und es ging eine Atmosphäre von Vertraulichkeit und Freundschaft von ihnen aus. Ich pendelte mich irgendwo in der Mitte meiner Gefühle ein, indem ich mir meine eigene Dummheit vorführte. Dies hier ähnelte nicht im geringsten dem, was ich erwartet hatte. Noch nicht einmal im Traum hätte ich mir vorstellen können, daß ich mich inmitten so nett und freundlich wirkender Menschen so bedroht fühlen könnte. Wäre doch bloß meine Kamera nicht von den Flammen vor der Hütte verschlungen worden! Was für großartige Fotos hätte ich in meine Alben kleben oder später einem staunenden Publikum von Freunden und Verwandten als Dias vorführen können. Meine Gedanken wanderten zum Feuer zurück. Was verbrannte da noch? Die Vorstellung ließ mich erschauern: mein internationaler Führerschein; orangefarbene australische Banknoten; der Hundertdollarschein, den ich seit Jahren in einem Geheimfach meiner Brieftasche bei mir trug und der mich an den ersten Job meiner Jugend bei einer Telefongesellschaft erinnerte; ein Exemplar meines cremigen Lieblingslippenstiftes, den es in diesem Land nicht zu kaufen gab; meine Diamant-Armbanduhr und der Ring, den mir meine Tante Nola zum achtzehnten Geburtstag geschenkt hatte – alles den Flammen übergeben.

Ich wurde in meinen beklemmenden Gedanken unterbrochen, als mir mein Übersetzer, der sich Ooota nannte, den Stamm vorstellte. Ooota sprach seinen Namen mit einem langen »Ooo«, das er fast zu einem »Oooooo« ausdehnte, um dann mit einem abrupten »ta« zu enden.

Der Mann mit den wunderschönen Augen, der wie ein gütiger großer Bruder wirkte, wurde von den Aborigines als »Stammesältester« angesprochen. Er war jedoch nicht der älteste Mann der Gruppe, sondern mehr das, was wir unter einem Häuptling verstehen.

Eine der Frauen begann, ein paar Hölzer aneinanderzuschlagen, und nach und nach fielen die anderen Frauen ein. Die Speerträger stießen die langen Schäfte ihrer Waffen in den Sand, und wieder andere klatschten in die Hände. Die ganze Gruppe fiel in eine Art Sprechgesang. Mit einer Handgeste wurde ich aufgefordert, auf dem sandigen Boden Platz zu nehmen, während sie eine für die australischen Ureinwohner typische Feier, ein *Korrobori,* inszenierten. Sobald ein Lied beendet war, setzten sie schon zum nächsten an. Mir war bis zu diesem Moment entgangen, daß einige von ihnen Bänder mit großen Pflanzenhülsen um die Fußgelenke trugen, doch jetzt, als diese mit den getrockneten Samen in ihrem Inneren zu lauten Rasseln wurden, waren sie nicht mehr zu überhören und zu übersehen. Als nächstes begann eine der Frauen zu tanzen, und bald war es eine ganze Gruppe. Manchmal tanzten die Männer allein, dann kamen die Frauen wieder mit dazu. Es war ihre Geschichte, an der sie mich auf diese Art und Weise teilhaben ließen.

Schließlich nahm das Tempo der Musik ab, und auch ihre Bewegungen wurden immer langsamer, bis sie alle völlig stillstanden. Es wurde nur noch ein ganz regelmäßiger Rhythmus geschlagen, der dem Klopfen meines Herzens angepaßt schien. Alle blickten schweigend auf ihren Anführer. Dieser stand auf und ging auf mich zu. Lächelnd blieb er vor mir stehen. Plötzlich spürte ich zwischen uns ein unbeschreibliches Gefühl von Vertrautheit. Intuitiv wußte ich, daß wir alte Freunde waren, aber das war natürlich Unsinn. Ich vermute, daß ich mich einfach durch seine Präsenz geborgen und akzeptiert fühlte.

Der Älteste löste eine längliche Lederröhre aus Schnabeltierhaut von dem Band an seiner Taille und schüttelte sie über seinem Kopf. Dann öffnete er sie an einem Ende und ließ ihren Inhalt auf den Boden fallen. Um mich herum lagen Steine, Knochen, Zähne, Federn und runde Lederscheiben. Mehrere Stammesmitglieder halfen, die Stellen zu markieren, wo die einzelnen Gegenstände gelandet waren. Sie waren beim Anbringen der Zeichen im Sand mit ihren Zehen genauso flink und geschickt wie mit ihren Fingern. Dann wurde alles zurück in den Behälter gegeben. Der Älteste sagte etwas und reichte den Behälter an mich weiter. Irgendwie erinnerte mich das Ganze an Las Vegas, also hielt auch ich die Lederröhre in die Luft und schüttelte sie. Ich wiederholte das Spiel, indem ich sie ebenfalls an einem Ende öffnete und den Inhalt zu Boden fallen ließ. Dabei hatte ich keinerlei Kontrolle darüber, wo die einzelnen Teile landeten. Zwei

Männer auf Händen und Knien maßen mit Hilfe der Füße eines anderen aus, wo mein Wurf im Unterschied zu dem ihres Ältesten gelandet war. Einige gaben ein paar Kommentare dazu ab, aber Ooota machte keine Anstalten, sie mir zu übersetzen.

An diesem Nachmittag machten wir mehrere Tests, von denen mich einer besonders beeindruckte. Man reichte mir eine hellgrüne Frucht, die eine dicke, bananenartige Schale hatte, jedoch wie eine Birne geformt war, und bat mich, sie zu halten und zu segnen. Was sollte das bedeuten? Ich wußte es nicht, deshalb sagte ich in meinen Gedanken einfach: »Lieber Gott, bitte segne dieses Essen«, und gab sie dem Ältesten zurück. Er nahm ein Messer, schnitt die Spitze der Frucht ab und begann sie zu schälen. Die Schale fiel jedoch nicht wie bei einer Banane an der Frucht hinunter, sondern kringelte sich in Spiralen um sie herum. In diesem Moment wandten sich sämtliche Gesichter mir zu. Unter all den Blicken aus schwarzen Augen fühlte ich mich unbehaglich. Als hätten sie es vorher eingeübt, stießen sie alle gleichzeitig ein lautes »Ah« aus, und zwar jedesmal, wenn der Älteste eine weitere Schale abschälte. Ich wußte nicht, ob dieses »Ah« nun ein gutes oder ein böses »Ah« war, aber irgendwie war mir klar, daß die Schale der Frucht sich beim Schälen normalerweise nicht kringelte. Was immer diese Tests auch anzeigen mochten, ich hatte wenigstens die Mindestpunktzahl erreicht.

Eine junge Frau mit einem Teller voller Steine kam auf mich zu. Es war wahrscheinlich eher ein Stück Pappe als ein Teller, aber sie war so mit Steinen vollgehäuft, daß ich es nicht genau erkennen konnte. Ooota blickte mich sehr ernst an und sagte: »Wähle einen

Stein. Wähle weise. Er hat die Kraft, dein Leben zu retten.«

Obwohl ich mich heiß und verschwitzt fühlte, überzog mich auf der Stelle eine Gänsehaut. Meine Eingeweide reagierten mit einer Frage in ihrer eigenen Sprache. Die verkrampften Bauchmuskeln signalisierten: »Was soll denn das bedeuten? Die Kraft, dein Leben zu retten!«

Ich schaute auf die Steine. Sie sahen alle gleich aus. An keinem schien irgend etwas Außergewöhnliches zu sein. Es waren einfache, graurote Kiesel, ungefähr von der Größe einer Münze. Ich wünschte mir, einer von ihnen hätte geleuchtet oder irgendwie besonders ausgesehen. Doch nichts. Also spielte ich einfach Theater: Konzentriert schaute ich auf die Steine, als würde ich jeden einzelnen genau untersuchen. Dann wählte ich einen der oberen aus und hielt ihn triumphierend in die Höhe. Alle Gesichter strahlten mich zustimmend an, und insgeheim jubelte ich: »Ich habe den richtigen Stein gewählt!«

Aber was sollte ich jetzt damit machen? Ich konnte ihn nicht einfach fallen lassen und ihre Gefühle verletzen. Mir bedeutete dieser Stein zwar nichts, aber ihnen schien er wichtig zu sein. Weil ich keine Tasche hatte, in die ich ihn hätte stecken können, fiel mir kein anderer Ort ein als der Ausschnitt meines derzeitigen Gewandes. Und prompt vergaß ich, was ich in den Taschen von Mutter Natur aufbewahrte.

Als nächstes löschten sie das Feuer, bauten ihre Gerätschaften ab und sammelten ihre wenigen Besitztümer ein. Dann wanderten sie hinaus in die Wüste. Ihre braunen, halbnackten Körper glänzten im hellen Sonnenlicht, als sie hintereinander einherschritten.

Die Versammlung war offensichtlich aufgelöst: ohne Essen und ohne Auszeichnung! Ooota verließ die Hütte als letzter, aber auch er wanderte hinter den anderen her. Nach ein paar Metern drehte er sich um und sagte: »Komm. Wir gehen jetzt.«

»Wohin?« fragte ich.

»Auf ein Walkabout.«

»Und wohin soll das gehen?«

»Quer durch Australien.«

»Na prima! Wie lange wird das dauern?«

»Wahrscheinlich drei volle Mondzyklen.«

»Soll das heißen, daß ihr drei Monate lang wandern wollt?«

»Ja, mehr oder weniger drei Monate.«

Ich seufzte tief. Dann verkündete ich dem in einiger Entfernung stehenden Ooota: »Das klingt ja so, als könnte es eine Menge Spaß machen, aber bitte verstehen Sie, daß ich nicht mitkommen kann. Ich kann nicht einfach heute verschwinden. Es gibt da gewisse Zwänge und Verpflichtungen, die Miete, die Strom- und die Wasserrechnungen. Ich habe keinerlei Vorbereitungen getroffen. Ich müßte etwas Zeit haben, um alles für eine Wanderung oder einen Campingtrip zu arrangieren. Vielleicht verstehen Sie das nicht: Ich bin keine Australierin, ich bin Amerikanerin. Wir können nicht einfach in ein fremdes Land reisen und verschwinden. Ihre Einwanderungsbehörden wären davon wenig begeistert, und meine Regierung würde mit Hubschraubern nach mir suchen lassen. Vielleicht kann ich ein andermal, wenn man mir rechtzeitig Bescheid gibt, mit Ihnen kommen, aber heute nicht. Heute kann ich einfach nicht mitkommen. Nein, heute ist nicht der richtige Tag für so etwas.«

Ooota lächelte. »Alles ist in Ordnung. Jeder, der es wissen muß, wird es wissen. Mein Volk hat deinen Hilfeschrei gehört. Wenn nur ein Stammesmitglied gegen dich gestimmt hätte, wären sie nicht zu dieser Wanderung aufgebrochen. Du bist geprüft und aufgenommen worden. Ich kann dir nicht erklären, welch große Ehre das bedeutet. Du mußt diese Erfahrung durchleben. Es ist das Wichtigste, was du in diesem Leben tun wirst. Und es ist das, wozu du geboren wurdest. Dies ist das Werk der Göttlichen Einheit; es ist deine Botschaft. Mehr kann ich nicht sagen. Komm. Folge mir.« Er drehte sich um und ging fort.

Da stand ich nun und starrte hinaus auf die australische Wüste. Sie war unendlich, öde und doch schön. Der Jeep stand noch da, und der Zündschlüssel steckte. Aber wie waren wir hierhergekommen? Stundenlang hatte ich keine richtige Straße mehr gesehen, nur Kurven und Abzweigungen. Ich hatte keine Schuhe, kein Wasser, kein Essen. Um diese Jahreszeit betrug die Temperatur in der Wüste zwischen 38 und 55 Grad Celsius. Es war schön, daß sie alle dafür gestimmt hatten, mich aufzunehmen, aber was war mit meiner Stimme? Ich hatte das Gefühl, daß über meinen Kopf hinweg entschieden worden war.

Ich wollte nicht gehen. Sie forderten mich auf, mein Leben in ihre Hände zu legen. Ich hatte diese Menschen gerade erst kennengelernt, und ich konnte noch nicht einmal mit ihnen reden. Was war, wenn ich meine Arbeit verlöre? Es war ohnehin schon schlimm genug, denn meine Zukunft war durch keinerlei betriebliche Altersversorgung gesichert. Es war wahnsinnig! Ich konnte natürlich auf keinen Fall mitgehen.

»Wahrscheinlich ist diese ganze Angelegenheit für

sie noch nicht abgeschlossen«, dachte ich mir. »Erst haben sie in dieser Hütte ihre Spielchen mit mir getrieben, und als nächstes gehen sie hinaus in die Wüste, um weiterzuspielen. Sie werden nicht weit gehen; sie haben nichts zu essen dabei. Das Schlimmste, was mir passieren kann, ist, daß sie von mir erwarten, heute nacht da draußen mit ihnen zu kampieren. Und trotzdem«, dachte ich weiter, »sie müssen mich nur einmal anschauen, und schon werden sie sehen, daß ich kein Campingtyp bin; ich bin ein Großstadtmensch, ein Schaumbadtyp. Obwohl – wenn es sein muß, kann ich das auch! Ich werde ihnen einfach und bestimmt klarmachen, daß ich bereits mein Hotel für diese Nacht bezahlt habe. Ich werde ihnen erklären, daß sie mich morgen früh vor der Checkout-Zeit zurückgebracht haben müssen. Denn ich habe keine Lust, einen Tag extra zu bezahlen, um diesen dummen, ungebildeten Leuten einen Gefallen zu tun.«

Ich sah die Gruppe immer weiter wegwandern. Sie wurden kleiner und kleiner. Mir fehlte die Zeit, um – typisch Waage – alle Vor- und Nachteile abzuschätzen. Je länger ich hier stand und mir überlegte, was ich machen sollte, desto weiter entfernten sie sich aus meinem Blickfeld. Meine Worte von damals haben sich mir so genau eingeprägt wie das Muster in einer wunderschön polierten Holzintarsie: »Okay, Gott. Ich weiß ja, daß Du einen etwas eigenartigen Sinn für Humor hast, aber diesmal verstehe ich ihn wirklich nicht.« Mit einer Mischung aus Furcht, Verwunderung, Unverständnis und völliger Gefühllosigkeit folgte ich dem Aborigine-Stamm, einer Gruppe von Menschen, die sich selbst die »Wahren Menschen« nannten.

Ich war zwar nicht gefesselt und geknebelt, aber ich fühlte mich wie eine Gefangene. Mir war, als hätte man mich gezwungen, einen Marsch in die Ungewißheit anzutreten.

3

Natürliches Schuhwerk

Ich war noch nicht weit gelaufen, da spürte ich einen stechenden Schmerz in meinen Füßen. Als ich zu ihnen hinunterblickte, sah ich überall Stacheln in meiner Haut stecken. Ich zog die Dornen heraus, aber erkannte bald, daß ich mir mit jedem Schritt neue eintrat. Ich versuchte, auf einem Fuß vorwärts zu hüpfen und gleichzeitig die schmerzenden Stacheln aus dem anderen zu ziehen. Den anderen, die sich nach mir umdrehten, muß ich einen komischen Anblick geboten haben. Das Lächeln in ihren Gesichtern hatte sich in ein breites Grinsen verwandelt. Ooota war stehengeblieben, um auf mich zu warten. In seinen Zügen war nun Mitgefühl zu lesen, und er riet mir: »Vergiß den Schmerz. Entferne die Dornen, wenn wir unser Nachtlager aufschlagen. Lerne den Schmerz zu ertragen. Richte deine Aufmerksamkeit auf etwas anderes. Wir werden deine Füße später versorgen. Im Moment kannst du nichts tun.«

»Richte deine Aufmerksamkeit auf etwas anderes« – damit konnte ich etwas anfangen. Ich hatte mit Hunderten von Schmerzpatienten gearbeitet, besonders in den letzten fünfzehn Jahren, seit ich mich als Ärztin auf Akupunktur spezialisiert hatte. In kritischen Situationen muß man oft zwischen einem Medikament, das betäubt, und der Anwendung von Akupunktur entscheiden. Bei meinen Patienten hatte ich genau die gleichen Worte verwendet. Von ihnen hatte ich erwartet, daß sie dazu imstande waren, und jetzt erwartete es jemand von mir. Es war zwar leichter gesagt als getan, aber ich schaffte es.

Einige Zeit später hielten wir zu einer kurzen Rast an, und ich entdeckte, daß die Spitzen der meisten Stacheln abgebrochen waren. Die Schnitte bluteten, und die Splitter waren unter meine Haut gedrungen. Wir liefen über Spinifex-Gestrüpp. Die Botaniker ordnen es den Strandgräsern zu. Es klammert sich im Sand fest und überlebt selbst bei wenig Wasser, indem es zusammengerollte, messerscharfe Halme bildet. Die Bezeichnung *Gras* ist irreführend. Mit Rasen konnte ich dieses Zeug nicht in Verbindung bringen. Nicht nur die Halme des Spinifex sind messerscharf, auch die Stacheln daran gleichen denen von Kakteen. Dort, wo sie in meine Haut eindrangen, hinterließen sie schmerzende rote Schwellungen. Zum Glück bin ich ein Mensch, der sich viel an der frischen Luft bewegt. Ich bin immer leicht gebräunt und laufe auch oft barfuß, aber für die Mißhandlung, die vor ihnen lag, waren meine Fußsohlen wirklich nicht vorbereitet. Der Schmerz hielt an, und Blut in allen Farbtönen von Hellrot bis Dunkelbraun erschien auf meinen Füßen – da half es auch nicht, daß ich versuchte, meine Aufmerksamkeit auf etwas anderes zu richten. Als ich hinabblickte, konnte ich die aufgeplatzten Reste des Nagellacks auf meinen Zehen nicht mehr von dem Blut unterscheiden. Doch irgendwann wurden meine Füße taub.

Während unserer Wanderung herrschte absolutes Schweigen. Mir kam es sehr seltsam vor, daß niemand auch nur ein Wort sagte. Der Sand war warm, aber nicht mörderisch heiß. Die Sonne brannte auf uns herunter, aber die Temperaturen waren noch erträglich. Von Zeit zu Zeit schien die Welt ein Einsehen mit mir zu haben und schickte eine kurze kühle Brise Luft. Wenn ich an der Gruppe vorbei nach vorn blickte, konnte ich keine deutliche Linie zwischen Himmel und Erde mehr ausmachen. Der gleiche Eindruck wiederholte sich, wohin ich auch schaute: Wie in einem Aquarell verschmolz der Himmel übergangslos mit dem Sand. Mein naturwissenschaftlich geschulter Verstand wünschte sich, der Leere mit einem Kompaß beikommen zu können. Eine Wolkenformation, die Tausende von Metern hoch am Himmel stand, ließ einen einsamen Baum am Horizont wie ein kleines »i« aussehen. Alles, was ich hörte, war das knirschende Auftreffen von Füßen auf dem Sandboden; es klang, als würde ständig ein Klettverschluß aufgerissen. Nur manchmal wurde die Eintönigkeit durch das Geräusch eines Wüstentiers unterbrochen, das sich im nahen Gestrüpp bewegte. Dann tauchte plötzlich aus dem Nichts ein großer brauner Falke auf. Er kreiste über unseren Köpfen und stieß auf mich hinab. Irgendwie hatte ich das Gefühl, daß er kontrollierte, wie ich vorwärtskam. Er blieb immer über mir und stieß auf keinen der anderen herab. Aber schließlich unterschied ich mich auch so sehr von allen anderen, daß ich gut verstehen konnte, warum er mich genauer beäugen wollte.

Nachdem sie ewig lange geradeaus gewandert war, bog die ganze Kolonne vor mir plötzlich ohne irgendeine Vorwarnung ab. Ich war überrascht, denn niemand hatte auch nur ein Wort gesagt. Aber außer mir schienen es alle intuitiv gewußt zu haben. Ich dachte mir, daß sie vielleicht einer ihnen bekannten Spur folgten, aber ich konnte zwischen dem Sand und den Spinifex-Büschen keinerlei Pfad ausmachen. Wir wanderten einfach mitten durch die Wüste.

In meinem Kopf überschlugen sich die Gedanken. In der Stille konnte ich mühelos verfolgen, wie sie von einem Thema zum anderen sprangen.

War dies alles wirklich wahr? Vielleicht träumte ich ja nur. Quer durch Australien wandern? Aber das ist unmöglich! Monatelang wandern! Und es ergibt auch keinen Sinn. Sie hätten meinen Schrei um Hilfe gehört. Was sollte das bedeuten? Etwas, zu dem ich geboren worden sei! So ein Witz. Es gehörte wirklich nicht zu den Ambitionen meines Lebens, unter großen Mühen und Qualen den australischen Busch zu erforschen. Welche Sorgen würden sich meine Kinder und besonders meine Tochter machen, wenn sie von meinem Verschwinden hörten! Wir standen uns sehr nahe. Und was würde meine Hauswirtin, eine vornehme ältere Dame, machen? Wenn ich nicht rechtzeitig meine Miete zahlen würde, würde sie bei den Besitzern sicherlich ein Wort für mich einlegen. Erst letzte Woche hatte ich einen Fernseher und einen Videorecorder gemietet. Na ja – einen Gerichtsvollzieher hatte ich in meinem bisherigen Leben noch nie kennengelernt.

Zu diesem Zeitpunkt konnte ich mir allerdings noch nicht vorstellen, daß wir länger als einen Tag unterwegs sein würden. Höchstens! Schließlich war nichts zu essen und zu trinken in Sicht.

Plötzlich mußte ich lachen. Ein alter Witz fiel mir ein. Wie oft schon hatte ich gesagt, ich würde gern einmal eine exotische Reise gewinnen, bei der für alles bezahlt und gesorgt war! Jetzt hatte ich sie. Und es war für alles gesorgt. Ich hatte noch nicht einmal eine Zahnbürste oder Kleider zum Wechseln einpacken müssen. Es war vielleicht nicht das, was ich mir unter einer exotischen Reise vorgestellt hatte, aber im Prinzip entsprach es dem, wovon ich immer wieder gesprochen hatte.

Im Verlauf des Tages zog ich mir so viele Schnitte unter meinen Füßen und an deren Seiten zu, daß Wunden, getrocknetes Blut und Schwellungen sich zusammen zu häßlichen, tauben und verfärbten Extremitäten verformten. Meine Beine waren steif, meine Schultern brannten und schmerzten, Gesicht und Arme waren rot und mit Blasen übersät. An diesem Tag wanderten wir ungefähr drei Stunden. Die Grenzen meiner Leidensfähigkeit wurden immer wieder aufs neue überschritten. Manchmal hatte ich das Gefühl, daß ich zusammenbrechen würde, wenn ich mich nicht sofort hinsetzte. Aber dann geschah wieder etwas, das meine Aufmerksamkeit fesselte. Der Falke tauchte auf und stieß über meinem Kopf seinen seltsam schaurigen Schrei aus. Oder es kam jemand an meine Seite und bot mir einen Schluck Wasser aus einem eigenartigen Gefäß an, das an einem Strick um Hals oder Taille getragen wurde. Diese Ablenkungen gaben mir wunderbarerweise Flügel und trieben mich mit neuer Kraft weiter. Und dann war es endlich an der Zeit, das Nachtlager aufzuschlagen.

Geschäftig machten sich alle ans Werk. Mit einer Methode, von der ich im »Handbuch für Pfadfinderinnen in der Wildnis« gelesen hatte, wurde ohne Streichhölzer ein Feuer entfacht. Noch nie hatte ich versucht, einen Stock so lange in einer Holzkerbe zu drehen, bis er Feuer fing. Den Leiterinnen unserer Pfadfindergruppe war es auch nie gelungen. Sie schafften es zwar, den Stock gerade heiß genug zu kriegen, um eine winzige Flamme zu entzünden, aber wenn sie diese dann anbliesen, um das Feuer zu entfachen, verlöschte sie wieder.

Diese Leute aber waren Experten. Einige sammelten Feuerholz, andere Pflanzen. Zwei Männer hatten den ganzen Nachmittag eine Last zwischen sich getragen. Sie hatten ein farbloses Stoffstück zwischen zwei Speere gespannt und es zu einem Beutel geformt. Von außen sah dieser Beutel aus, als würde er beim Wandern von riesigen Murmeln ausgebeult. Jetzt setzten sie ihr Tragegestell ab und entnahmen ihm verschiedene Gegenstände.

Eine sehr alte Frau kam auf mich zu. Sie hätte meine Großmutter sein können, denn sie war gute neunzig Jahre alt. Ihr Haar war schneeweiß. Weiche, tiefeingegrabene Falten überzogen ihr Gesicht. Ihr Körper wirkte hager, stark und angenehm geschmeidig, aber ihre Füße waren so ausgetrocknet und verhärtet, daß man sie fast für eine Art Tierhuf hätte halten können. Es war dieselbe Frau, die mir schon vorher wegen ihrer schön gemalten Hals- und Fußgelenkornamente aufgefallen war. Jetzt öffnete sie einen kleinen Beutel aus Schlangenhaut, den sie um ihre Taille trug, und goß etwas in ihre Hand, das aussah wie verfärbte Vaseline. Ich erfuhr, daß es sich um eine Creme aus verschiedenen Blattölen handelte. Sie deutete auf meine Füße, und ich nickte zustimmend – natürlich wollte ich mir helfen lassen. Sie hockte vor mir nieder, legte meinen Fuß in ihren Schoß und rieb die Salbe in meine geschwollenen Wunden. Dabei sang sie ein Lied. Es war eine beruhigende Melodie, fast als sänge eine

Mutter ein Wiegenlied für ihr Baby. Ich fragte Ooota, was die Worte bedeuteten.

»Sie entschuldigt sich bei deinen Füßen. Sie sagt ihnen, wie sehr du sie zu schätzen weißt, wie sehr jeder in dieser Gruppe deine Füße zu schätzen weiß. Und sie bittet sie, wieder gesund und kräftig zu werden. Es sind die Melodien für das Heilen von Wunden und Schnitten. Außerdem singt sie Töne, welche die Flüssigkeit aus den Schwellungen ziehen. Sie bittet deine Füße, besonders stark und widerstandsfähig zu werden.«

Ich bildete es mir nicht ein. Der Schmerz in meinen brennenden und stechenden Wunden ließ tatsächlich nach, und allmählich verspürte ich Erleichterung.

Während ich da saß, mit meinen Füßen in diesem großmütterlichen Schoß, ging ich im Geiste noch einmal die Ereignisse des heutigen Tages durch. Wie konnte dies passieren? Wo hatte alles angefangen?

4

Auf die Plätze, fertig, los

Es hatte in Kansas City angefangen. Niemals im Leben werde ich diesen Morgen vergessen. Nach mehreren Tagen Zurückgezogenheit hatte die Sonne sich entschieden, uns wieder mit ihrer Gegenwart zu beehren. Ich war früh in meine Praxis gegangen, um ein Programm für einige Patienten zu entwickeln, die besondere Zuwendung brauchten. Meine Sprechstundenhilfe würde erst in zwei Stunden kommen. Schon immer hatte ich diese Morgenstunden sehr geschätzt, weil sie mir Ruhe für meine Vorbereitung gewährten.

Als sich mein Schlüssel in der Eingangstür drehte, hörte ich das Telefon läuten. Ein Notfall? Wer sonst sollte so früh vor Öffnung der Praxis anrufen? Ich eilte in mein Sprechzimmer, hob mit einer Hand den Hörer ab und schaltete mit der anderen das Licht an.

Eine aufgeregte Männerstimme begrüßte mich. Es war ein Australier, den ich auf einem Ärztekongreß in Kalifornien kennengelernt hatte. Jetzt rief er aus Australien an.

»Tag. Was würden Sie davon halten, ein paar Jahre in Australien zu arbeiten?«

Ich war völlig sprachlos und hätte beinahe das Telefon fallen lassen.

»Sind Sie noch da?«

»J-j-ja«, brachte ich hervor. »Bitte erklären Sie mir, was Sie damit meinen.«

»Ihr außergewöhnliches Programm der Patientenschulung zur Krankheitsverhütung hat mich so beeindruckt, daß ich meinen Kollegen hier von Ihnen erzählt habe. Sie haben mich gebeten, Sie anzurufen. Wir möchten, daß Sie ein Fünfjahresvisum beantragen und herkommen. Sie könnten Informationsbroschüren verfassen und von unserem staatlichen Gesundheitssystem finanzierte Kurse geben. Es wäre wirklich wunderbar, wenn wir so etwas durchführen könnten, und überhaupt – es würde Ihnen die Möglichkeit geben, ein paar Jahre in einem fremden Land zu leben.«

Der Vorschlag, mein schönes Haus am See zu verlassen und eine gutetablierte Praxis mit Patienten, die über die Jahre gute Freunde geworden waren, aufzugeben, war ein echter Angriff auf mein Sicherheitsbedürfnis. Aber gleichzeitig war ich natürlich auch sehr neugierig darauf, zu sehen, wie ein verstaatlichtes Gesundheitswesen funktionierte, das jeden Profitgedanken aus der Medizin verbannte und in dem die verschiedenen Disziplinen zusammenarbeiteten, ohne daß sich eine riesige Kluft zwischen Schulmedizinern und Naturheilkundlern auftat. Würde ich dort Gleichgesinnte finden, denen es wirklich um Gesundheit und Heilen ging? Gab es dort Menschen, die gegenüber allem aufgeschlossen waren, was funktionierte? Oder würde ich nur auf eine neue Form negativer Manipulation treffen, wie es bei der Behandlung von Krankheiten in den USA gang und gäbe ist?

Was mich aber am meisten begeisterte, war einfach Australien. So weit ich zurückdenken konnte, hatte ich jedes Buch über das Land »Down Under« verschlungen, das mir in die Finger fiel. Im Zoo hatte ich als Kind immer als erstes das Känguruh besucht, und mein sehnlichster Wunsch war es gewesen, einmal einen Koalabären zu sehen. Auf einer geheimnisvollen, verborgenen Ebene hatte mich dieses Land schon immer gerufen. Ich hielt mich für eine selbstbewußte, gebildete und unabhängige Frau, und seit ich mich erinnern konnte, hatte ich in meiner Seele ein Verlangen gespürt, ein Ziehen in meinem Herzen, das Land am Fuße des Globus zu besuchen.

»Denken Sie drüber nach«, drängte die australische Stimme. »Ich rufe Sie in vierzehn Tagen wieder an.«

Es war genau der richtige Zeitpunkt. Erst vor zwei Wochen hatten meine Tochter und ihr Verlobter den Termin für ihre Hochzeit festgelegt. Das bedeutete, daß ich zum ersten Mal in meinem Erwachsenenleben völlig unabhängig war. Ich konnte an jedem Ort der Welt leben, der mir gefiel, und ich konnte tun und lassen, was ich wollte. Wie immer würden mein Sohn und meine Tochter mich in allem unterstützen. Seit meiner Scheidung waren aus den Kindern eher zwei gute Freunde geworden. Jetzt waren sie beide erwachsen und führten ihr eigenes Leben, und ich erlebte, wie aus einem Wunsch Wirklichkeit wird.

Sechs Wochen später – die Hochzeit war gefeiert und meine Praxis in neuen Händen – stand ich mit meiner Tochter und einer guten Freundin am Flughafen. Es war ein eigenartiges Gefühl. Zum ersten Mal seit Jahren besaß ich kein Auto, kein Zuhause und keine Schlüssel; selbst mein Gepäck hatte nur Zahlenschlösser. Bis auf ein paar eingelagerte Dinge hatte ich mich von allen weltlichen Besitztümern getrennt. Die

Familienerbstücke waren bei meiner Schwester Patci sicher untergebracht. Meine Freundin Jana drückte mir ein Buch in die Hand, und wir umarmten uns. Carri, meine Tochter, machte ein letztes Foto, dann ging ich über die mit rotem Teppich ausgelegte Rampe meinen Abenteuern auf dem Kontinent »Down Under« entgegen. Damals hatte ich noch keine Ahnung, welches Ausmaß die mir zugedachten Lektionen annehmen sollten. Meine Mutter hatte immer gesagt: »Wähle weise. Denn was du erbittest, kann leicht das werden, was du bekommst.« Obwohl sie schon vor vielen Jahren gestorben war, begann ich erst an diesem Tag ihren oft wiederholten Satz zu verstehen.

Die Flugreise vom Mittleren Westen der Vereinigten Staaten nach Australien zieht sich ewig lang hin. Es ist ein Glück für die Passagiere, daß selbst die großen Jets zwischendurch tanken müssen, denn so durften wir bei unseren Zwischenstops auf Hawaii und Fidji etwas frische Luft schnappen. Der Qantas-Jet war sehr geräumig, und sie zeigten die Filme, die zu der Zeit mit großem Erfolg in den amerikanischen Kinos liefen. Trotzdem kam mir die Reise unendlich lang vor.

In Australien ist man der amerikanischen Zeit um siebzehn Stunden voraus. Man fliegt also buchstäblich in den nächsten Tag hinein. Während des Fluges erinnerte ich mich daran, daß wir sicher sein konnten, daß es die Welt am nächsten Tag noch geben und alles in Ordnung sein würde! Auf dem Kontinent, der vor uns lag, war es schon »morgen«. Kein Wunder, daß die Seeleute die Überquerung des Äquators und der unsichtbaren Zeitgrenze im Meer früher mit rauhen Riten feierten. Noch heute ist diese Vorstellung kaum zu begreifen.

Als wir dann auf australischem Boden waren, wurden das ganze Flugzeug und sämtliche Passagiere desinfiziert, damit keine Krankheiten auf diesen isolierten Kontinent eingeschleppt werden konnten. Hierauf hatte man mich in meinem Reisebüro nicht vorbereitet. Als wir landeten, hatte man uns angewiesen, auf unseren Plätzen zu bleiben. Zwei Mitarbeiter des Bodenpersonals gingen vom Cockpit der Maschine bis zur Schwanzspitze und betätigten über unseren Köpfen Sprühdosen. Auch wenn ich die Ängste der Australier verstehen konnte, war es doch wenig aufbauend, daß mein Körper mit einem gefährlichen Insekt verglichen wurde.

Welch ein Willkommensgruß!

Außerhalb des Flughafens sah alles so aus wie zu Hause. Wenn der Verkehr sich nicht in der »falschen« Richtung vorbeigeschlängelt hätte, wäre es mir wahrscheinlich wirklich so vorgekommen, als sei ich wieder in den USA. Der Taxifahrer saß auf der rechten Seite des Autos hinter seinem Steuer. Er empfahl mir eine Wechselstube, in der ich Dollarnoten kaufte, die zwar zu groß für meine amerikanische Brieftasche waren, dafür aber viel farbiger und dekorativer als unsere grünen Scheine. Außerdem entdeckte ich wunderhübsche Zwei- und Zwanzigcentmünzen.

Ich hatte keinerlei Probleme, mich in den nächsten Tagen in Australien einzuleben. Alle größeren Städte liegen an der Küste. Jeder interessiert sich für Strand- und Wassersport. Gemessen in Quadratkilometern, entspricht die Größe des Landes in etwa den USA, auch ist es ähnlich geformt, aber das Landesinnere ist unbewohntes Ödland. Auch bei uns gab es eine *Painted Desert* oder ein *Death Valley*. Die Aussies haben jedoch manchmal Probleme mit der Vorstellung, daß es im Herzen Amerikas auch riesige Weizen- und Maisfelder gibt. Das Innere ihres Landes ist für Menschenleben so unwirtlich und unbekömmlich, daß der *Royal Flying Doctor Service* ständig im Einsatz ist. Die Piloten werden sogar mit Treibstoff und Ersatzteilen auf Rettungsmissionen für liegengebliebene Autos geschickt. Patienten, die sich medizinisch behandeln lassen wollen, werden mit Flugzeugen eingeflogen. Über Hunderte von Meilen gibt es keine Krankenhäuser. Selbst die Schulbehörde bietet für die Kinder in entlegenen Regionen Unterricht übers Radio an.

Die Städte selbst sind sehr modern, mit Hilton, Holiday Inn und Ramada Hotels. Es gibt Einkaufszentren, Designerkleidung und öffentliche Verkehrsmittel. Mit dem Essen ist es eine andere Geschichte. Was die amerikanischen Leibspeisen angeht, übt man dort noch sehr, um sie halbwegs imitieren zu können, aber ich habe einen erstklassigen Shephard's Pie gegessen, wie ich ihn in England nicht besser hätte finden können. In den seltensten Fällen servieren sie Wasser zum Essen, und Eiswürfel sind in Australien völlig unbekannt.

Aber ich liebe die Menschen dort, und ich liebe ihre Ausdrucksweise, die sich oft von der amerikanischen unterscheidet. So sagen sie zum Beispiel:

fair dinkum statt *Okay* – in Ordnung
chook statt *chicken* – Hühnchen
chips statt *french fries* – Pommes frites
sheila statt *young girl* – junges Mädchen
lolly statt *candy* – Bonbon
sweets statt *dessert* – Nachtisch

bush statt *rural area* – Land im Unterschied zur Stadt
tinny statt *can of beer* – Bierdose
joey statt *infant kangaroo* – Känguruhbaby
biscuit statt *cookie* – Keks
swag statt *bedroll* oder *backpack* – zusammengerolltes Bettzeug, Rucksack
walkabout statt *leaving for unknown period* – für unbestimmte Zeit verschwinden
having a crook day statt *having a bad day* – einen schlechten Tag haben
tucker statt *food* – Essen
footpath statt *sidewalk* – Bürgersteig
billibong statt *watering hole* – Wasserloch, stehendes Wasser
boot statt *trunk* – Kofferraum
serviette statt *table napkin* – Serviette

In den Geschäften fand ich es immer eigenartig, daß sie erst danke und dann bitte sagten: »Das macht einen Dollar, danke.«

Bier gehört zu den großen Nationalheiligtümern. Da ich mir selbst nie viel aus Bier gemacht habe, habe ich die vielen Sorten, auf die sie so stolz sind, nie durchprobiert. Jedes australische Bundesland hat seine eigene Brauerei, und die Menschen lassen in ihrer Loyalität zu einer bestimmten Biersorte, zum Beispiel Foster's Lager oder Four X, nicht mit sich spaßen.

Auch für die verschiedenen Nationalitäten haben die Australier ihre ganz eigenen Bezeichnungen. Von Amerikanern reden sie oft als den Yanks, die Bürger Neuseelands heißen Kiwis und die Briten Bloody Poms. Jemand, der es wissen muß, erklärte mir, das Wort »pom« beziehe sich auf das rote Gefieder, das man bei englischen Militäruniformen oft sieht. Ein anderer meinte jedoch, es stamme von den Initialen POM ab, die auf die Kleidung der Sträflinge gedruckt waren, die im 19. Jahrhundert auf den Kontinent kamen – **P**risoner **o**f His **M**ajesty.

Doch was mir an den Australiern am besten gefällt, ist der singende Rhythmus ihrer Sprache. Natürlich sagten sie mir, daß ich diejenige mit einem Akzent sei. Sie sind sehr freundlich und vermitteln Fremden gleich das Gefühl, willkommen zu sein. Man fühlt sich sofort wie zu Hause.

In den ersten Tagen probierte ich verschiedene Hotels aus. Bei jedem Einchecken überreichte man mir ein kleines Metallkännchen mit Milch. Ich beobachtete, daß jeder Gast so ein Kännchen erhielt. Im Zimmer fand ich dann einen elektrischen Teekocher, Teebeutel und Zucker vor.

Als ich zum ersten Mal in einem Motel übernachtete, fragte mich der Besitzer, ob ich ein Frühstück bestellen wolle, und zeigte mir eine handgeschriebene Speisekarte. Ich bestellte, und als nächstes fragte er mich, um welche Zeit ich es wollte. Er teilte mir mit, daß man es mir aufs Zimmer bringen würde. Als ich am nächsten Morgen gerade mein Bad nahm, hörte ich Fußschritte, die sich meiner Zimmertür näherten, aber niemand kam herein. Ich vernahm ein eigenartiges Geräusch, als würde eine Tür zugeschlagen. Als ich mich abtrocknete, stieg mir dann der Geruch von Essen in die Nase. Ich suchte überall, aber ich fand keins. Ich war mir aber sicher, daß ich es roch. Wahrscheinlich kommt der Geruch aus dem Nachbarzimmer, dachte ich schließlich.

Ich verbrachte ungefähr eine Stunde damit, meinen

Koffer wieder zu packen und mich für den Tag vorzubereiten. Als ich meinen Koffer in das Mietauto wuchtete, kam ein junger Mann auf mich zu.

»Tag. War Ihr Frühstück in Ordnung?« fragte er.

Ich lächelte. »Es muß irgendein Mißverständnis gegeben haben. Ich habe überhaupt kein Frühstück bekommen.«

»O doch, es steht da. Ich habe es selbst gebracht«, sagte er und ging auf einen Knauf an der Außenwand meines Motelzimmers zu. Er schob ihn nach oben und siehe da! In einem kleinen Fach stand ein hübsch garnierter Teller mit kalten, mittlerweile gummiartigen Rühreiern. Dann ging er ins Zimmer und öffnete eine Schranktür, um mich noch einmal diesen traurigen Anblick genießen zu lassen. Wir mußten beide lachen. Ich hatte es gerochen, aber ich hatte es nicht finden können. Es war nur die erste einer Reihe von Überraschungen, die Australien für mich bereithielt.

Die Aussies waren nett und eine große Hilfe, als ich beispielsweise ein Haus zur Miete suchte. Es lag in einer gepflegten Vorstadtgegend. Alle Häuser in der Nachbarschaft waren ungefähr zur gleichen Zeit erbaut worden – sie waren allesamt einstöckig, weiß getüncht und von Vorder- und Seitenveranden umgeben. In den Eingangstüren waren ursprünglich keine Schlösser vorgesehen gewesen. Die Badezimmer waren zweigeteilt; die Toilette befand sich in einer kleinen, schrankartigen Zelle und Badewanne und Waschbecken in einem separaten Raum.

Im Garten meines Hauses gab es Unmengen von exotischen Blumen und Bäumen. Wegen der tropischen Temperaturen blühen sie das ganze Jahr über. In der Nacht kamen Kröten, die vom Duft der Pflanzen angezogen wurden, und sie schienen sich im Lauf der Monate ungeheuer zu vermehren. Diese Kröten sind eine richtige Landplage und werden in den Wohngegenden deshalb erstochen und so dezimiert. Mein Garten war jedoch offensichtlich ein sicherer Zufluchtsort.

Australien ist der flachste und trockenste Kontinent der Welt. Die Gebirgszüge in Küstennähe lassen die meisten Regenschauer aufs Meer hinaustreiben, so daß neunzig Prozent des Landes fast unfruchtbar sind. Man kann zwischen Sydney und Perth zweitausen Meilen auf dem Luftweg zurücklegen, ohne eine einzige Stadt zu sehen.

Im Rahmen der Gesundheitskampagne, an der ich teilnahm, bereiste ich alle größeren Städte des Kontinents. In Amerika hatte ich ein Spezialmikroskop, mit dem man einfache Blutproben untersuchen konnte, ohne sie vorher chemisch zu verändern oder zu zentrifugieren. Wir schlossen das Mikroskop an eine Videokamera und einen Bildschirm an. Neben ihrem Arzt sitzend, konnten die Patienten ihre weißen und roten Blutkörperchen erkennen, sie sahen Bakterien und sogar die Fettpartikel im Hintergrund. Meistens entnahm ich eine Probe, zeigte den Patienten ihr Blut und bat dann zum Beispiel die Raucher, nach draußen zu gehen und eine Zigarette zu rauchen. Wenige Minuten später entnahmen wir eine neue Blutprobe, und die Patienten konnten sehen, welche Auswirkungen eine einzige Zigarette hatte. Indem man die Patienten miteinbezieht, kann man ihr Gesundheitsbewußtsein mobilisieren und sie dazu bringen, sich für ihr eigenes Wohlergehen verantwortlich zu fühlen. Man kann diese Methode für die unterschiedlichsten Zwecke einsetzen: Zum Beispiel sehen Patienten den Fettgehalt ihres Blutes oder erkennen, wie schlecht es um ihre Immunabwehr bestellt ist. Danach können die Ärzte mit den Patienten darüber reden, was sie selbst für ihre Gesundheit tun können. Die Versicherungsgesellschaften in den USA zahlen für Maßnahmen zur Krankheitsverhütung leider nicht, deshalb müssen die Patienten diese Untersuchungen aus eigener Tasche bezahlen. Wir hofften, daß das australische Gesundheitssystem diesen Methoden mehr Aufgeschlossenheit entgegenbringen würde. Meine Aufgabe war es, die Techniken vorzuführen, Ausrüstung zu beschaffen, entsprechende Broschüren zu schreiben und schließlich neue Kräfte auszubilden. Es war ein sehr lohnenswertes Unterfangen, und ich genoß meine Zeit im *»Land Down Under«* außerordentlich.

Eines Nachmittags besuchte ich ein naturwissenschaftliches Museum. Ich schloß mich der Führung einer hochgewachsenen, teuer gekleideten Frau an. Sie war sehr an Amerika interessiert. Wir plauderten und wurden gute Freunde. Eines Tages lud sie mich zum Mittagessen ein und schlug ein etwas sonderbares Restaurant im Herzen der Innenstadt vor, das als Werbegag den Dienst von Wahrsagern anbot. Ich erinnere mich, wie ich in dem Restaurant saß und auf das Erscheinen meiner Freundin wartete. Ich war immer pünktlich, aber ich schien eine Art magnetischer Aura zu besitzen, die notorisch unpünktliche Menschen anzog und zu meinen Freunden werden ließ. Es wurde immer später, und das Restaurant würde bald schließen. Von meiner Freundin keine Spur. Ich bückte mich, um meine Tasche vom Fußboden zu nehmen, wo ich sie fünfundvierzig Minuten vorher abgestellt hatte.

Ein junger Mann – groß, dünn, mit dunkler Hautfarbe und vom turbangeschmückten Kopf bis zu den Sandalen weiß gekleidet – steuerte auf meinen Tisch zu.

»Ich habe jetzt Zeit, dir die Zukunft zu lesen«, sagte er mit ruhiger Stimme.

»Oh, ich habe nur auf eine Freundin gewartet. Aber sie war heute offensichtlich verhindert. Ich werde wiederkommen.«

»Manchmal ist es so am besten«, kommentierte er, während er sich den Stuhl von der anderen Seite des Tisches heranzog. Er setzte sich und nahm meine Hand in die seine. Dann drehte er die Handfläche nach oben und begann, mir die Zukunft vorherzusagen. Dabei sah er jedoch nicht auf meine Hand, sondern blickte mir fest in die Augen.

»Es war das Schicksal, das dich hierhin – nicht in dieses Restaurant, sondern auf diesen Kontinent – brachte. Es gibt hier eine Person, mit der du dich treffen willst. Dieses Treffen wird zu eurem beiderseitigen Nutzen sein. Als die Verabredung dazu getroffen wurde, waren weder du noch diese Person geboren. Ihr seid im selben Moment zur Welt gekommen, der eine auf der oberen Hälfte unserer Erde, der andere hier unten, ›Down Under‹. Dieser Pakt wurde auf der höchsten Ebene eures ewigen Seins geschlossen. Ihr habt vereinbart, euch erst zu suchen, nachdem fünfzig Jahre verstrichen sind. Jetzt ist die Zeit gekommen. Wenn ihr euch trefft, werden eure Seelen einander sofort erkennen. Mehr kann ich dir nicht sagen.«

Er stand auf und verschwand durch eine Tür. Ich

nahm an, daß er in die Küche des Restaurants gegangen war. Ich war sprachlos. Nichts von dem, was er sagte, ergab für mich irgendeinen Sinn, aber er hatte mit solcher Autorität gesprochen, daß ich es mir einfach zu Herzen nehmen mußte. Der ganze Vorfall wurde noch verwirrender, als meine Freundin am selben Abend anrief, um sich zu entschuldigen und mir zu erklären, warum sie nicht zum vereinbarten Mittagessen erschienen war. Als ich ihr erzählte, was ich erlebt hatte, wurde sie ganz aufgeregt und nahm sich vor, am nächsten Tag ebenfalls den Wahrsager aufzusuchen, um etwas über ihre eigene Zukunft zu erfahren.

Bei ihrem nächsten Anruf hatte sich ihre Begeisterung in Skepsis verwandelt. »In diesem Restaurant beschäftigen sie gar keine männlichen Wahrsager«, erzählte sie mir. »Es kommt zwar jeden Tag jemand anderes, aber es sind immer Frauen. Am Dienstag war es Rose, aber die liest nicht aus der Hand, sondern legt Karten. Bist du sicher, daß du im richtigen Restaurant gewesen bist?«

Ich wußte, daß ich nicht verrückt war. Für mich war Wahrsagen immer ein netter Zeitvertreib gewesen, mehr nicht. Eins aber war sicher: Ich hatte mir den jungen Mann nicht eingebildet. Aber die Australier halten uns Amerikaner sowieso allesamt für Spinner. Und außerdem gilt die Wahrsagerei hier lediglich als Spaß, und wenn es um Spaß und Vergnügen ging, hatten die Australier einiges anzubieten.

5

Im Rausch

Es gab nur eine Sache in diesem Land, die mir gar nicht gefiel. Ich hatte den Eindruck, daß seine dunkelhäutigen Ureinwohner, die Aborigines, nach wie vor diskriminiert wurden. Sie wurden so ähnlich behandelt wie unsere Ureinwohner daheim in Amerika. Das Land, das man ihnen im Outback als Lebensraum zur Verfügung gestellt hatte, war wertloser Sandboden, und im nördlichen Territorium waren es rauhe Felsen und Buschland. Die einzigen vernünftigen Gebiete, die man ihnen noch zuerkannte, waren gleichzeitig Nationalparks, die sie mit den Touristen teilen mußten.

Ich habe keinen einzigen Aborigine bei gesellschaftlichen Veranstaltungen getroffen, und ich habe auch keine Aborigine-Kinder in Schuluniform gesehen. Sonntags vermißte ich sie in den Kirchen, obwohl ich Messen der verschiedensten Glaubensrichtungen besuchte. In den Lebensmittelläden, Postämtern und Warenhäusern waren sie als Arbeitskräfte nicht vorhanden. In den Büros der Regierungsbehörden habe ich sie ebensowenig angetroffen wie an den Tankstellen oder als Bedienung in den Fast-food-Restaurantketten. Es schien überhaupt nur wenige Aborigines zu geben. Man sah sie in den Städten und als Touristenattraktion. Einige Reisende haben sie auf den Koppeln der Schaf- und Viehfarmen entdeckt, wo sie als Hilfskräfte arbeiteten und »Jackaroos« genannt wurden. Man hat mir erzählt, daß die Rancher nicht Anzeige erstatten, wenn sie gelegentlich Hinweise dafür finden, daß eine durch ihr Weideland ziehende Aborigine-Gruppe eines ihrer Schafe getötet hat. Die Ureinwohner nehmen sich nur, was sie wirklich zum Essen brauchen, und, um ehrlich zu sein, schreibt man ihnen auch übernatürliche Kräfte zu, die sie zur Rache einsetzen könnten.

Eines Abends beobachtete ich in der Stadt eine Gruppe junger Halbblut-Aborigines um die Anfang zwanzig, die Benzin in Blechdosen abfüllten und es dann inhalierten. Ganz offensichtlich versetzte sie das in einen Rauschzustand. Benzin ist eine Mischung aus Hydrokarbonaten und anderen Chemikalien. Ich wußte, daß diese Mischung für das Knochenmark, für Leber, Nieren, Adrenalindrüsen, Rückenmark und das gesamte zentrale Nervensystem ausgesprochen schädlich ist. Aber wie alle anderen Menschen auf dem großen Platz unternahm und sagte ich an jenem Abend nichts. Ich machte keinerlei Versuche, ihrem törichten Spiel ein Ende zu machen. Später erfuhr ich, daß einer von ihnen an einer Bleivergiftung und Atemversagen gestorben war. Ich betrauerte diesen Tod genauso, als hätte ich einen alten Freund begraben müssen. Ich ging in die Leichenhalle und sah mir die traurigen Überreste dieses Mannes an. Als Mensch, der sich die Gesundheitsvorsorge zur Lebensaufgabe gemacht hatte, sah ich einen Zusammenhang zwischen dem Verlust von Kultur sowie Lebensinhalten und dem Spiel mit dem Tod. Was mich aber am meisten bedrückte, war, daß ich einfach zugesehen hatte, ohne einen Finger zu rühren und ihnen Einhalt zu gebieten.

Ich sprach über diese Sache mit Geoff, einem australischen Freund. Er besaß einen großen Autohandel, war ungefähr so alt wie ich, unverheiratet und sehr attraktiv – ein australischer Robert Redford. Wir waren schon öfter miteinander ausgegangen. Eines Abends gingen wir ins Konzert, und während des anschließenden Essens bei Kerzenlicht fragte ich ihn, ob die Leute hier eigentlich bemerkten, was vor sich ging. Warum versuchte denn niemand, diese Zustände zu ändern?

»Ja, es ist traurig«, antwortete er, »aber man kann nichts tun. Du verstehst die Abos nicht. Sie sind ein primitives, wildes Buschvolk. Wir haben ihnen Bildung angeboten. Missionare haben sich viele Jahre lang bemüht, sie zum Glauben zu bekehren. Früher waren sie Kannibalen, und sie wollen auch heute nicht von ihren Traditionen und ihrem alten Glauben lassen. Die meisten ziehen das harte Leben in der Wüste vor. Das Outback ist eine rauhe Gegend, aber die Aborigines sind auch die schwierigsten Menschen der Welt. Die wenigen von ihnen, die den Spagat zwischen den beiden Kulturen versuchen, scheitern in der Regel. Es stimmt, daß ihre Rasse vom Aussterben bedroht ist. Ihre Bevölkerungszahl nimmt ab, weil sie selbst es so wollen. Sie sind hoffnungslose Analphabeten ohne jeden Ehrgeiz und Antrieb. In zweihundert Jahren ist es ihnen nicht gelungen, sich anzupassen. Schlimmer noch, sie versuchen es nicht einmal. In geschäftlichen Angelegenheiten sind sie nicht vertrauenswürdig und völlig unzuverlässig – sie tun so, als hätten sie von Tuten und Blasen keine Ahnung. Glaub mir, es gibt nichts, was sie motivieren könnte.«

Mehrere Tage verstrichen, in denen ich ständig an

den toten jungen Mann denken mußte. Als nächstes sprach ich über diese Sache mit einer Frau, die wie ich an einem besonderen Projekt im Gesundheitsbereich arbeitete. Im Rahmen ihrer Arbeit hatte sie oft mit älteren Aborigines zu tun. Sie erstellte eine Dokumentation über Wildpflanzen, Kräuter und Blumen, die nach wissenschaftlichen Erkenntnissen bei der Behandlung und Verhütung von Krankheiten hilfreich sein könnten. In diesem Bereich waren die Buschleute die Autoritäten. Die Statistiken sprachen für sich: Die Aborigines konnten eine überdurchschnittliche Lebenserwartung und ein geringeres Maß an Zivilisationskrankheiten vorweisen. Diese Kollegin bestätigte mir, daß sämtliche Versuche, die Rassen zu integrieren, bislang von wenig Erfolg gekrönt gewesen waren. Sie war aber gerne bereit, mir bei der Arbeit mit meinem Projekt zu helfen.

Wir luden zweiundzwanzig junge Halbblut-Aborigines zu einem Treffen ein. Sie stellte mich vor. An diesem Abend sprach ich über das System des freien Unternehmertums und eine Organisation für unterprivilegierte städtische Jugendliche, die sich »Junges Schaffen« nannte. Wir mußten nur noch ein Produkt finden, das sie als Gruppe herstellen konnten. Ich wollte ihnen beibringen, wie man Rohstoffe kauft, eine Belegschaft organisiert und ein Produkt herstellt und vermarktet. Und ich wollte ihnen zeigen, wie man sich in der Geschäfts- und Bankenwelt etabliert. Sie waren alle interessiert.

Bei unserem nächsten Treffen unterhielten wir uns über mögliche Projekte. Meine Großeltern hatten während meiner Kindheit und Jugend in Iowa gelebt. Ich erinnerte mich, wie Großmutter immer das Fenster hochschob, ein kleines, bewegliches Fliegengitter auf dem Fensterbrett befestigte und es auf die Breite des Fensters zurechtzog. Dann ließ sie das Fenster wieder herunter, bis eine ungefähr dreißig Zentimenter breite Fliegengitterspalte offenblieb. Das Haus, in dem ich hier wohnte, besaß wie fast alle australischen Vorstadthäuser keine Fliegengitter. Weil es in den Wohnhäusern aber auch keine Klimaanlage gab, öffneten meine Nachbarn einfach ihre Fenster und ließen die Insekten ein- und ausfliegen. Es gab zwar keine Moskitos, aber wir fochten täglich Kämpfe gegen die fliegenden Kakerlaken aus. Oft schlief ich allein ein und wachte mitten in der Nacht auf, um festzustellen, daß ich mein Kopfkissen nun mit mehreren fünf Zentimenter langen schwarzen Insekten mit harten Flügeln teilen mußte. Ein Fliegengitter konnte ein echter Schutz vor ihrer Umarmung sein.

Auch die Gruppe war der Meinung, daß die Herstellung von Fliegengittern eine gute Sache sei, um ins Geschäft zu kommen. Ich kannte ein Ehepaar in Amerika, das wir bei diesem Unternehmen um Unterstützung bitten konnten. Er war Entwicklungsingenieur bei einer großen Firma, sie war Künstlerin. Wenn ich ihnen in einem Brief erklärte, was wir wollten, würden sie sicher ein Muster für uns entwerfen. Meine liebe alte Tante Nola aus Iowa bot ihre finanzielle Unterstützung an, um die notwendige Ausrüstung kaufen und anfangen zu können. Wir brauchten eine Werkstatt. Es gab zwar wenig Garagen, aber genügend Car-ports, also kauften wir einen und arbeiteten an der frischen Luft.

Jeder der Aborigines schien fast automatisch in die Position hineinzurutschen, für die er das meiste Talent besaß. Wir hatten einen Buchhalter, einen Einkäufer und einen Mann, der stolz darauf war, unser laufendes Inventar genau berechnen zu können. Für jeden Produktionsabschnitt hatten wir einen Spezialisten, es gab sogar ein paar Naturtalente, die wir als Vertreter einsetzten. Ich konnte mich zurücklehnen und zusehen, wie unser Unternehmen Form annahm. Ohne daß ich es ihnen nahelegen mußte, einigten sie sich untereinander, daß der Mitarbeiter, der sich bereit erklärte, Reinigungs- und Hausmeisteraufgaben zu übernehmen, für den Gesamterfolg des Projekts genauso wichtig war wie die Leute, die verkauften. Beim Verkauf gingen wir so vor, daß wir unsere Fliegengitter zunächst einige Tage zur Probe anboten. Waren die Leute mit ihnen zufrieden, zahlten sie. Meist bestellten sie dann gleich Gitter für alle Fenster ihres Hauses. Ich brachte meinen Mitarbeitern auch den guten alten amerikanischen Brauch bei, uns weiterzuempfehlen.

So verging die Zeit. Meine Tage waren mit Arbeit, dem Schreiben von Informationsbroschüren, Reisen, Unterricht und Vorlesungen gut ausgefüllt. Die Abende verbrachte ich meist in Gesellschaft der netten jungen Aborigines. Die ursprüngliche Gruppe blieb bestehen. Ihr Bankkonto wuchs ständig, und wir richteten für jeden von ihnen einen Treuhandfonds ein.

Bei einem unserer Wochenendtreffen erzählte ich Geoff von unserem Projekt und meinem sehnlichen Wunsch, diesen jungen Menschen zu finanzieller Unabhängigkeit zu verhelfen. Wenn es schon keine Firmen gab, die sie einstellen wollten, so konnte sie doch niemand daran hindern, sich selbst eine zu kaufen, sobald sie genügend Vermögen angehäuft hatten.

Wahrscheinlich hatte ich meinen Beitrag zu ihrem neuerwachten Selbstbewußtsein etwas zu sehr betont, denn Geoff antwortete: »Glückwunsch, Yank.« Aber als wir uns das nächste Mal trafen, gab er mir ein paar Geschichtsbücher. So verbrachte ich einen Samstagnachmittag lesend auf seiner Terrasse mit Blick auf den schönsten Hafen der Welt.

In einem der Bücher wurde ein Rev. George King zitiert, der am 16. Dezember 1923 gegenüber der *Australian Sunday Times* gesagt hatte: »Die Aborigines Australiens gehören ohne Zweifel einer niederen Gattung der Spezies Mensch an. Sie verfügen über keine verläßliche Überlieferung ihrer Geschichte, ihrer Taten oder ihrer Herkunft; und würden sie heute vom Angesicht der Erde hinweggefegt, hinterließen sie kein einziges Kunstwerk, das Zeugnis von der Existenz ihres Volkes ablegen könnte. Allerdings scheinen sie aber schon zu einem sehr frühen Zeitpunkt der Menschheitsgeschichte durch die weiten Ebenen Australiens gezogen zu sein.«

Ich fand noch ein anderes, aktuelleres Zitat von einem John Burless, das die Einstellung des weißen Australiens dokumentierte: »Ich gebe euch etwas, aber ihr besitzt nichts, was ich von euch haben wollen würde.«

Auszüge aus Ethnologen- und Anthropologenberichten vom vierzehnten *Kongreß der australischen und neuseeländischen Vereinigung zur Förderung der Wissenschaften* besagten:

- Der Geruchssinn ist unterentwickelt.
- Das Gedächtnis ist nur ansatzweise ausgebildet.
- Kinder verfügen kaum über eigene Willenskraft.

- Sie neigen zu Lügen und Feigheit.
- Sie spüren Schmerzen nicht so stark wie die höher entwickelten Rassen.

Als nächstes kamen die Geschichtsbücher, die die Initiationsriten der australischen Aborigine-Jungen beschrieben: Der Penis werde vom Skrotum bis zur Eichel mit einem stumpfen Steinmesser aufgeschlitzt – ohne Narkose und ohne einen Ausdruck des Schmerzes. Das Mannesalter werde erreicht, indem man sich von einem Heiligen Mann mit einem Stein einen Vorderzahn ausschlagen lasse. Die Vorhaut des betreffenden Jünglings werde seinen männlichen Verwandten zum Essen serviert, und dann werde er blutend und verängstigt in die Wüste geschickt, damit er seine Überlebenskünste beweisen könne. Die Geschichte meint ebenfalls zu wissen, daß sie Kannibalen waren und die Frauen manchmal sogar ihre eigenen Babys fraßen, wobei sie sich die zartesten Stücke besonders munden ließen.

Ein Geschichtsbuch erzählt die Geschichte von zwei Brüdern: Der Jüngere stach in einem Streit um eine Frau auf seinen älteren Bruder ein. Nachdem der Ältere sein brandig gewordenes Bein amputiert hatte, stach er dem Jüngeren die Augen aus. Danach lebten sie glücklich und zufrieden nebeneinander weiter. Der eine humpelte auf seiner Känguruhprothese durch die Gegend und führte den anderen an einer langen Stange hinter sich her. Diese Geschichte war grausam, aber am unverständlichsten war für mich eine Informationsbroschüre der Regierung über primitive chirurgische Methoden, in der bestätigt wird, daß die Aborigines glücklicherweise über eine Schmerzgrenze verfügen, die höher ist als die eines normalen Menschen.

Die Freunde, die an meinem Projekt teilnahmen, waren keine Wilden. Wenn überhaupt, konnte man sie am ehesten mit den vom Leben benachteiligten Jugendlichen vergleichen, wie ich sie schon aus meiner Heimat kannte. Sie lebten in isolierten Gegenden; über die Hälfte der Familien war arbeitslos. Man hatte den Eindruck, daß sie sich auf ein Leben mit Levis-Jeans aus zweiter Hand und warmem Dosenbier eingestellt hatten. Und alle paar Jahre kam es vor, daß einer von ihnen ganz groß herauskam.

Als ich am nächsten Montag wieder in unserer Fliegengitter-Firma war, konnte ich echte Zusammenarbeit ohne Neid und Konkurrenzkämpfe miterleben. So etwas gab es in der mir bekannten Arbeitswelt nicht. Es war ein richtiges Vergnügen, ihnen zuzusehen.

Ich redete mit den jungen Arbeitern über ihre Herkunft. Sie erzählten mir, daß die Zugehörigkeit zu einem bestimmten Stamm schon seit Jahren keine Bedeutung mehr habe. Ein paar von ihnen erinnerten sich an Großeltern, die von dem Leben erzählt hatten, als die Aborigines den Kontinent noch allein bevölkerten. Damals habe es unter anderen das Salzwasser-Volk und das Emu-Volk gegeben. Aber, um ganz ehrlich zu sein: Eigentlich wollten sie am liebsten gar nicht an ihre dunkle Haut und den Unterschied, für den diese stand, erinnert werden. Sie hofften, einmal jemanden mit hellerer Haut heiraten zu können, so daß ihre Kinder sich allmählich immer weniger von den Weißen abheben würden.

Unsere Firma war in jeder Hinsicht ein ausgesprochener Erfolg, deshalb war ich nicht überrascht, als ich eines Tages angerufen und zu dem Treffen eines Aborigine-Stamms am anderen Ende des Kontinents eingeladen wurde. Der Anrufer deutete an, es sei nicht einfach irgendein Treffen, sondern *mein* Treffen. »Bitte richten Sie es so ein, daß Sie teilnehmen können«, bat mich die Stimme des Ureinwohners.

Ich kaufte mir ein paar neue Kleider, buchte einen Hin- und Rückflug und reservierte ein Hotelzimmer. Den Leuten, mit denen ich zusammenarbeitete, teilte ich mit, daß ich eine Weile verreisen würde, und erzählte ihnen von der ungewöhnlichen Aufforderung. Ich teilte meine Aufregung mit Geoff und meiner Hauswirtin, und ich schrieb einen Brief an meine Tochter. Es war eine Ehre, daß Leute, die so weit entfernt lebten, von unserem Projekt gehört hatten und mir ihre Anerkennung ausdrücken wollten.

»Wir kümmern uns um die Fahrt vom Hotel zum Veranstaltungsort«, hatte man mir gesagt. Sie wollten mich um zwölf Uhr mittags abholen. Das schien doch zu bedeuten, daß es sich um ein Essen zu meinen Ehren handelte. Ich fragte mich, was sie wohl servieren würden.

Nun, Ooota war pünktlich um zwölf dagewesen, aber die Frage, was die Aborigines zum Essen servierten, war nach wie vor unbeantwortet.

6

Das Bankett

Die unglaubliche Tinktur aus Heilölen – hergestellt, indem man Blätter aufkocht und den öligen Bodensatz auffängt – wirkte: Meine Füße hatten sich bald so gut erholt, daß ich mir langsam wieder vorstellen konnte, zu stehen und zu laufen. Zu meiner Rechten sah ich eine Gruppe Frauen, die wie am Fließband zu arbeiten schienen. Sie sammelten große Blätter; während eine Frau mit einem langen Stock in den Büschen und abgestorbenen Bäumen stocherte, griff eine andere in die Büsche hinein, zog etwas heraus und legte es auf ein Blatt. Dann wurde ein zweites Blatt daraufgelegt und alles so gefaltet, daß man das ganze Päckchen einer Läuferin geben konnte, die es zum Feuer trug und unter die Kohlen steckte. Ich wurde neugierig. Dies war unsere erste gemeinsame Mahlzeit, das Menü, über das ich mir wochenlang den Kopf zerbrochen hatte. Ich humpelte hinüber, um besser sehen zu können, und traute meinen Augen nicht. In der Hand der Pflückerin wand sich ein großer weißer Wurm.

Erneut entfuhr mir ein tiefer Seufzer. Ich hatte aufgegeben, die vielen Male zu zählen, die ich an diesem Tag schon sprachlos gewesen war. Eines aber war sicher: So hungrig konnte ich gar nicht sein, daß ich einen Wurm essen würde! Doch in diesem Moment lernte ich eine Lektion: Man soll niemals »nie« sagen. Bis zum heutigen Tag ist das ein Wort, das ich ganz aus meinem Wortschatz zu verbannen versucht habe. Ich habe gelernt, daß es Dinge gibt, die ich lieber mag, und andere, die ich lieber meide, doch das Wort »nie« läßt keinen Platz für unbekannte Situationen, und »nie« ist eine sehr, sehr lange Zeit.

Die Abende wurden durch die Stammesmitglieder zu einer außerordentlich vergnüglichen Angelegenheit. Sie erzählten Geschichten, sangen, tanzten, unterhielten sich mit Gesellschaftsspielen oder führten vertrauliche Gespräche unter vier Augen. Dies war wirklich eine Zeit der Gemeinsamkeit. Während wir darauf warteten, daß das Essen fertig wurde, gab es immer irgendeine Form von Aktivität. Oft massierten und rieben sie einander die Schultern, Rücken oder sogar die Kopfhaut. Ich sah, wie sie Nacken und Wirbelsäule bearbeiteten. Später auf unserer Reise zeigten wir uns gegenseitig verschiedene Techniken – ich brachte ihnen die amerikanische Methode bei, die Rückenwirbel oder andere Gliedmaßen einzurenken, und sie mir ihre.

An jenem ersten Tag fiel mir auf, daß keine Tassen, Teller oder Servierschüsseln ausgepackt wurden. Ich hatte richtig geraten: Die Atmosphäre würde weiterhin ganz informell bleiben und jede Mahlzeit im Picknick-Stil eingenommen werden. Es dauerte gar nicht lange, da wurden die Backformen aus gefalteten Blättern aus den Kohlen genommen. Mit der Unterwürfigkeit einer Privat-Krankenschwester wurde mir mein Päckchen überreicht. Ich sah, wie alle ihre Päckchen öffneten und den Inhalt mit den Fingern aßen. Die Delikatesse in meiner Hand war warm, und ich spürte keine Bewegung mehr. Also nahm ich all meinen Mut zusammen und öffnete die Blätter. Die Made war verschwunden. Zumindest sah der Inhalt einem Wurm nicht mehr ähnlich. Es war jetzt eine braune, krümelige Masse, die eher gerösteten Erdnüssen oder der Kruste eines Schweinebratens glich.

»Ich glaube, damit kann ich fertigwerden«, dachte ich mir. Und ich wurde damit fertig – es schmeckte sogar gut! Ich wußte damals nicht, daß das Garen bei ihnen nicht üblich war und sie die Maden nur für mich gekocht hatten, und zwar bis zur Unkenntlichkeit.

An diesem Abend erklärten sie mir, daß man ihnen von meiner Arbeit mit den städtischen Aborigines erzählt habe. Auch wenn diese jungen Erwachsenen weder vollblütige Ureinwohner waren, noch zu ihrem Stamm gehörten, sahen sie in meiner Arbeit doch die Geste eines Menschen, der sich wirklich Gedanken machte. Weil sie den Eindruck hatten, daß ich um Hilfe schrie, hatten sie mich dann eingeladen. Sie waren übereingekommen, daß meine Absichten gut waren. Ein Problem sahen sie aber darin, daß ich die Kultur der Aborigines nicht verstand und die Gebräuche ihres Stammes erst recht nicht. Die Zeremonien, denen ich mich an diesem Morgen hatte unterziehen müssen, waren Prüfungen gewesen. Man hatte mich akzeptiert und mich für würdig befunden, das Wissen von der wahren Beziehung der Menschen zu der Welt, in der wir leben, zu erlernen. Es war auch das Wissen über die jenseitige Welt, die Dimension, aus der wir kommen und in die wir alle wieder eingehen werden. Man würde mir das Wesen meines eigenen Seins aufdecken.

Als ich jetzt unter ihnen saß, meine behandelten

Füße eingehüllt in einen Mantel aus ihrem wertvollen, knapp bemessenen Blättervorrat, erklärte mir Ooota, welch enormes Unterfangen es für diese Wüstennomaden bedeutete, mit mir auf ein Walkabout zu gehen. Man erlaubte mir, an ihrem Leben teilzunehmen. Niemals zuvor hätten sie Kontakt zu einem Weißen aufgenommen oder gar eine wie auch immer geartete Beziehung für möglich gehalten. Sie waren der Ansicht, daß sich alle anderen Stämme in Australien den Regeln der weißen Regierung unterworfen hatten. Sie waren die letzten, die sich dem weiterhin verweigerten. Normalerweise zogen sie in kleinen Familiengruppen von sechs bis zehn Leuten umher, aber zu diesem Ereignis hatten sie sich alle zusammengefunden.

Ooota sagte jetzt etwas zu der Gruppe, worauf jeder einzelne etwas zu mir sagte. Sie nannten mir ihre Namen. Die Wörter waren für mich zwar schwer verständlich, aber es half mir, daß jeder Name eine Bedeutung hatte. Bei den Aborigines werden Namen nicht so benutzt, wie wir in Amerika jemanden »Debbie« oder »Cody« nennen würden. Deshalb konnte ich jede Person mit der Bedeutung ihres Namens in Verbindung bringen, statt zu versuchen, das Wort selbst auszusprechen. Jedes Kind erhält bei seiner Geburt einen Namen, aber man geht davon aus, daß eine Person sich weiterentwickelt und der Geburtsname deshalb irgendwann ausgedient hat. Dann kann jeder eine neue, passendere Grußformel für sich wählen. Es ist sogar wünschenswert, daß sich der Name eines Menschen mehrmals in seinem Leben verändert, da auch Weisheit, besondere Talente und die Rolle in der Gemeinschaft erst mit der Zeit immer deutlicher hervortreten. In unserer Gruppe gab es unter anderen folgende Namen: Geschichtenerzähler, Werkzeugmacher, Geheimnisbewahrer, Nähmeister und Große Musik.

Schließlich deutete Ooota auf mich und sagte jedem in der Runde immer wieder dasselbe Wort. Erst dachte ich, sie versuchten, meinen Vornamen auszusprechen, aber dann klang es wieder, als würden sie mich bei meinem Nachnamen nennen. Es war aber keiner von beiden. Das Wort, das sie in dieser Nacht benutzten, und der Name, den ich während dieser Reise tragen sollte, war *Mutante – die Veränderte.*

Ich verstand nicht, warum Ooota, der für beide Seiten als Sprecher fungierte, ihnen die Aussprache eines so eigenartigen Namens beibrachte. Bei *Mutante* oder *Veränderte* mußte ich an bedeutende Veränderungen im Erbgefüge denken, eben in Form einer Mutation, die dem Original nicht mehr ähnlich ist. Aber eigentlich war mir der Name auch egal, denn mittlerweile war mein ganzer Tag, ja mein ganzes Leben, in einen Zustand kompletter Verwirrung geraten.

Ooota sagte mir, daß es bei einigen Aborigine-Völkern überhaupt nur acht Namen gebe, die dann mehr einem Zählsystem glichen. Alle Menschen, die dasselbe Geschlecht hatten und zur selben Generation gehörten, teilten auch denselben Verwandtheitsgrad, deshalb hatte jeder gleich mehrere Mütter, Väter, Brüder und so fort.

Als es dunkel wurde, erkundigte ich mich nach der geläufigen Methode, um sich zu erleichtern. Dann wünschte ich mir, daß ich Zuke, der Katze meiner Tochter, besser zugesehen hätte, denn unsere Toilette war die Wüste, in die man hinauswandern mußte.

Man grub ein Loch in den Sand, hockte sich darüber und warf es danach wieder mit Sand zu. Sie ermahnten mich, auf Schlangen zu achten. Wenn der heißeste Teil des Tages vorbei und die Nachtkälte noch nicht eingebrochen ist, sind sie am aktivsten. Daraufhin sah ich überall im Sand böse Augen und giftige Zungen, die auf jede meiner Bewegungen reagierten. Auf meinen Reisen durch Europa hatte ich mich über das schreckliche Toilettenpapier beklagt. Und nach Südamerika hatte ich mir sogar mein eigenes mitgenommen. Hier aber war das Fehlen von Papier wirklich mein geringstes Problem.

Als ich von meinem kleinen Wüstenspaziergang zur Gruppe zurückkehrte, tranken wir gemeinsam einen Aborigine-Steintee. Der Steintee wird hergestellt, indem man heiße Steine in einen Behälter mit kostbarem Wasser wirft. Sie benutzten dazu einen Beutel, der ursprünglich irgendeinem Tier als Blase gedient hatte. Dem erhitzten Wasser wurden wilde Kräuter zugefügt, und dann ließ man den Tee so lange ziehen, bis er gut war. Wir reichten das außergewöhnliche Gefäß in der Gruppe herum. Es schmeckte wunderbar!

Den Steintee, so fand ich später heraus, gibt es nur zu besonderen Gelegenheiten, und das Ende meines ersten Tages mit den Aborigines in der Wüste war so eine besondere Gelegenheit. Ihnen war klar, mit welchen Schwierigkeiten ich ohne Schuhe, Schatten, nur auf meine nackten Füße gestellt, hatte kämpfen müssen. Die Kräuter, die man dem Wasser beigegeben hatte, um den Tee zu brauen, dienten weder als Geschmacksverstärker noch als Heil- oder Nährmittel. Mit ihnen wollten sie die Vollkommenheit der Gruppe feiern. Sie feierten, daß ich nicht aufgegeben und darauf bestanden hatte, in die Stadt zurückgebracht zu werden, auch hatte ich nicht laut gejammert und geklagt. Sie hatten das Gefühl, daß ich den Aborigine-Geist empfing.

Dann begannen sie an einigen Stellen den Sandboden zu glätten. Jeder nahm sich aus dem großen Gemeinschaftsbündel, das schon vorher herbeigetragen worden war, eine Rolle aus Tierfell oder -haut. Den ganzen Abend schon hatte mich eine ältere Frau mit einem Gesichtsausdruck angestarrt, den ich nicht deuten konnte. »Was denkt sie nur?« fragte ich Ooota.

»Daß du nicht mehr nach Blumen riechst und wahrscheinlich aus einer anderen Welt kommst.«

Ich lächelte, und daraufhin überreichte sie mir ein Bündel. Ihr Name war Nähmeisterin.

»Es ist ein Dingofell«, erklärte Ooota. Ich wußte, daß der Dingo ein australischer Wildhund war, ähnlich unseren Kojoten oder Wölfen. »Es ist vielseitig verwendbar. Du kannst dich darauflegen, dich damit zudecken oder es als Kopfkissen benutzen.«

»Na, wunderbar«, dachte ich. »Ich darf mir aussuchen, für welchen halben Meter Körper ich es nehme!«

Ich beschloß, es zwischen mich und die krabbelnden Kreaturen, die ich in meiner Nähe wähnte, zu plazieren. Es war schon viele Jahre her, seit ich das letzte Mal auf dem Boden geschlafen hatte. Ich konnte mich erinnern, daß ich als Kind viel Zeit auf einem großen flachen Felsen in der Mojave-Wüste in Kalifornien verbracht hatte. Wir lebten damals in Barstow. Die Hauptattraktion dort war ein riesiger Hügel, den man den »B«-Berg nannte. Im Sommer hatte ich mir oft eine Flasche Orangenlimonade und ein Erdnußbutter-Sandwich eingepackt und war auf den Hügel oder um ihn herum gewandert. Ich rastete immer auf demselben flachen Felsen, aß mein Picknick und lag dann einfach auf dem Rücken und schaute in die Wolken, in denen ich alle möglichen Figuren erkannte. Meine Kindheit schien schon sehr lange zurückzuliegen. Ist es nicht eigenartig, daß der Himmel immer derselbe bleibt? Allerdings hatte ich den Himmelskörpern in den letzten Jahren nur wenig Aufmerksamkeit geschenkt. Jetzt wölbte sich über mir ein kobaltblauer, silbern gesprenkelter Baldachin. Ganz deutlich konnte ich die Sternenformation erkennen, die auf der australischen Flagge als Kreuz des Südens abgebildet ist.

Als ich da so lag, dachte ich über mein Abenteuer nach. Wie sollte ich jemals einem Menschen beschreiben, was heute geschehen war? Eine Tür hatte sich geöffnet, und ich war in eine Welt eingetreten, von deren Existenz ich bisher nichts gewußt hatte. Sicherlich war es eine Welt ohne jeglichen Luxus. Ich hatte an den verschiedensten Orten gelebt und viele Länder bereist, und zwar in allen möglichen Transportmitteln, aber diese Erfahrung war einzigartig. Ich kam mit mir überein, daß alles gut war, so wie es war.

Am nächsten Morgen würde ich ihnen erklären, daß ein Tag für mich völlig ausreichend sei, um ihre Kultur schätzen zu lernen. Meine Füße würden die Wanderung zurück zum Jeep schon irgendwie überstehen. Vielleicht durfte ich mir ja auch etwas von ihrer wunderbaren Fußcreme mitnehmen, denn sie half wirklich. Mir reichte es, einmal in ihre Art Leben hineingeschnuppert zu haben. Der heutige Tag war deshalb gar nicht schlecht gewesen, wenn man von meinen gequälten Füßen einmal absah.

Irgendwo tief in meinem Inneren war ich sehr dankbar dafür, daß ich erfahren durfte, wie andere Menschen leben. Ich erkannte langsam, daß durch das menschliche Herz mehr als nur Blut fließt. Ich schloß die Augen und sagte der Macht über mir ein stilles »Danke«.

Am anderen Ende des Camps sagte jemand etwas. Es wurde erst von einer, dann von einer anderen Stimme wiederholt. Sie reichten es weiter. Jeder sprach denselben Satz, so daß er ein Netz von einer liegenden Person zur nächsten spannte. Zum Schluß ging der Satz an Ooota, dessen Schlafmatte neben der meinen lag. Er drehte sich um und sagte: »Es war uns eine Freude; dies ist ein guter Tag.«

Diese Antwort auf mein lautloses »Danke« überraschte mich ein wenig, und ich antwortete diesmal mit einem laut ausgesprochenen »Danke« und »Es war mir eine Freude.«

7

Was ist Sozialversicherung?

Noch bevor die ersten Sonnenstrahlen auf mich fallen konnten, wurde ich am nächsten Morgen von Geräuschen geweckt: Die Aborigines sammelten die wenigen Gegenstände auf, die wir am Abend zuvor benutzt hatten. Man sagte mir, daß es jetzt jeden Tag heißer werden würde, deshalb wollten wir die kühleren Morgenstunden zum Laufen nutzen. Nach einer längeren Mittagsrast würden wir dann die Wanderung in den Abend hinein fortsetzen. Ich legte mein Dingofell zusammen und reichte es dem Mann, der alles zusammenpackte. Sie verstauten die Felle so, daß man leicht wieder an sie herankommen konnte, denn während der Mittagshitze würden wir entweder einen Unterschlupf suchen oder uns eine *Wiltja*, eine Art Sonnenschutz aus Gebüsch und Unterholz, bauen. Vielleicht würde uns aber auch ein Zelt aus den zusammengelegten Schlaffellen Schatten spenden.

Fast alle Tiere meiden die glühende Sonne. Nur Eidechsen, Spinnen und Buschfliegen fühlen sich bei Temperaturen über 35 Grad Celsius noch wohl und sind aktiv. Selbst Schlangen müssen sich bei großer Hitze eingraben, da sie sonst austrocknen und sterben. Es ist gar nicht so einfach, sie rechtzeitig zu entdecken, denn wenn sie einen Menschen herankommen hören, stecken sie ihren Kopf aus dem sandigen

Boden, um nach der Ursache für die Vibrationen zu suchen. Glücklicherweise wußte ich damals noch nicht, daß es in Australien über zweihundert verschiedene Schlangenarten gibt, von denen über siebzig giftig sind.

An jenem Tag erlebte ich jedoch zum ersten Mal, welch wunderbares Verhältnis die Aborigines zur Natur haben. Bevor wir zu unserer Tageswanderung aufbrachen, stellten wir uns dichtgedrängt in einem Halbkreis auf, dem Osten zugewandt. Der Stammesälteste trat in die Mitte und stimmte einen Gesang an. Dann fielen alle in einen einheitlichen Rhythmus ein; einige klatschten in die Hände, andere stampften mit den Füßen oder schlugen sich auf die Schenkel. Das alles dauerte ungefähr fünfzehn Minuten. Diese Zeremonie wiederholten sie jeden Morgen, und mir war bald klar, daß sie ein wichtiger Bestandteil ihres Gemeinschaftslebens war. Es war eine Art Morgengebet, die Konzentration auf die Mitte, die Festsetzung des gemeinsamen Tagesziels – wie immer man es nennen möchte. Dieses Volk ist der Überzeugung, daß es für die Existenz aller Dinge auf Erden einen Grund gibt. Alles hat seinen Sinn, alles paßt zueinander, es gibt keine Mißbildungen oder Zufälle. Es gibt nur Mißhelligkeiten und Rätsel, deren Lösung dem sterblichen Menschen noch nicht gelungen ist.

Das Königreich der Pflanzen hat den Daseinszweck, Menschen und Tieren Nahrung zu spenden und den Boden zusammenzuhalten. Es hat sich der Schönheit und dem Gleichgewicht in der Atmosphäre verpflichtet. Sie erklärten mir, daß die Pflanzen und Bäume uns Menschen ein stilles Lied singen, und sie bitten uns lediglich, daß auch wir für sie singen. Mein wissenschaftlicher Verstand bezog dies sofort auf die Vorgänge der Fotosynthese in der Natur. Es ist nicht der erste Daseinszweck des Tieres, dem Menschen Nahrung zu spenden, aber wenn erforderlich, so fügt es sich in diese Notwendigkeit. Auch das Tier soll für das Gleichgewicht in der Atmosphäre sorgen und uns Gefährte und – durch sein Vorbild – Lehrer sein. Deshalb entsendet der Stamm jeden Morgen einen Gedanken oder eine Botschaft an die Tiere und Pflanzen in der Gegend, die sich vor uns ausbreitet. Sie sagen: »Wir gehen euren Weg. Wir kommen, um eurem Daseinszweck Ehre zu erweisen.« Dann ist es Sache der Pflanzen und Tiere, unter sich auszumachen, wer gewählt wird.

Der Stamm der »Wahren Menschen« bricht immer ohne Nahrung auf. Auf mentale, wortlose Weise sind sie immer mit dem Universum in Kontakt. Sie glauben, daß überall in der Welt Überfluß herrscht. Wir »Veränderten« mögen dem Talent und der Lebensaufgabe eines Pianisten Anerkennung zollen, indem wir uns zusammenfinden und ihm zuhören. Im Prinzip machen die »Wahren Menschen« mit allen Erscheinungen in der Natur nichts anderes. Kreuzte eine Schlange unseren Weg, dann tat sie das ganz offensichtlich, um sich als Essen zur Verfügung zu stellen. Die tägliche Mahlzeit war ein ganz wichtiger Bestandteil unserer abendlichen Zeremonien. Ich lernte, daß das Auftauchen von Nahrung nicht als selbstverständlich betrachtet wurde. Man bat erst darum, aber man ging davon aus, daß sich auch etwas ergeben würde – und es geschah immer. Man nahm die Nahrung dankbar entgegen und vergaß nie, gebührend dafür zu danken. Jeden neuen Tag beginnt der Stamm damit, der Großen Einheit für diesen Tag zu danken; für ihr Leben, ihre Freunde, für die Welt. Manchmal haben sie besondere Bitten, aber sie formulieren sie immer so: ». . . wenn es zu meinem Besten und zum Besten allen Lebens auf der Welt ist.«

Nach der ersten Morgenversammlung im Halbkreis wollte ich Ooota klarmachen, daß es jetzt an der Zeit sei, mich zum Jeep zurückzubringen, doch ich fand ihn nirgendwo. Schließlich freundete ich mich mit dem Gedanken an, noch einen weiteren Tag durchzustehen.

Der Stamm hatte keinerlei Proviant dabei. Sie bauten kein Getreide an und ernteten auch nichts. Sie zogen durch den glühenden australischen Busch und wußten, daß die Erde sie Tag für Tag mit ihren üppigen Gaben segnen würde. Und die Erde hat sie nie enttäuscht.

An diesem ersten gemeinsamen Morgen in der Wüste nahmen wir kein Frühstück zu uns, und ich fand bald heraus, daß dies normal war. Manchmal aßen wir abends; wann immer jedoch etwas Eßbares auftauchte, verspeisten wir es ungeachtet des Sonnenstandes. Oft aßen wir mal hier einen Bissen und mal da und nahmen den ganzen Tag keine normale Mahlzeit, wie wir sie kennen, zu uns.

Wasser trugen wir in mehreren Blasen bei uns. Ich weiß, daß ein Mensch zu ungefähr siebzig Prozent aus Wasser besteht und unter idealen Bedingungen mindestens anderthalb Liter Flüssigkeit am Tag zu sich nehmen sollte. Die Aborigines, so beobachtete ich, brauchten viel weniger, denn sie tranken weniger als ich. Sie griffen nur äußerst selten zu den Wasserbehältern. Ihre Körper schienen die in der Nahrung enthaltene Flüssigkeit optimal zu verwerten. Sie glauben, daß wir »Veränderten Menschen« viele Abhängigkeiten mit uns herumschleppen, und die Sucht nach Wasser ist eine davon.

Die Aborigines benutzten das Wasser, um zu den Mahlzeiten etwas einzuweichen, das wie abgestorbenes und verdorrtes Unkraut aussah. Die braunen Strünke schienen völlig tot und ausgetrocknet zu sein, als man sie ins Wasser steckte, aber wenn sie wieder herausgezogen wurden, ähnelten sie wunderbarerweise frischem grünen Stangensellerie.

Sie fanden auch da noch Wasser, wo es wirklich keinerlei Anzeichen für Feuchtigkeit mehr gab. Manchmal legten sie sich auf die sandige Erde, um das Wasser darunter besser hören zu können, oder sie hielten auf der Suche nach Wasser die Handflächen über den Boden. Sie steckten lange, hohle Rohrgräser in die Erde, saugten am oberen Ende und schufen so Miniaturspringbrunnen. Das Wasser war sandig und hatte eine dunkle Farbe, aber es schmeckte sauber und erfrischend. Die Stammesmitglieder konnten aus den Dunstwolken am Himmel erkennen, ob es in der Ferne Wasser gab. Sie rochen und spürten es sogar in der Luft. Jetzt weiß ich auch, warum bei den Expeditionen ins australische Landesinnere so viele Menschen so bald umkommen: Man braucht das spezielle Wissen eines Ureinwohners, um in dieser Wüste überleben zu können.

Als wir uns einmal Wasser aus einer Felsspalte holten, brachten sie mir bei, wie man sich einem Ort nähert, ohne ihn mit dem menschlichen Geruch zu vergiften und die Tiere abzuschrecken. Denn schließlich war es auch ihr Wasser; die Tiere hatten genausoviel Recht darauf wie die Menschen. Der Stamm bemächtigte sich nie des gesamten Wasservorrats, egal wie knapp unsere Reserven auch sein mochten. An jedem Wasserloch benutzten sie die gleiche Stelle, um zu trinken, und alle Tierarten schienen derselben Regel zu folgen. Nur die Vögel ignorierten diese Zugangsregelung und fühlten sich beim Trinken, Herumplanschen und sorglosen Exkrementieren einfach überall wohl.

Die Stammesmitglieder konnten mit einem Blick auf den Wüstenboden sagen, welche Tiere in der Nähe lebten. Von Kindheit an lernen sie, alles genau zu beobachten, und deshalb erkennen sie sofort die Spuren von irgendwelchen laufenden, hüpfenden oder kriechenden Kreaturen im Sand. Der Anblick der Fußabdrücke der Stammesmitglieder ist ihnen so vertraut, daß sie nicht nur auf der Stelle die zugehörige Person identifizieren können, sondern sie erkennen auch an der Länge der Schritte, ob es diesem Menschen gutgeht oder ob er nur langsam vorankommt, weil er krank ist. Die kleinste Abweichung im Bild der Fußspur kann ihnen verraten, wohin der betreffende Wanderer wahrscheinlich geht. Ihr Wahrnehmungsvermögen ist viel besser ausgeprägt als das von Menschen, die in anderen Kulturen aufgewachsen sind. Ihr Hör-, Seh- und Geruchssinn scheint fast übermenschlich zu sein. In den Fußabdrücken verbergen sich Vibrationen, die viel mehr verraten als das, was man im Sand sieht. Später erfuhr ich, daß es Aborigine-Spurensucher gibt, die aus Reifenabdrücken nicht nur das Tempo eines Autos ablesen können, sondern auch das Fabrikat, den Tag und die Uhrzeit, zu der es vorbeifuhr, sowie die Anzahl der Passagiere.

Während der nächsten Tage aßen wir verschiedene Zwiebel- und Knollengewächse und Gemüse, die unter der Erde wuchsen, ähnlich unseren Kartoffeln oder Yamswurzeln. Sie mußten eine Pflanze nicht erst aus dem Boden ziehen, um zu erkennen, ob sie reif war. Sie ließen einfach ihre Hände über der Pflanze kreisen und sagten: »Diese hier wächst noch, sie ist noch nicht fertig« oder »Ja, diese hier ist soweit, daß sie gebären kann«. Für mich sahen sie alle gleich aus, und nachdem ich mehrere einfach herausgezogen hatte, nur um zuzusehen, wie sie wieder eingepflanzt wurden, beschloß ich, besser zu warten, bis man mir sagte, welche Pflanzen ich nehmen konnte. Sie erklärten mir dieses Phänomen mit derselben Kraft, wie sie ein Wünschelrutengänger einsetzt, eine Fähigkeit, über die nach ihrer Meinung alle Menschen verfügen. Weil die Menschen in unserer Gesellschaft aber nicht ermutigt werden, auf die eigenen, intuitiven Eingaben zu horchen und diese vielmehr als übermenschlich, ja vielleicht sogar böse mißbilligt werden, mußte ich erst wieder erlernen, was eigentlich eine meiner natürlichen Gaben hätte sein sollen.

Schließlich lehrten sie mich, die Pflanzen zu fragen, ob sie soweit waren, ihren Daseinszweck erfüllen zu können. Ich bat die Erde um Erlaubnis und hielt dann meine Handflächen über die Pflanze. Manchmal spürte ich Hitze, und manchmal, wenn ich sie über eine reife Pflanze hielt, schien ein unkontrollierbares Zucken durch meine Finger zu gehen. Als ich diese Kunst endgültig beherrschte, spürte ich, daß ich in der Anerkennung der Stammesmitglieder einen riesigen Schritt nach vorne gemacht hatte. Für sie schien dies zu bedeuten, daß ich etwas weniger degeneriert war und mich allmählich zu einem »Wahren Menschen« entwickelte.

Es war wichtig, daß wir nie das gesamte Beet einer Pflanze abernteten. Sie ließen immer genug zurück, um neues Wachstum zu ermöglichen. In erstaunlichem Maße war sich dieses Volk einer Sache bewußt, die sie das Lied oder die stimmlosen Geräusche der Erde nannten. Sie erspüren die Botschaften, die von ihrer Umwelt ausgesendet werden. Mit einer einzigartigen Technik werden diese Botschaften entschlüsselt, worauf sie dann entsprechend handeln. Es ist, als hätten die »Wahren Menschen« einen winzigkleinen himmlischen Empfänger, über den sie die Botschaften des Universums auffangen.

An einem der ersten Tage durchquerten wir einen ausgetrockneten See. Der Boden war an vielen Stellen in weiten, unregelmäßigen Furchen aufgebrochen, und die so entstandenen einzelnen Erdschollen hatten gewellte Ränder. Der weiße Lehm wurde von mehreren Frauen eingesammelt und später zu einem feinen Farbpuder verarbeitet.

Die Frauen trugen lange Stöcke bei sich, mit denen sie in dem harten Lehmboden herumstocherten. Fast einen Meter unter der Erdoberfläche stießen sie auf Feuchtigkeit und förderten dann kleine runde Schlammbälle zutage. Als sie den Dreck entfernt hatten, kamen zu meiner Überraschung Frösche zum Vorschein. Offensichtlich überleben diese Tiere das Austrocknen ihrer Wasserstelle, indem sie sich tief in die Erde eingraben. Selbst in gebratenem Zustand waren sie noch immer saftig und schmeckten ähnlich wie eine Hähnchenbrust. In den nächsten Monaten präsentierte sich uns ein breites Angebot an Speisen, dem wir in den täglichen Zeremonien zum Preis allen Lebens huldigten. Wir verspeisten Känguruhs, Wildpferde, Eidechsen, Schlangen, Käfer, Würmer und Maden in allen Größen und Farben, Ameisen, Termiten, Ameisenbären, Vögel, Fische, Samen, Nüsse, Obst und unzählige Pflanzen – und einmal sogar ein Krokodil.

An jenem ersten Morgen kam eine Frau auf mich zu. Sie entfernte das vor Schmutz starrende Band aus ihrem Haar, hob mein langes Haar über meinen Nacken und steckte es mir mit Hilfe des Bandes hoch. Ihr Name war »Seelenfrau«. Anfangs war mir nicht klar, was sie mit Seelen zu tun hatte und ob sie mit ihnen in Verbindung trat, aber nachdem wir gute Freundinnen geworden waren, wußte ich, daß sie mit meiner Seele Verbindung aufgenommen hatte.

Ich konnte nicht mehr sagen, wie viele Tage und Wochen wir schon unterwegs waren – ich hatte kein Zeitgefühl mehr. Ich gab es auf, darum zu bitten, mich zum Jeep zurückzubringen. Es war aussichtslos, und außerdem schien etwas ganz anderes zu geschehen. Sie hatten einen bestimmten Plan. Offensichtlich durfte ich zu diesem Zeitpunkt noch nicht wissen, worum es ging. Meine Kraft, meine Reaktionen und meine persönlichen Ansichten wurden immer wieder überprüft. Warum, wußte ich nicht. Ich fragte mich, ob Menschen, die weder schreiben noch lesen können, vielleicht eine ganz eigene Methode zur Leistungsüberwachung entwickeln.

An manchen Tagen wurde der Sand so heiß, daß ich meine Füße buchstäblich hören konnte! Sie zischten wie Fleisch in einer Bratpfanne. Nachdem die Blasen abgetrocknet und verhärtet waren, bildete sich an meinen Fußsohlen langsam eine Art Huf.

Mit der Zeit schwang sich mein Durchhaltevermögen zu erstaunlichen Höhen auf. Da ich weder Frühstück noch Mittagessen einnahm, lernte ich, mich an den verschiedenen Natureindrücken zu laben. Ich sah, wie Eidechsen Wettrennen veranstalteten und Insekten ihrer Körperpflege nachgingen. Am Himmel und in den Steinen entdeckte ich Bilder.

Die Aborigines zeigten mir in der Wüste viele heilige Stätten. Fast alles schien irgendwie heilig zu sein: Felsenformationen, Hügel, Schluchten und sogar ausgetrocknete Wasserlöcher. Unsichtbare Linien markierten die Grenzen zu den Territorien, die früher von anderen Stämmen beansprucht worden waren. Sie demonstrierten mir, wie sie Entfernungen maßen, nämlich indem sie Lieder mit ganz bestimmten Details und in vorgegebenen Rhythmen sangen. Einige Lieder hatten gut hundert Strophen. Jedes Wort mußte entsprechend den Vorgaben ausgesprochen und jede Pause exakt eingehalten werden. Improvisation oder das Auslassen vergessener Strophen kam nicht in Frage, da diese Lieder wirklich die Funktion von Meterstäben haben. Sie sangen uns sozusagen von einem Ort zum anderen. Ich konnte diese »songlines« lediglich mit einer Methode vergleichen, die ein blinder Freund von mir zum Abmessen von Entfernungen entwickelt hatte. Die Aborigines weigern sich, eine Schriftsprache zu benutzen, weil das ihrer Meinung nach dem Gedächtnis seine Kraft nimmt. Nur durch ständige Übung und Forderung könne man die bestmöglichen Gedächtnisleistungen erzielen.

Der Himmel über uns blieb Tag für Tag unverändert pastellblau und wolkenlos und variierte nur leicht in den Schattierungen. Das grelle Mittagslicht wurde vom leuchtenden Sand reflektiert. Es strapazierte und stärkte gleichzeitig meine Augen, die zu Einlaßtoren für den Fluß einer ganz neuen Sehkraft wurden.

Viele Dinge lernte ich erst jetzt richtig schätzen, weil ich sie nicht mehr als selbstverständlich hinnahm: das Gefühl der Erneuerung und Erfrischung nach der Nachtruhe, das wirkliche Stillen meines Durstes mit nur wenigen Schlucken Wasser und die ganze Breite der Geschmacksrichtungen zwischen süß und sauer. Mein ganzes Leben lang hatte ich mir Sorgen um die Sicherheit meines Arbeitsplatzes gemacht, mir überlegt, ob ich mich für den Fall einer Inflation absichern, Immobilien kaufen und für meinen Ruhestand sparen sollte. Die einzige Sicherheit hier draußen war der ewige Zyklus von Morgendämmerung und Sonnenuntergang. Bei diesen Menschen, die – zumindest was meine Standards betraf – überhaupt nicht abgesichert waren, gab es erstaunlicherweise weder Magengeschwüre, Bluthochdruck noch Herz-Kreislauf-Erkrankungen.

Überall, selbst in den eigenartigsten Dingen, begann ich die Schönheit und Einheit allen Lebens zu erkennen. In einem Schlangennest bewegten sich etwa zweihundert Tiere, ein jedes vom Umfang meines Daumens. Sie bildeten in ihren schlängelnden Bewegungen ein lebendiges, sich ständig veränderndes Muster, wie man sie auf den reichverzierten Vasen in den Museen findet. Ich hatte Schlangen immer gehaßt. Jetzt erkannte ich, daß sie für das Gleichgewicht der Natur notwendig waren und wir ohne sie nicht überlebt hätten. Weil kaum jemand diese Kreaturen liebevoll akzeptieren kann, sind sie zum Gegenstand von Darstellungen in Kunst und Religion geworden. Niemals hätte ich mir vorstellen können, daß ich mich auf ein Gericht aus geräuchertem oder sogar rohem Schlangenfleisch freuen würde, aber irgendwann tat ich es. Ich lernte, wie wertvoll die Feuchtigkeit sein kann, die in jedem Essen enthalten ist.

Im Lauf der Monate erlebten wir alle Temperaturextreme. Am ersten Abend hatte ich das mir zugeteilte Fell als Matratze benutzt, aber als die kalten Nächte einsetzten, wurde es zur Decke. Die meisten von uns lagen eng aneinandergeschmiegt auf dem blanken Boden. Sie holten sich die Wärme lieber von einem anderen Körper als vom nahen Feuer. In den kältesten Nächten wurden zahlreiche Feuerstellen gebaut. Früher hatte der Stamm oft gezähmte Dingos auf seine Wanderungen mitgenommen, die bei der Jagd halfen, treue Gefährten waren und in den kalten Nächten Wärme spendeten. Daher kommt wohl auch der Ausdruck »Hundekälte«.

Oft lagen wir abends so am Boden, daß wir mehrere Kreise bildeten. Auf diese Weise hatten wir mehr von unseren Decken, und in den Menschentrauben schien sich die Körperwärme des einzelnen viel besser speichern und weitergeben zu lassen. Wir gruben kurze Gräben in den Boden, in die wir heiße Kohlen gaben, welche wir mit einer Sandschicht bedeckten. Die eine Hälfte der Felle legten wir unter uns, mit der anderen deckten wir uns zu. Jeweils zwei Menschen teilten sich so einen »Kohlengraben«. Unsere Füße trafen sich in der Mitte des Kreises.

Ich weiß noch, wie ich mein Kinn auf beide Hände stützte und in den unendlichen Himmel über mir blickte. Ich erspürte das innerste Wesen dieses wunderbaren, reinen, unschuldigen und liebenswerten

Volkes. Würde jemand vom Kosmos dort oben auf uns herabblicken, sähe er lauter Seelen, die in gänseblümchenartigen Kreisen zusammenlagen, und zwischen zwei Körpern leuchtete jeweils ein winziges Feuer. Es mußte ein wunderschöner Anblick sein.

In diesen Kreisen berührten sich zwar nur die Zehen der Menschen, aber jeden Tag wurde mir klarer, wie ihr Bewußtsein seit Anbeginn der Zeiten das allumfassende Bewußtsein der Menschheit berührt hatte.

Jetzt begann ich auch zu verstehen, weshalb sie mich ganz ohne Umschweife als »Veränderte« bezeichneten, und ich dankte ihnen ebenfalls ganz offen dafür, daß sie es mir ermöglichten, aus diesem Zustand zu erwachen.

8

Drahtloses Telefon

Der Tag hatte fast genauso begonnen wie alle anderen zuvor, deshalb konnte ich nicht ahnen, was auf mich wartete. Wir frühstückten, was nicht üblich war. Am vorangegangenen Tag waren wir an einem Mühlstein vorbeigekommen. Es war ein riesiger, ovaler Fels, deutlich zu schwer, um transportiert zu werden. Er lag einfach für die Reisenden bereit, die in der glücklichen Lage waren, Samen oder Körner dabeizuhaben. Die Frauen hatten Pflanzenstengel zu einem feinen Mehl verarbeitet, es mit Salzgras und Wasser verrührt und daraus kleine Pfannkuchen gebacken.

In unserer morgendlichen Gebetszeremonie blickten wir nach Osten und sagten Dank für alle Gaben. Wir schickten unsere tägliche Botschaft in das Reich, das uns mit Nahrung versorgte.

Diesmal trat einer der jüngeren Männer ins Zentrum des Halbkreises. Man erklärte mir, daß er sich angeboten habe, an diesem Tag eine besondere Aufgabe zu übernehmen. Er verließ das Lager schon früh und eilte uns voraus. Nachdem wir mehrere Stunden gewandert waren, sank der Älteste auf die Knie. Alle sammelten sich um ihn, während er mit ausgestreckten Armen und einer leicht schwankenden Bewegung in dieser knienden Haltung verweilte. Ich fragte Ooota, was dies zu bedeuten hatte. Mit einer Handbewegung wies er mich an, ruhig zu sein. Niemand sagte ein Wort, aber in allen Gesichtern stand Spannung geschrieben. Schließlich wandte Ooota sich mir zu und erklärte, der junge Kundschafter hätte uns gerade eine Botschaft geschickt. Er bat um Erlaubnis, einem Känguruh, das er gerade erlegt hatte, den Schwanz abschneiden zu dürfen.

Langsam dämmerte mir, warum es immer so ruhig war, wenn wir wanderten. Diese Menschen verständigten sich die meiste Zeit lautlos mit Hilfe einer Art Telepathie. Jetzt hatte ich es mit eigenen Augen gesehen. Es war nicht das kleinste Geräusch zu hören, aber es wurden Botschaften zwischen Menschen ausgetauscht, die zwanzig Meilen voneinander entfernt waren.

»Warum will er dem Tier den Schwanz abschneiden?« fragte ich.

»Weil der Schwanz der schwerste Körperteil des Känguruhs ist, und unser Mann ist zu krank, um das ganze Tier zu tragen. Es ist größer als er selbst, und er hat gesagt, daß das Wasser, das er unterwegs gefunden und getrunken hat, faul war. Sein ganzer Körper ist jetzt überhitzt, und auf seinem Gesicht haben sich Perlen von Flüssigkeit gebildet.«

Eine lautlose telepathische Antwort wurde auf den Weg gebracht. Ooota erklärte, wir würden für diesen Tag das Wandern einstellen. In Erwartung eines riesigen Fleischbrockens hoben einige der Aborigines eine Grube aus. Andere begannen unter den Anweisungen des Medizinmanns und der Heilerin mit der Herstellung einer Kräutermedizin.

Mehrere Stunden später kam der junge Mann in unser Lager, auf seinem Rücken das riesige schwanzlose und ausgeweidete Känguruh. Nach dem Ausnehmen hatte er es mit angespitzten Hölzern wieder zugesteckt, und die Eingeweide dienten jetzt als Seil zum Zusammenbinden der vier Beine des Tieres. Es waren über hundert Pfund Fleisch, die er da auf Kopf und Schultern getragen hatte. Der Bursche schwitzte und war ganz offensichtlich krank. Ich sah zu, wie der Stamm sich daranmachte, den Kranken zu behandeln und unser Mahl zu bereiten.

Zunächst wurde das Känguruh über das lodernde Feuer gehalten, so daß der Geruch von verbranntem Fell in der Luft hing wie der Smog über Los Angeles. Man schnitt dem Tier den Kopf ab und brach ihm die Beine, so daß die Sehnen entfernt werden konnten. Dann ließ man den Braten in die Grube herab, die von allen Seiten mit glühenden Kohlen ausgelegt war. In eine Ecke des tiefen Lochs wurde ein Wasserbehälter gestellt, aus dem ein langes Rohr nach oben ragte. Auf den Braten häufte man noch mehr Brennholz. Während der nächsten Stunden beugte sich der Hauptkoch immer wieder über den Rauch und blies in das lange Rohr, um weiter unten das Wasser zum Überfließen zu bringen. Sofort konnte man den Dampf sehen.

Als wir zu essen begannen, waren nur die ersten Zentimeter des Fleisches durchgebraten; weiter innen war es noch blutig. Ich sagte, ich wolle meine Portion einfach wie ein Würstchen aufspießen und ins Feuer halten, bis es gar war. Kein Problem! Sie bastelten mir schnell einen passenden Spieß.

In der Zwischenzeit war der junge Jäger behandelt worden. Zuerst gab man ihm einen Kräutertrank. Als nächstes nahm man den kühlen Sand, der aus einem gerade gegrabenen tiefen Loch nach oben geholt worden war, und packte ihn um seine Füße. Sie erklärten mir, wenn es ihnen gelänge, die Hitze aus seinem Kopf nach unten zu ziehen, würde das seine Körpertemperatur wieder ins Gleichgewicht bringen. Ich fand das zwar äußerst merkwürdig, aber sein Fieber sank tatsächlich. Auch die Kräuter wirkten und verhüteten die Bauchschmerzen und den Durchfall, den ich nach solch einem Vorfall erwartet hätte.

Es war wirklich bemerkenswert. Wenn ich nicht alles mit eigenen Augen gesehen hätte, ich hätte es selbst nicht geglaubt. Vor allem ihre Verständigung über Telepathie war für mich kaum faßbar. Ich redete mit Ooota über meine Eindrücke.

Er lächelte und sagte: »Jetzt weißt du, wie ein Ureinwohner sich fühlen muß, wenn er das erste Mal in die Stadt geht und sieht, wie ein Mensch eine Münze in einen Telefonapparat steckt, eine Nummer wählt und dann mit einem Verwandten zu reden beginnt. Er kann es einfach nicht glauben.«

»Ja«, erwiderte ich. »Das Telefon ist sicherlich auch keine schlechte Erfindung, aber hier draußen, wo wir weder Münzen noch Telefonzellen haben, funktioniert eure Methode bestimmt besser.«

Ich wußte schon jetzt, daß die Leute zu Hause mir meine Geschichten über telepathische Verständigung wohl nicht glauben würden. Sie konnten zwar ohne weiteres akzeptieren, daß überall auf der Welt die Menschen grausam zueinander sind, aber daß es auf dieser Welt auch Menschen geben soll, die keinen Rassismus kennen, in völliger Eintracht und Harmonie zusammenleben und ihre eigenen Talente und Begabungen nicht mehr und nicht weniger schätzen als die ihres Nächsten, würden sie mir wohl nicht abnehmen.

Oota glaubt, daß die »Wahren Menschen« deshalb Zugang zur Telepathie haben, weil sie niemals lügen, ja nicht einmal die Wahrheit beugen, Halbwahrheiten akzeptieren oder eine Behauptung ohne Substanz aufstellen. Die Devise lautet: Keine einzige Lüge, und deshalb haben sie auch nichts zu verbergen. Diese Menschen haben keine Angst davor, ihren Geist für Neues zu öffnen, und sie sind immer bereit, die anderen an ihrem Wissen teilhaben zu lassen. Oota erklärte mir, wie das System funktioniert. Wenn zum Beispiel ein zweijähriges Kind ein anderes mit einem Spielzeug hantieren sieht – vielleicht einem Stein, den es an einer Schnur hinter sich herzieht – und versucht, diesem Kind sein Spielzeug abzunehmen, spürt es sofort, wie sich die Augen aller Erwachsenen auf es richten. Sofort weiß es, daß sein Vorhaben, das Spielzeug ohne Erlaubnis des anderen zu nehmen, nicht verborgen geblieben ist und nicht gutgeheißen wird. Das andere Kind wird gleichzeitig lernen zu teilen und erfahren, daß es nicht gut ist, sein Herz an Gegenstände zu hängen. Dieses Kind hat erfahren, welchen Spaß das Spielen mit dem Stein macht. Die Erinnerung daran hat sich ihm eingeprägt. Wichtig und erstrebenswert ist das Glücksgefühl, nicht der Gegenstand selbst.

Telepathie – eigentlich ist es die Verständigungsart, die für uns alle völlig natürlich sein müßte. Wenn alle Menschen diese Form der Kopf-zu-Kopf-Unterhaltung nutzten, gäbe es keine verschiedenen Sprachen und Alphabete mehr, die die Verständigung untereinander erschweren. Aber in meiner Welt, wo die Leute ihre Arbeitgeber bestehlen, das Finanzamt betrügen und sich mit Seitensprüngen brüsten, würde sie wohl kaum funktionieren. Es würde wohl niemandem behagen, wenn man ihm im wahrsten Sinne des Wortes »in den Kopf« blicken könnte. Wir müssen zu viele Enttäuschungen, zu viele Verletzungen und zuviel Bitterkeit verbergen.

Ich mußte doch nur bei mir selbst anfangen! Konnte ich denn jedem vergeben, von dem ich mich schlecht behandelt fühlte? Konnte ich mir selbst all die Verletzungen, die ich anderen zugefügt hatte, verzeihen? Eines Tages, so hoffte ich, würde ich dazu fähig sein, wie die Aborigines mein Denken und Fühlen aller Welt preiszugeben, und ich würde einfach dabeistehen und zusehen, wie meine Beweggründe offengelegt und untersucht würden.

Die »Wahren Menschen« glauben nicht, daß die menschliche Stimme zum Sprechen geschaffen wurde. Man spricht mit dem Kopf. Wenn die Stimme zum Sprechen benutzt wird, werden die Unterhaltungen in der Regel nichtssagender, überflüssiger und weniger inspiriert. Die Stimme ist zum Singen geschaffen, zur Lobpreisung der Göttlichen Einheit und zum Heilen.

Sie erklärten mir, daß jeder Mensch über zahlreiche Talente verfüge, und jeder könne auch singen. Auch wenn ich selbst diese Gabe nicht schätzte, weil ich mir einbildete, nicht singen zu können, würde dies nichts an der Größe des Sängers in mir ändern.

Viel später auf unserem Walkabout, als wir zusammen an meinen Fähigkeiten zur mentalen Kommunikation arbeiteten, erkannte ich, daß es so lange nicht funktionieren würde, wie es in meinem Herzen oder meinem Kopf noch etwas gab, was ich glaubte verstecken zu müssen. Ich mußte mit *allem* meinen Frieden machen.

Ich mußte lernen, mir selbst zu verzeihen und nicht zu richten, sondern aus der Vergangenheit zu lernen. Sie zeigten mir, wie wichtig es ist, sich anzunehmen und sich selbst gegenüber aufrichtig zu sein. Nur wer sich selbst liebt, kann auch andere lieben.

9

Ein Hut für den australischen Busch

Die Buschfliegen im Outback sind eine echte Plage. Gleich mit den ersten Strahlen des Sonnenlichts tauchen sie in Horden auf. Der Himmel ist von riesigen schwarzen Wolken überzogen, in denen sie sich millionenfach zu tummeln scheinen. In Aussehen und Geräusch erinnern diese Fliegenschwärme fast an die Windhose eines Tornados in Kansas.

Es ist unmöglich, die Fliegen nicht zu schlucken oder einzuatmen. Sie krabbelten mir in die Ohren, in die Nase und in meine zusammengekniffenen Augen; sie schafften es sogar, an meinen Zähnen vorbei bis in meinen Hals zu gelangen. Sie hatten einen eklig süßen Geschmack, von dem ich mich mit Husten und Würgen zu befreien versuchte. Überall klebten sie an meinem Körper, und es sah aus, als trüge ich eine Art lebendiger schwarzer Rüstung. Diese Fliegen stachen nicht, aber ich litt so sehr, daß ich das gar nicht bemerkte. Sie waren so groß, so schnell und traten vor allem in unglaublichen Massen auf – es war einfach unerträglich. Am schlimmsten litten meine Augen.

Die Stammesleute haben ein Gespür dafür, wann und wo diese Fliegen auftauchen. Sobald sie einen Schwarm hören oder sehen, bleiben sie auf der Stelle stehen, schließen die Augen und verharren mit herabhängenden Armen in absoluter Bewegungslosigkeit.

Ich lernte bei diesem Volk, bei allen Dingen die positive Seite zu sehen, aber diese Fliegen wären mein Untergang gewesen, wenn ich nicht gerettet worden wäre. Es war einfach die zermürbendste Plage, die ich jemals erlebt hatte. Ich konnte gut verstehen, daß Leute, auf denen Millionen von Insektenbeinen krabbelten, wahnsinnig wurden. Ich war selbst kurz davor.

Eines Morgens kam ein Komitee von drei Frauen auf mich zu. Sie fragten, ob sie mir ein paar Haarsträhnen zurechtmachen dürften. Seit mehr als dreißig Jahren bleichte ich mir die Haare, und als ich in die Wüste kam, war mein Haar hellblond. Es war lang, aber ich trug es immer hochgesteckt. In den Wochen unserer Wanderung war es nicht einmal gewaschen, gebürstet oder gekämmt worden, und ich hatte keine Ahnung, wie es wohl aussah. Wir waren noch nicht einmal an einer Wasserfläche vorbeigekommen, die so klar und still gewesen wäre, daß ich mich darin hätte spiegeln können. Ich konnte mir die schmutzstarrende, verfilzte und verfranste Katastrophe nur vorstellen. Das Stirnband, das mir die Seelenfrau gegeben hatte, um die Haare aus meinen Augen zu halten, trug ich noch immer.

Die drei Frauen wurden von ihrem Vorhaben abgelenkt, als sie die dunkleren Haarwurzeln unter meinem blondgebleichten Haar entdeckten. Sofort rannten sie los und berichteten dem Ältesten davon. Er war ungefähr vierzig bis fünfzig Jahre alt, ein ruhiger Mann von kräftiger, fast athletischer Statur. In der kurzen Zeit unserer gemeinsamen Wanderung hatte ich beobachtet, wie ernsthaft und aufrichtig er sich mit den Gruppenmitgliedern beschäftigte. Für jeden einzelnen hatte er ein Wort des Dankes für seinen Beitrag zur Gemeinschaftsarbeit übrig. Ich konnte gut verstehen, daß man ihn zum Führer gewählt hatte.

Er erinnerte mich an einen anderen Menschen. Vor Jahren hatte ich im Empfangsbereich der Firma Southwestern Bell in St. Louis gestanden. Der Hausmeister, der eifrig damit beschäftigt war, den Marmorboden zu schrubben, hatte mich hereingelassen, damit ich dort einen Regenschauer abwarten konnte. Plötzlich fuhr eine lange schwarze Limousine vor, und der Präsident der Texas Bell trat durch die Tür. Er nickte mir zu und begrüßte den putzenden Mann mit einem »Guten Morgen«. Dann sagte er dem Mann, wie sehr er seinen Einsatz für die Firma schätze, denn wer immer dieses Gebäude betrete – und seien es selbst die höchsten Regierungsbeamten –, er könne sich dank dieses Angestellten immer sicher sein, daß alles vor Sauberkeit glänzte. Ich merkte, daß dies nicht einfach dahingesagt war, er meinte es wirklich so. Und obwohl ich nur zufällig Zeugin dieser Szene geworden war, konnte ich erkennen, wie das Gesicht des Hausmeisters vor Stolz aufleuchtete. Echte Führungskräfte, das erkannte ich an diesem Morgen, müssen in der Lage sein, Grenzen zu überschreiten. Mein Vater sagte immer: »Die Leute arbeiten nicht für eine Firma. Sie arbeiten für andere Menschen.« Im Verhalten des Stammesältesten hier draußen im Outback erkannte ich alle Charakteristika einer echten Führungskraft.

Nachdem der Älteste zu mir gekommen war, um das seltsame Spektakel einer blondhaarigen »Veränderten« mit dunkelbraunen Haarwurzeln zu begutachten, erlaubte er allen anderen, sich dieses Wunder anzusehen. Ihre Augen schienen aufzuleuchten, und jeder strahlte vor Vergnügen. Ooota erklärte mir, sie freuten sich deshalb so, weil sie das Gefühl hatten, daß ich mich immer mehr in eine Aborigine verwandelte.

Als sie alle ihren Spaß gehabt hatten, nahm das Komitee seine Arbeit an meinem Haar wieder auf. Die Frauen flochten Samen, kleine Knochen, Pflanzenkapseln, Gräser und Sehnen von einem Känguruh in mein Haar ein. Als sie damit fertig waren, krönten sie mich mit dem aufwendigsten Haarband, das ich jemals gesehen hatte. Lange Haarstränge, in welche die Gegenstände geflochten waren, hingen von dem Band bis an mein Kinn hinab. Sie erklärten mir, daß die mit Korkschwimmern versehenen australischen Fischerhüte, die in der Regel von Sportlern benutzt werden, diesem Fliegenschutz der Ureinwohner nachempfunden waren. Später am Tag begegnete uns ein riesiger Schwarm Buschfliegen, und mein neuer Kopfschmuck erwies sich als wahre Gottesgabe.

Als wir an einem anderen Tag von einem Riesenschwarm fliegender und beißender Insekten heimgesucht wurden, rieben sie mich mit Schlangenöl und Asche von unseren Lagerfeuern ein und forderten mich auf, mich im Sand zu wälzen. Diese Kombination verscheuchte das lästige Ungeziefer. Das war es allemal wert, wie ein dreckverkrusteter Clown herumzulaufen. Aber die Fliegen, die trotzdem den Weg in meine Ohren fanden und in meinem Kopf herumzukrabbeln schienen, bereiteten mir nach wie vor Höllenqualen. Ich fragte mehrere Aborigines, wie sie es aushielten, einfach regungslos dazustehen und die Insekten über sich krabbeln zu lassen. Sie lächelten mich nur an. Dann richtete man mir aus, der Älteste, den sie Königlicher Schwarzer Schwan nannten, wolle mich sprechen.

»Verstehst du, was für immer bedeutet?« fragte er. »Es ist eine sehr, sehr lange Zeit. Die Ewigkeit. Wir wissen, daß die Menschen in eurer Gesellschaft sich der Zeit sehr bewußt sind und sich immer Termine setzen. Deshalb frage ich dich, verstehst du, was für immer bedeutet?«

»Ja«, sagte ich. »Das verstehe ich.«

»Gut«, antwortete er. »Dann kann ich dir etwas erklären. Alles, was die Göttliche Einheit erschaffen hat, erfüllt einen Zweck. Alles hat seinen Sinn, alles paßt zueinander, es gibt keine Mißbildungen, Versehen oder Zufälle. Es gibt nur Dinge, die die Menschen nicht verstehen können. Du denkst, daß die Buschfliegen schlecht sind, eine Plage, und darum sind sie es für dich auch. Aber sie sind es nur, weil dir das notwendige Verständnis und die Weisheit fehlten. In Wahrheit sind sie wichtige und nützliche Kreaturen. Sie krabbeln in unsere Ohren und reinigen sie von dem Wachs und dem Sand, der sich während unseres Schlafs dort ansammelt. Hast du nicht gemerkt, wie gut wir hören? Sie krabbeln sogar in unsere Nasen und reinigen sie.« Er deutete auf meine Nase und sagte: »Du hast sehr kleine Nasenlöcher und nicht so eine große Koalanase wie wir. Es wird in den nächsten Tagen noch viel heißer werden, und du wirst unter der Hitze sehr leiden, wenn du keine saubere Nase hast. Bei extremer Hitze darfst du deinen Mund nicht öffnen, damit keine heiße Luft in deinen Körper dringt. Von allen Leuten hier brauchst gerade du eine saubere Nase. Die Fliegen krabbeln über deinen Körper und klammern sich dort fest, dabei entfernen sie abgestorbene Hautteile und alle Ausdünstungen.« Er streckte seine Hand nach mir aus. »Sieh doch nur, wie weich und glatt unsere Haut ist, und dann schau dir deine an. Noch nie haben wir einen Menschen gesehen, dessen Hautfarbe sich allein durchs Wandern einfach verändert. Als du kamst, hattest du eine Farbe, dann bist du rot geworden, und jetzt trocknet deine Haut aus und fällt von dir ab. Du wirst von Tag zu Tag kleiner. Noch nie haben wir einen Menschen gesehen, der seine Haut wie eine Schlange einfach in den Sand wirft. Du brauchst die Fliegen, damit sie deine Haut säubern, und eines Tages werden wir an den Ort kommen, an dem sie ihre Larven abgelegt haben, und so eine neue Mahlzeit geschenkt bekommen.« Er seufzte tief und blickte mir dann fest in die Augen: »Die Menschen können nicht überleben, wenn sie alles, was ihnen unangenehm ist, auslöschen, statt es zu verstehen. Wenn die Fliegen kommen, überlassen wir uns ihnen. Vielleicht bist du jetzt soweit, es uns gleichzutun.«

Als ich das nächste Mal einen Schwarm Buschfliegen herankommen hörte, löste ich das Haarband von meiner Taille und betrachtete es genau. Dann beschloß ich, dem Rat meiner Begleiter zu folgen. Die Fliegen kamen, und ich ging. In Gedanken begab ich mich nach New York. Ich besuchte eine sehr teure Schönheitsfarm. Mit geschlossenen Augen spürte ich, wie jemand meine Ohren und meine Nase reinigte. Vor meinem geistigen Auge sah ich das Diplom dieser ausgebildeten Kosmetikerin über mir an der Wand hängen. Ich spürte, wie mein ganzer Körper mit winzigen Wattebäuschen gereinigt wurde. Als die Insekten endlich weiterflogen, kehrte ich ins Outback zurück. Es stimmte: Unter gewissen Umständen ist die Kapitulation sicher die richtige Antwort.

Ich fragte mich, was es in meinem Leben noch gab, das ich als falsch oder störend empfand, statt zu versuchen, den wahren Zweck zu verstehen.

Die Tatsache, daß ich die ganze Zeit keinen Spiegel hatte, schien meine Wahrnehmung von mir selbst zu beeinflussen. Mir kam es so vor, als ginge ich in einer Art Kapsel mit Augenschlitzen umher. Ich blickte nur nach draußen, auf die anderen, und beobachtete, wie sie auf meine Handlungen oder das, was ich sagte, reagierten. Zum ersten Mal hatte ich das Gefühl, völlig aufrichtig zu leben. Ich trug keine besondere Kleidung, wie man sie in der Geschäftswelt von mir erwartete. Und ich hatte kein Make-up aufgelegt. Meine Nase hatte sich mittlerweile ein dutzendmal geschält. Es gab keine Verstellung, kein Ego, das um Aufmerksamkeit kämpfte. Es gab in dieser Gruppe keinen Klatsch und niemanden, der einen anderen übertrumpfen wollte.

Ohne einen Spiegel, der mir die Realität unbarmherzig vor Augen führte, konnte ich mich wirklich schön fühlen. Ich war es ganz offensichtlich nicht, aber ich fühlte mich so. Die Stammesleute akzeptierten mich so, wie ich war. Bei ihnen fühlte ich mich angenommen, einzigartig und wunderbar. Jetzt lernte ich, was für ein Gefühl es war, ohne Wenn und Aber einfach akzeptiert zu werden.

Als ich mich an diesem Abend auf meine Sandmatratze schlafen legte, klang eine Zeile aus dem Märchen Schneewittchen in meinem Kopf, die sich seit Kindertagen dort eingenistet hatte:

Spieglein, Spieglein an der Wand
Wer ist die Schönste im ganzen Land?

10

Schmuck

Je weiter wir wanderten, um so heißer wurde es. Mit zunehmender Hitze schienen auch alle Vegetation und jegliches Leben zu verschwinden. Wir durchwanderten ein Gelände, das mehr oder weniger aus Sand bestand, und nur manchmal trafen wir auf ein paar Büschel großer, trockener, abgestorbener Pflanzenstiele. Auch in der Ferne war nichts zu sehen – keine Berge, keine Bäume, einfach nichts. Es gab an diesem Tag nur Sand, Sand und Unkraut voller Sand.

Zu diesem Zeitpunkt begannen wir auch, ein Feuerholz bei uns zu tragen. Es handelt sich dabei um ein Stück Holz, das am Glühen gehalten wird, indem man es immer leicht hin und her schwenkt. In der Wüste, wo jede Pflanze eine Kostbarkeit ist, wird jeder kleine Trick genutzt, der das Überleben sichert. Trockenes Gras war jetzt eine Seltenheit, und so zündeten wir unser abendliches Lagerfeuer mit dem Feuerholz an. Ich beobachtete auch, wie Stammesmitglieder die wenigen Dunghaufen einsammelten, die von den Wüstentieren hinterlassen worden waren. Besonders die Exkremente der Dingos waren als ergiebiger und geruchloser Brennstoff beliebt.

Die Stammesmitglieder erinnerten mich daran, daß jeder von uns eine Vielzahl von Talenten besitzt. Sie selbst versuchen sich im Verlauf ihrer Leben als Musiker, Heilkundige, Koch, Geschichtenerzähler und vieles andere, wobei sie sich immer die entsprechenden neuen Namen und Titel geben. Mein erster Beitrag zu dieser Stammestradition, nach den eigenen verborgenen Talenten zu suchen, war, daß ich mich im Scherz als Dungsammlerin bezeichnete.

An jenem Tag ging ein hübsches junges Mädchen in ein Feld aus vertrocknetem Unkraut und kam wunderbarerweise mit einer schönen gelben Blume an einem langen Stengel zurück. Sie band sich den Stiel so um den Hals, daß die Blume wie ein wertvolles Schmuckstück daran hing. Alle anderen versammelten sich um sie und sagten ihr, wie hübsch sie aussehe und daß sie eine sehr schöne Blume ausgewählt habe. Den ganzen Tag über machte man ihr immer wieder Komplimente. Das Gefühl, an diesem Tag besonders hübsch zu sein, ließ sie strahlen.

Ihr Anblick erinnerte mich an einen Vorfall in meiner Praxis, der sich kurz vor meiner Abreise aus den USA zugetragen hatte. Eine Patientin hatte mich wegen eines schweren Streßsyndroms aufgesucht. Als ich sie fragte, ob es in ihrem Leben zur Zeit irgendwelche besonderen Vorfälle gebe, erzählte sie mir, daß ihre Versicherung gerade die Prämie für eines ihrer Diamantenkolliers um weitere achthundert Dollar angehoben habe. Sie hatte nun in New York jemanden aufgetan, der ihr aus falschen Steinen ein exaktes Imitat dieses Kolliers machen konnte. Sie wollte dorthin fliegen, so lange warten, bis der Goldschmied mit seiner Arbeit fertig war, und dann ihre Diamanten zurück in den Banksafe bringen. Sie würde das Kollier zwar nach wie vor hoch versichern müssen, weil es selbst in der besten Bank keine Garantie für absolute

Sicherheit gibt, aber zumindest würde sich die Prämie drastisch verringern. Ich fragte sie noch, ob sie denn zum alljährlich stattfindenden Ball unserer Stadt kommen würde, der bald anstand. Sie hoffte, daß das Imitat bis dahin fertig werden würde, und wollte es zu diesem Anlaß tragen.

Am Ende unseres Wüstentags legte das Mädchen vom Stamm der »Wahren Menschen« die Blume auf den Boden und gab sie so an die Mutter Erde zurück. Sie hatte ihren Zweck erfüllt. Das Mädchen war sehr dankbar und bewahrte sich die Erinnerung an all die Aufmerksamkeit, die ihr an diesem Tag widerfahren war. Man hatte ihr damit bestätigt, daß sie ein schöner Mensch war. Aber an dem Gegenstand, der ihr zu dieser Aufmerksamkeit verholfen hatte, hing ihr Herz nicht. Die Blume würde verwelken und als Humus wieder in den ewigen Kreislauf der Erde eingehen.

Ich dachte an meine Patientin daheim und betrachtete dann das Aborigine-Mädchen. Ihr Schmuck hatte eine besondere Bedeutung, unserer hatte einen finanziellen Wert.

An einem der Wertesysteme in dieser Welt schien etwas nicht zu stimmen, schloß ich. Aber es handelte sich dabei wohl kaum um das dieser primitiven Menschen im sogenannten Never-Never-Land des australischen Buschs.

11

Soße

Die Luft stand so still, daß ich spürte, wie das Haar in meinen Achselhöhlen wuchs. Die Hornhaut an meinen Füßen wurde immer dicker, weil jetzt auch die tieferliegenden Hautschichten austrockneten.

Plötzlich hielt unsere Kolonne. Wir waren an eine Stelle gekommen, wo ein Holzkreuz einmal auf ein Grab hingewiesen hatte. Mittlerweile war dieses Grabmal umgekippt, und das Band, das die beiden Hölzer zusammengehalten hatte, war verrottet. Auf dem Boden lagen nur noch zwei Holzstäbe, der eine lang, der andere kurz. Der Werkzeugmacher nahm die beiden Stäbe und zog einen dünnen Fellstreifen aus seinem Beutel. Mit der ihm eigenen Präzision wickelte er die Tierhaut um das Kreuz und reparierte es. Einige Aborigines sammelten ein paar große Steine und formten damit ein Oval im Sand. Dann wurde das Grabmal wieder im Boden verankert.

»Ist es das Grab eines Stammesmitglieds?« fragte ich Ooota.

»Nein«, antwortete er. »Hier liegt ein ›Veränderter‹ begraben. Das Grab ist schon seit vielen, vielen Jahren hier. Deine Leute haben es längst vergessen und wohl auch derjenige, der es errichtet hat.«

»Warum habt ihr es dann wiederhergerichtet?« fragte ich.

»Warum nicht? Wir verstehen eure Bräuche nicht. Sie sagen uns nicht zu, und wir übernehmen sie nicht, aber wir maßen uns kein Urteil an. Wir respektieren eure Einstellung. Ihr seid genau an dem Punkt angelangt, an dem ihr sein solltet, denn ihr habt in der Vergangenheit eure Wahl getroffen und könnt heute eure Entscheidungen aus freiem Willen fällen. Dieser Ort ist für uns genauso heilig wie andere Stätten. Es ist ein Ort, an dem man verweilt, nachdenkt und die Beziehung des Menschen zur Göttlichen Einheit und zu allem Leben bekräftigt. In diesem Grab liegt nichts mehr, nicht einmal die Knochen. Aber mein Volk respektiert dein Volk. Wir segnen diesen Ort, und wir werden zu besseren Menschen, weil wir diesen Weg genommen haben und hier vorbeigekommen sind.«

An diesem Nachmittag machte ich mir Gedanken über das Nachdenken – ich dachte über mich selbst nach und ging durch die Bruchstücke meiner Vergangenheit. Es war keine schöne Arbeit, sondern bedrohlich und sogar gefährlich. Es gab so viele alte Gewohnheiten und Überzeugungen, die ich mit den Schwertern des heimlichen Eigennutzes verteidigt hatte. Wäre ich stehengeblieben, um ein jüdisches oder buddhistisches Grab wiederherzurichten? Ich dachte daran, wie ich mich einmal fürchterlich über einen Verkehrsstau aufgeregt hatte, der von Menschen verursacht wurde, die aus einem Tempel kamen. Würde es mir von nun an gelingen, in mir zu ruhen, andere nicht zu verurteilen, ja, sie mit meinem Segen ihren Weg gehen zu lassen? Langsam begann ich etwas zu verstehen: Wir geben zwar automatisch jedem Menschen etwas, dem wir begegnen, aber wir überlegen sehr genau, was wir ihm geben. Wir haben eine ganz bestimmte Vorstellung von unserem Leben, und unsere Handlungen und Worte müssen den dafür notwendigen Hintergrund bilden.

Plötzlich spürte ich einen Windstoß. Die Luft leckte an meinem Körper, kratzte wie eine Katzenzunge über meine sowieso schon arg mitgenommene Haut. Es dauerte nur wenige Sekunden, doch irgendwie wußte ich, daß es mir zwar nicht leichtfallen würde, Werte und Traditionen dieses Volkes zu respektieren, die ich weder verstand noch gutheißen konnte. Dennoch würde ich ungeheuer davon profitieren, wenn es mir gelänge.

In dieser Nacht stand ein voller Mond am Himmel, und wir versammelten uns um die Feuerstelle. Ein orangefarbener Schimmer lag auf unseren Gesichtern, als unser Gespräch sich dem Thema Essen zuwandte. Sie fragten mich viele Dinge, und ich beantwortete ihre Fragen so gut ich nur konnte, wobei sie wie gebannt an meinen Lippen hingen. Ich erzählte ihnen von Äpfeln und daß wir mehrere Sorten züchteten, erklärte ihnen, wie wir Apfelmus und Mutters guten alten Apfelkuchen machten. Sie versprachen, wilde Äpfel für mich zu suchen, damit ich sie probieren konnte. Ich erfuhr, daß die »Wahren Menschen« eigentlich überzeugte Vegetarier waren. Viele Jahrhunderte lang hatten sie von wild wachsenden Früchten, Yamswurzeln, Beeren, Nüssen und Samen gelebt. Manchmal aßen sie auch Fisch oder Eier, aber nur, wenn sich ihnen diese Nahrungsmittel direkt präsentierten, um ihren Daseinszweck zu erfüllen, Teil des Aborigine-Körpers zu werden. Sie versuchen alles zu meiden, was ein »Gesicht« hat. Schon immer haben sie Korn zu Mehl verarbeitet, aber erst als sie von der

Küste ins Landesinnere verjagt wurden, waren sie gezwungen, auch Fleisch zu essen.

Ich beschrieb ihnen, wie es in einem Restaurant aussieht und wie man dort das Essen auf hübsch dekorierten Tellern serviert bekommt. Und ich erwähnte, daß es so etwas wie Soße gibt. Das fanden sie verwirrend. Warum sollte man Fleisch mit einer Soße bedecken? Also beschloß ich, es ihnen vorzuführen. Natürlich gab es keinen passenden Topf. Unsere Mahlzeiten hatten meist aus mundgerechten Fleischbissen bestanden, die in den Sand gelegt wurden, nachdem man die Kohlen an der Seite aufgeschichtet hatte. Manchmal wurde das Fleisch auch auf Spieße gesteckt, die von zwei Pfosten gehalten wurden. Hin und wieder kochten sie auch eine Art Eintopf aus Fleisch, Gemüse, Kräutern und dem wertvollen Wasser.

Als ich mich suchend umschaute, fand ich ein glattes, haarloses Schlafleder, und mit Hilfe der Näherin, die immer einen Beutel mit Sehnen und Nadeln aus Knochen um den Hals trug, gelang es mir, das Leder mit Rändern zu versehen. In der Mitte des so entstandenen Gefäßes schmolz ich etwas Tierfett, und als es flüssig geworden war, fügte ich etwas von dem feinen Puder hinzu, das sie zuvor gemahlen hatten. Als nächstes kam etwas Salzgras dazu, dann der gestoßene Samen einer scharfen Paprika und schließlich Wasser. Als sich die Flüssigkeit verdickte, goß ich sie über die Fleischstückchen, die schon zum Abendessen auf der Speisekarte gestanden hatten. Sie stammten von einer eigenartigen Kreatur, die sie »Halskrauseneidechse« nannten. Die Soße rief bei allen, die sie probierten, einen bislang ungesehenen Gesichtsausdruck und erstaunte Kommentare hervor, aber sie waren alle sehr taktvoll. Ich erinnerte mich an eine Situation, die mehr als fünfzehn Jahre zurücklag.

Ich hatte mich für einen Mrs.-Amerika-Wettbewerb eingeschrieben, und ein Teil des Wettbewerbs bestand darin, ein Eintopfrezept zu erfinden. Zwei Wochen lang kochte ich jeden Tag Eintopf. Vierzehnmal hintereinander mußte meine Familie beim Essen Geschmack, Aussehen und Festigkeit meiner Kreationen kommentieren, um das potentielle Siegergericht herauszufinden. Meine Kinder weigerten sich nie zu probieren, aber sie wurden bald Weltmeister darin, mir ihre Meinung möglichst taktvoll beizubringen. Für den Wettbewerb ihrer Mutter nahmen sie auch die ungewöhnlichsten Geschmacksrichtungen hin! Als ich dann endlich »Mrs. Kansas« geworden war, jubelten sie laut: »Wir haben die Eintopf-Herausforderung gewonnen!«

Einen ähnlichen Gesichtsausdruck wie damals bei meinen Kindern sah ich jetzt auf den Gesichtern meiner Wüstengefährten. Die meisten Dinge, die wir gemeinsam unternahmen, machten viel Spaß, und auch dieses Mal reagierten sie mit lautem Gelächter. Aber was immer sie auch tun – niemals vergessen sie dabei ihr spirituelles Anliegen. Deshalb überraschte es mich nicht, als jemand sagte, wie symbolisch diese Soße doch für das Wertsystem der »Veränderten« sei. Statt einfach die Wahrheit zu leben, erlauben sie den Umständen und herrschenden Bedingungen, das Gesetz des Universums unter einer Mischung aus Bequemlichkeit, Materialismus und Unsicherheit zu begraben.

Ich fühlte mich eigenartigerweise nie kritisiert oder

verurteilt, wenn sie ihre Beobachtungen und Einstellungen formulierten. Niemals haben sie die Handlungen und Einstellungen meines Volkes als falsch oder die ihren als richtig bezeichnet. Es war vielmehr so, als würde ein Erwachsener ein Kind liebevoll dabei beobachten, wie es hartnäckig versucht, den rechten Fuß in den linken Schuh zu stecken. Schließlich kann man auch mit verkehrt angezogenen Schuhen ziemlich weit kommen! Und in Schwielen und Blasen stecken vielleicht wertvolle Lektionen. Doch einem älteren, weiseren Menschen wird diese Art Leiden unnötig erscheinen.

Wir sprachen auch über amerikanische Geburtstagstorten mit ihrem süßen Zuckerguß. Ihre Analogie für den Zuckerguß fand ich besonders beeindruckend. Er symbolisiert für sie, wieviel Zeit die »veränderten Menschen« in ihrer hundertjährigen Lebensspanne damit verbringen, künstlichen, oberflächlichen, vergänglichen, rein dekorativen und versüßten Dingen nachzurennen. Aber um uns selbst und unser ewiges Wesen zu erkennen, haben wir kaum eine Minute übrig.

Als ich ihnen von unseren Geburtstagspartys berichtete, hörten sie besonders aufmerksam zu. Ich sprach von Kuchen, Liedern, Geschenken – und von den Kerzen, die mit jedem Lebensjahr mehr werden.

»Und warum macht ihr das?« fragten sie. »Feiern gibt es bei uns nur zu ganz besonderen Anlässen. Aber was ist denn so Besonderes daran, älter zu werden? Man tut doch selbst gar nichts dazu, es passiert einfach!«

»Wenn ihr das Älterwerden nicht feiert, was feiert ihr dann?« fragte ich.

»Wir feiern es, wenn wir uns verbessern«, lautete die Antwort. »Nur man selbst weiß, ob man dieses Jahr besser und weiser ist als im letzten, deshalb sagt man es den anderen, wenn die Zeit gekommen ist, ein Fest zu feiern.« Das war etwas, das ich mir merken mußte!

Wirklich erstaunlich ist, wieviel nahrhaftes Essen man in der Wildnis finden kann. Und es taucht auch immer dann auf, wenn die Aborigines es brauchen. In den trockenen Gebieten, in denen es fast keine Vegetation zu geben scheint, täuscht die äußere Erscheinung. Im trockenen Boden liegen dickschalige Samen verborgen. Wenn dann die Regenzeit kommt, treiben diese Samen Wurzeln, und die ganze Landschaft ist wie verändert. Doch in nur wenigen Tagen haben die Blumen ihren Lebenszyklus vollendet. Der Wind trägt ihre Samen weiter, und das Land kehrt zu seinem rauhen, verdorrten Zustand zurück.

In den Wüstenteilen, die der Küste näher waren oder in den nördlicheren Gebieten mit eher tropischem Klima lagen, konnten wir uns nahrhafte Gerichte mit einer besonderen Bohnenart zubereiten. Wir fanden auch Früchte und einen wundervollen Honig, mit dem wir unseren Sassafrasrindentee süßten. Einmal schälten wir eine papierartige Rinde von einem Baum. Wir benutzten sie, um uns selbst damit zu bedecken, schlugen unser Essen darin ein und kauten sie. Ihr starkes Aroma half bei Erkältungen, Kopfschmerzen und Stirn- oder Nebenhöhlenentzündungen.

Es gab viele Büsche, aus deren Blättern die Stammesmitglieder Öle zur Behandlung von bakteriellen Erkrankungen gewannen. Die Substanzen wirkten adstringierend und befreiten den menschlichen Körper von Infektionen und Parasiten. Latex, eine Flüssigkeit, die in einigen Pflanzenstengeln und Blättern vorkommt, eignet sich gut zur Entfernung von Warzen, Hühneraugen und Hautschwielen. Die Aborigines verfügen sogar über Alkaloide wie zum Beispiel Chinin. Heilkräftige Pflanzen werden gepreßt und so lange in Wasser eingeweicht, bis die Flüssigkeit eine andere Farbe annimmt. Dann wird die Essenz auf Brust und Rücken des Kranken gerieben oder erhitzt und als Dampf eingeatmet. Sie wirkt blutreinigend, stimuliert die Lymphknoten und stärkt das Immunsystem. Es gibt einen kleinen Baum, ähnlich einer Weide, der viele Eigenschaften des Aspirins hat. Aus seiner Rinde gewinnt man einen Stoff, der bei inneren Beschwerden genommen und auch als Schmerzmittel bei Verstauchungen oder Brüchen, bei leichteren Muskel- und Gelenkbeschwerden und bei Hautverletzungen eingesetzt wird. Wieder andere Baumrinden finden bei Durchfallerkrankungen Verwendung. Hustensaft wird hergestellt, indem man das Harz bestimmter Bäume in Wasser auflöst.

Insgesamt war aber gerade dieser Ureinwohner-Stamm ausgesprochen gesund. Später habe ich herausgefunden, daß einige der Blütenblätter, die sie regelmäßig aßen, Typhus-Bakterien bekämpften. Ich fragte mich, ob auf diesem Weg auch ihr Immunsystem angeregt wurde, ähnlich wie man es bei uns durch Impfungen versucht. Ich weiß, daß der australische Bovist, ein großer Pilz, Calvazin enthält, eine Substanz, deren krebsbekämpfende Wirkung gerade erforscht wird. Außerdem kommt in einer der von den Aborigines verwendeten Baumrinden Akronyzin vor, eine weitere Substanz zur Behandlung von Tumoren.

Schon vor Jahrhunderten entdeckten sie die seltsamen Eigenschaften des wilden Känguruhapfels. In der modernen Medizin wird er zur Gewinnung des Steroids Solasodine benutzt, das man in Antibabypillen findet. Die »Wahren Menschen«, so erklärte es mir der Älteste, sind der Meinung, daß neues Leben willkommen geheißen, geliebt und geplant werden will. Seit Anbeginn der Zeiten war die Schaffung neuen Lebens für sie ein bewußter und kreativer Akt. Wenn ein Baby geboren wurde, bedeutete dies, daß einer verwandten Seele ein irdischer Körper gegeben wurde. Anders als in unserer Gesellschaft erwartet man dabei nicht unbedingt, daß diese Körper makellos sind. Es ist der unsichtbare Edelstein im Inneren, der makellos ist. Im gemeinsamen Streben aller Seelen zur Vollkommenheit ist er es, der Hilfe gibt und empfängt.

Beteten die Aborigines, und zwar in unserer Form des Bittgebets, so glaube ich, würden sie dies sicher für das ungeliebte und nicht für das abgetriebene Kind tun. Alle Seelen, welche die Erfahrung menschlicher Existenz durchleben wollen, werden willkommen geheißen – wenn nicht von einem Elternpaar und den dann herrschenden Umständen, dann von einem anderen zu einem anderen Zeitpunkt. Der Älteste vertraute mir an, daß er die sexuelle Freizügigkeit, wie man sie bei einigen Stämmen vorfand, für einen der größten Rückschritte der Menschheit überhaupt hielt. Die Stammesmitglieder glauben, daß der Fötus erst dann beseelt ist, wenn er die Welt durch Bewegungen auf sich aufmerksam macht. Ein totgeborenes Kind ist für sie ein Körper, der nie eine Seele beherbergt hat.

Die »Wahren Menschen« kennen auch eine wilde Tabakpflanze. Zu besonderen Gelegenheiten rauchen sie ihre Blätter in einer Pfeife. Weil der Tabak aber eher selten ist, Euphoriegefühle hervorrufen und süchtig machen kann, benutzen sie ihn wie eine wertvolle, einzigartige Substanz. Er wird symbolisch bei der Begrüßung von Besuchern und beim Eröffnen von Versammlungen eingesetzt. Ihr respektvoller Umgang mit der Tabakpflanze erinnerte mich an die Traditionen der Ureinwohner Amerikas.

Meine Freunde sprachen oft davon, daß die Erde, auf der wir gingen, aus dem Staub unserer Ahnen bestünde. Für sie gibt es keinen Tod, sondern nur Veränderung. Sie erklärten mir, daß der menschliche Körper wieder zu Erde wird, um den Pflanzen Nahrung zu spenden, die wiederum dem Menschen das Atmen ermöglichten. Anders als den meisten meiner amerikanischen Bekannten war ihnen ausgesprochen bewußt, wie wichtig und wertvoll das Sauerstoffmolekül für alles Leben auf der Welt ist.

Die Angehörigen des Stamms der »Wahren Menschen« verfügen über ungeheuer gute Augen. Das Pigment Rutin, das es in mehreren ihrer Pflanzen gibt, wird in der Augenheilkunde zur Behandlung von schwachen Kapillar- und Blutgefäßen im Auge eingesetzt. Während der vielen tausend Jahre, in denen Australien ihnen ganz allein gehörte, haben sie gelernt, wie die verschiedenen Nahrungsmittel auf den Körper wirken.

Bei einer Ernährung, die hauptsächlich aus Wildpflanzen besteht, gibt es jedoch ein großes Problem – die vielen giftigen Substanzen. Die Stammesmitglieder erkennen sofort, was nicht angerührt werden darf, und sie haben gelernt, wie man giftige Pflanzenteile entfernt. Allerdings haben sie mir gestanden, daß zu ihrem Bedauern einige aggressive Aborigines-Stämme die Pflanzengifte gegen ihre Feinde einsetzten.

Nachdem ich lange genug mit dem Stamm gewandert war, akzeptierten sie allmählich, daß ich immer fragen mußte, um mir auch über mich selbst Klarheit verschaffen zu können. Ich schnitt das Thema Kannibalismus an. Ich hatte die Darstellungen in den Geschichtsbüchern gelesen und Witze meiner australischen Freunde gehört, in denen es um Aborigines ging, die Menschen, ja sogar ihre eigenen Babys aßen. Stimmte das?

Ja. Schon immer haben die Menschen alles ausprobiert. Auch auf diesem Kontinent schaffte man es nicht, die Menschen davon abzuhalten. Es hatte Aborigine-Stämme mit Königen gegeben und Aborigine-Stämme mit weiblichen Herrscherinnen. Einige hatten Menschen aus anderen Stämmen entführt, andere hatten Menschenfleisch gegessen. Wir »Veränderten Menschen« töten und gehen fort. Den Leichnam lassen wir einfach liegen. Die Kannibalen töteten und benutzten die toten Körper, um die Lebenden zu nähren. Die Beweggründe einer Gruppe sind nicht besser und nicht schlechter als die einer anderen. Mord ist immer Mord, egal, ob er nun zur Verteidigung, aus Rache, niederen Beweggründen oder zur Nahrungsbeschaffung geschieht. Was die »Wahren Menschen« von den »Veränderten Menschen« unterscheidet, ist, daß sie einander nicht umbringen.

»Es gibt keine Rechtfertigung für den Krieg«, sagten sie, »er ist immer unmoralisch. Kannibalen haben aber nie mehr Menschen getötet, als sie an einem Tag essen konnten. In euren Kriegen werden in wenigen Minuten Tausende von Menschen umgebracht. Vielleicht solltet ihr euren Anführern einfach vorschlagen, daß beide Parteien nicht länger als fünf Minuten gegeneinander kämpfen dürfen. Dann sollen die Eltern auf die Schlachtfelder gerufen werden, um die Überreste ihrer Kinder einzusammeln. Sie sollen sie mit nach Hause nehmen, sie beweinen und begraben. Wenn das alles geschehen ist, kann man sich nötigenfalls auf fünf weitere Kampfminuten einigen. Es ist schwer, in der Sinnlosigkeit einen Sinn zu erkennen.«

Als ich an diesem Abend auf der dünnen Matte lag, die meinen Mund und meine Augen von dem Staub und Dreck des Bodens trennte, dachte ich daran, wie weit die Menschheit es in manchen Dingen gebracht hatte und wie weit sie sich aber gleichzeitig auch von vielen anderen wichtigen Dingen entfernt hatte.

12

Lebendig begraben

Die Verständigung mit den Stammesleuten war nicht leicht. Die Wörter ihrer Sprache ließen sich nur schwer aussprechen und waren meist sehr lang. Sie redeten zum Beispiel von zwei anderen Aborigine-Stämmen, die sie Pitjantjatjara und Yankuntjatjara nannten. Vieles klang für mich völlig gleich, bis ich gelernt hatte, sehr sorgfältig zuzuhören. Mir ist aufgefallen, daß sich die Journalisten über die Schreibung von Aborigine-Wörtern nicht einig sind. Einige benutzen die Buchstaben B, DJ, D und G, wo andere für die gleichen Wörter P, TJ, T und K verwenden. Aber weil die Aborigines selbst kein Alphabet haben, gibt es auch keine richtige oder falsche Schreibweise. Man kann sich also, wenn man will, ewig darüber streiten. Mein Hauptproblem war, daß die Menschen, mit denen ich auf Wanderschaft war, Nasallaute benutzten, die mir extrem schwerfielen. Um ein »ny« zu artikulieren, lernte ich, die Zunge fest gegen meine hinteren Zähne zu pressen. Wer dies versucht und dabei das Wort »Indianer« sagt, wird verstehen, was ich meine. Bei einem anderen Laut hebt man die Zunge und schnellt sie dann vor. Ihre Lieder klingen oft anfangs ganz sanft und melodisch, werden dann aber durch ein abruptes, kraftvolles Geräusch unterbrochen.

Bei diesem Stamm gab es nicht ein, sondern mehr

als zwanzig verschiedene Wörter für »Sand«, mit denen sie dessen Konsistenz und die verschiedenen Arten und Bodensorten im Outback beschreiben. Einige Wörter konnte ich mir jedoch leicht merken, zum Beispiel *Kupi* für Wasser. Es machte ihnen offensichtlich Spaß, Wörter meiner Sprache zu erlernen, und sie stellten sich bei deren Aussprache geschickter an, als ich es bei den Aborigines-Wörtern tat. Weil sie die Gastgeber waren, versuchte ich mich so gut wie möglich nach ihren Gebräuchen zu richten. In Geoffs Geschichtsbüchern hatte ich gelesen, daß es über zweihundert verschiedene Aborigine-Sprachen und sechshundert Dialekte gegeben hatte, als die ersten britischen Kolonisten sich in Australien niederließen. Von Zeichensprache und Kopf-zu-Kopf-Unterhaltungen war in den Büchern jedoch nicht die Rede gewesen. Zur Verständigung benutzte ich oft eine sehr vereinfachte Form von Zeichensprache. Tagsüber tauschten die Stammesmitglieder Botschaften und Geschichten auf telepathischemWeg aus, deshalb erschien es mir höflicher, einer neben mir gehenden Person etwas per Zeichen mitzuteilen, statt sie mitten in einem Satz zu unterbrechen. Für »Komm her« benutzten wir das universelle Zeichen eines lockenden Zeigefingers, für »Stop« drehten wir die Handflächen nach außen, und für »Still« legten wir die Finger auf die Lippen. In unseren ersten gemeinsam verbrachten Wochen mußten sie mich oft zum Stillschweigen anhalten, aber mit der Zeit lernte ich, nicht ständig zu fragen, sondern zu warten, bis sie mich an ihrem Wissen teilhaben ließen.

Einmal sorgte ich während unseres Tagesmarsches für Gelächter, das wie eine Woge über uns zusammenschlug. Ich hatte mich gekratzt, weil mich irgendein Insekt gestochen hatte. Daraufhin brüllten sie plötzlich vor Lachen und imitierten meine Bewegung. Das besondere Zeichen, das ich unwissend angewendet hatte, bedeutete, daß ich ein Krokodil gesehen hatte. Und wir waren mindestens zweihundert Meilen vom nächsten Sumpf entfernt. Wir waren schon mehrere Wochen gemeinsam unterwegs, als ich immer dann, wenn ich mich von der Gruppe entfernte, von Augen umzingelt wurde. Und je dunkler die Nacht wurde, um so größer schienen diese Augen zu werden. Schließlich gelang es mir, die nächtlichen Schemen zu identifizieren. Es war eine Meute bösartiger wilder Dingos, die unserer Fährte folgten.

Zum ersten Mal bekam ich es richtig mit der Angst zu tun und rannte ins Lager zurück, um Ooota von meiner Entdeckung zu berichten. Er erzählte es wiederum dem Ältesten, worauf sich alle Umstehenden mit besorgten Gesichtern uns zuwandten. Geduldig wartete ich auf ihre Worte, denn ich wußte mittlerweile, daß diese nicht automatisch aus den »Wahren Menschen« hervorquellen – sie denken erst, bevor sie sprechen. Ich hätte langsam bis zehn zählen können, bevor mir Ooota ihre Reaktion übersetzte. Es war ein Geruchsproblem – ich hatte angefangen zu stinken. Ich konnte es selbst riechen und es am Gesichtsausdruck der anderen ablesen, aber leider wußte ich keine Lösung. Das Wasser war so knapp, daß wir es nicht zum Baden vergeuden konnten, außerdem hätte es gar keine Wanne gegeben. Meine dunkelhäutigen Gefährten rochen nicht so stark und unangenehm wie ich. Jetzt litt ich wirklich unter diesem Problem, und sie litten mit mir. Es lag wohl zum Teil an meiner sich ständig schälenden Haut und auch an der Energie, die beim Verbrennen von giftigem Fettgewebe freigesetzt wurde, denn ich schien täglich an Gewicht zu verlieren. Das Fehlen von Deodorant und Toilettenpapier tat sein übriges, aber mir war noch etwas anderes aufgefallen. Die Stammesmitglieder gingen nämlich fast unmittelbar nach unseren Mahlzeiten in die Wüste hinaus und entleerten sich. Ihr Stuhl stank dabei nicht so penetrant, wie man es bei unserem gewohnt ist. Nach fünfzig Jahren Zivilisationskost würde es sicher einige Zeit dauern, bis mein Körper entgiftet war, aber wenn ich noch länger im Outback blieb, konnte ich es schaffen.

Niemals werde ich vergessen, wie der Älteste mir die Situation erklärte und schließlich die Lösung präsentierte. Um sich selbst machten sie sich keine Sorgen, denn sie hatten mich so akzeptiert, wie ich war, mit allen guten und schlechten Seiten. Es ging ihnen nicht um unsere Sicherheit, sondern um die armen Tiere, die ich an der Nase herumführte! Ooota erklärte mir, die Dingos glaubten, daß der Stamm alte, verrottende Fleischstücke hinter sich herzöge, und das machte sie völlig verrückt. Ich mußte unwillkürlich lachen, denn genauso roch ich – wie ein alter Hamburger, den man in der Sonne hatte liegenlassen.

Ich sagte, daß ich ihnen für jede Hilfe dankbar wäre. Am nächsten Tag gruben wir dann unter der sengenden Mittagssonne einen Graben mit einem 45-Grad-Winkel aus, in den ich mich hineinlegte. Dann bedeckten sie mich vollständig mit Erde, bis nur noch mein Gesicht herausschaute. Sie sorgten für Schatten und ließen mich zwei Stunden so liegen. Es ist schon ein eigenartiges Gefühl, völlig hilflos und bewegungsunfähig begraben zu liegen. Wieder machte ich eine neue Erfahrung. Wären sie fortgegangen, wäre ich an dieser Stelle zum Skelett geworden. Anfangs machte ich mir noch Sorgen, daß mir irgendeine neugierige Eidechse, Schlange oder Wüstenratte übers Gesicht laufen könnte. Erstmals in meinem Leben konnte ich wirklich nachempfinden, was es bedeutet, gelähmt zu sein. Man will einen Arm oder ein Bein bewegen, aber die Glieder reagieren einfach nicht auf die Information aus dem Gehirn. Langsam aber entspannte ich mich und schloß einfach meine Augen. Ich konzentrierte mich darauf, wie die Giftstoffe meinen Körper verließen, und während ich die wunderbar kühlen, erfrischenden und reinigenden Elemente des Bodens absorbierte, ging die Zeit schnell vorbei.

Jetzt kann ich das alte Sprichwort »Not macht erfinderisch« erst richtig verstehen.

Es funktionierte! Wir ließen den Gestank in der Erde zurück.

13

Heilkünste

Die Regenzeit stand bevor. Eines Tages entdeckten wir eine Wolke, die eine kurze Zeitlang vor uns herzog. Es war ein seltener Anblick, den wir alle zu würdigen wußten. Manchmal konnten wir sogar unter ihrem Schatten wandern und hatten dabei denselben Ausblick, wie ihn eine Ameise unter einer Stiefelsohle haben mußte. Es war ein außerordentliches Vergnügen, mit Erwachsenen zusammenzusein, die ihren Sinn für Kinderspäße nicht verloren hatten. Sie rannten aus dem Wolkenschatten in die grelle Sonne hinaus und verspotteten die Wolke ob ihrer langsamen Windbeine. Dann kamen sie wieder zurück in den Schatten und erzählten mir, daß diese kühle Luft einfach ein wunderbares Geschenk der Göttlichen Einheit sei. Es war ein fröhlicher, unbeschwerter Tag, aber am späteren Nachmittag ereignete sich eine Tragödie, oder zumindest erschien es mir in dem Moment so.

Es gab einen jungen Mann um die Mitte dreißig, den sie »Großer Steinjäger« nannten. Er hatte ein besonderes Talent, wertvolle Steine zu finden. Vor einiger Zeit hatte er das »groß« vor seinen Namen gestellt, weil er in den letzten Jahren die ganz besondere Fähigkeit entwickelt hatte, wunderschöne große Opale und Goldnuggets in den von den Betreibern verlassenen Minen zu finden. Ursprünglich hielten die »Wahren

Menschen« Edelmetalle für überflüssig. Man konnte sie nicht essen, und in einem Volk ohne Märkte konnte man sich mit ihnen auch kein Essen kaufen. Man schätzte sie nur wegen ihrer Schönheit und Nützlichkeit. Mit der Zeit entdeckten die Ureinwohner jedoch, wie wichtig diese Steine dem weißen Mann waren. Dies fanden sie noch seltsamer als seinen eigenartigen Glauben an den Besitz und die Verkäuflichkeit von Grund und Boden. Mit den Edelsteinen finanzieren die Stämme ihre Kundschafter, die von Zeit zu Zeit in die Städte gehen und mit neuen Nachrichten zurückkommen. Solange eine Mine noch in Betrieb war, machte der Große Steinjäger einen großen Bogen um sie, denn früher wurden seine Leute dazu gezwungen, dort zu arbeiten. Sie mußten montags in die Mine hineinklettern und kamen in der Regel bis zum Ende der Woche nicht mehr heraus. Vier von fünf Arbeitern starben dabei. Meistens beschuldigte man die Aborigines irgendeines Verbrechens, um sie dann als Strafe zur Minenarbeit zu zwingen. Dabei mußten bestimmte Quoten erfüllt werden, welche die Gefangenen ohne die Mitarbeit ihrer Frauen und Kinder nie erreicht hätten. Drei Menschen hatten eine Chance, die Quote für einen einzelnen zu erfüllen. Auch konnte man den Ureinwohnern jederzeit irgendwelche Regelverstöße anhängen und so jede Strafe beliebig verlängern. Es gab kein Entkommen, denn diese Degradierung von Menschenleben und menschlichen Körpern war natürlich völlig legal.

An diesem Tag nun wanderte der Große Steinjäger am Rande eines Abgrunds entlang, als der Boden unter ihm plötzlich nachgab und er etwa sechs Meter tief auf eine felsige Fläche stürzte. Das Gelände, durch das wir gerade zogen, bestand aus riesigen, von der Natur glattpolierten Gesteinsschichten aus Granit, Felsplatten und Feldern aus kieselgroßen Steinen.

An meinen Fußsohlen hatte sich mittlerweile eine ziemlich dicke Hornschicht gebildet, so daß sie fast schon den hufartigen Füßen der Ureinwohner glichen. Aber selbst diese dicken Schwielen reichten nicht aus, um den Gang über die spitzen Steine angenehm zu machen. Ständig mußte ich an meine Füße denken und an den vollen Schuhschrank zu Hause, in dem sogar Wanderstiefel und Jogging-Schuhe standen. Ich hörte den Schrei des Großen Steinjägers, als er bereits durch die Luft wirbelte. Wir eilten alle zur Kante des Abgrunds und schauten hinunter. Er lag leblos da, und um ihn herum bildete sich bereits eine dunkle Blutlache. Einige der Gruppenmitglieder kletterten flink in die Schlucht hinab, bildeten eine Art Kette und schafften den Verletzten so innerhalb weniger Sekunden nach oben. Selbst wenn er geschwebt hätte, wäre er nicht schneller oben gewesen. Mit den vielen Händen unter seinem Körper wurde er wie auf einem Fließband weiterbefördert.

Als sie ihn oben auf einem glatten Felsstück ablegten, wurde seine Wunde sichtbar. Er hatte sich zwischen Knie und Fußgelenk einen komplizierten Bruch zugezogen. Wie ein häßlicher großer Stoßzahn ragte der kaputte Knochen gute fünf Zentimenter aus der schokoladenmilchbraunen Haut heraus. Sofort zog jemand sein Haarband ab, das dem Verletzten um den Oberschenkel gewickelt wurde. Der Medizinmann und die Heilerin standen rechts und links an seiner Seite. Andere Stammesmitglieder begannen mit den Vorbereitungen für unser Nachtlager.

Ich schob mich immer weiter nach vorne, bis ich neben dem ausgestreckten Körper stand. »Darf ich zuschauen?« fragte ich. Der Medizinmann bewegte seine Hände etwa zwei Zentimeter über der Hautoberfläche des verletzten Beins langsam auf und ab: Erst glitten beide Hände in die gleiche Richtung, dann bewegte sich die eine von oben nach unten und die andere von unten nach oben. Die Heilerin lächelte mir zu und sagte etwas zu Ooota. Er übersetzte es mir.

»Das ist etwas für dich«, sagte er. »Man hat uns erzählt, daß dein Talent darin liegt, für dein Volk als Heilerin tätig zu sein.«

»Ja, ich denke, man kann es so nennen«, antwortete ich. Die Vorstellung, daß Heilung etwas war, das von den Ärzten oder aus ihrer Trickkiste kam, war mir immer unangenehm gewesen. Vor vielen Jahren, als ich selbst schwer an Polio erkrankt war, hatte ich erkannt, daß Heilung nur aus einer Quelle gespeist wird. Der Arzt kann den Körper unterstützen, indem er Fremdkörper entfernt, bestimmte Chemikalien injiziert und Knochen wieder einrenkt oder an ihren Platz rückt – aber das alles bedeutet noch nicht, daß der Körper heilt. Ich bin sogar davon überzeugt, daß nirgendwo auf der ganzen Welt, zu keiner Zeit und in keinem Land ein Arzt jemals etwas geheilt hat. Jeder Mensch trägt den Heiler in sich. Im besten Fall ist ein Arzt jemand, der bei sich ein besonderes Talent entdeckt und ausgebildet hat. Und es ist ein besonderes Privileg, wenn er mit diesem Talent, mit dem, was er am besten kann und am liebsten tut, der Gemeinschaft dienen darf. Jetzt war jedoch nicht der Moment für eine weitläufige Diskussion. Ich mußte die Formulierung, die Ooota gewählt hatte, akzeptieren und den

Ureinwohnern bestätigen, daß ich in meiner Gesellschaft ebenfalls eine Heilerin war.

Sie erklärten mir, daß die Handbewegungen über dem beschädigten Körperteil dazu dienten, die ursprüngliche Form des gesunden Beins wiederherzustellen, ohne es zu berühren. Auf diese Weise würde ein Anschwellen des Beins verhindert. Der Medizinmann half dem Gedächtnis des Knochens nach, damit er sich an seine wahre, gesunde Gestalt erinnern konnte. So konnte auch der Schock beseitigt werden, den der Knochen im Moment des Zerbrechens erfahren hatte, als er seine in dreißig Jahren entwickelte Position plötzlich verlassen mußte. Sie »sprachen« buchstäblich mit dem Knochen.

Als nächstes begannen die drei Hauptakteure dieses Dramas – der Medizinmann, der zu Füßen des Verletzten stand, die Heilerin, die an seiner Seite kniete, und der auf dem Rücken ruhende Verletzte selbst – eine Art Gebet zu sprechen. Der Medizinmann legte beide Hände um das Fußgelenk des verletzten Beines, wobei er den Fuß jedoch weder zu berühren noch an ihm zu ziehen schien. Die Heilerin tat dasselbe am Knie des Verletzten. Ihr Gebet war eine Mischung aus Deklamationen und Gesängen, wobei kein Ton dem anderen glich. Völlig unvermittelt erhoben plötzlich alle drei ihre Stimmen zu einem gemeinsamen Schrei. In diesem Moment müssen sie kräftig gezogen haben, aber ich hatte nichts dergleichen gesehen. Der Knochen glitt einfach an die Stelle zurück, aus der er ausgebrochen war. Der Medizinmann hielt die verletzte Haut zusammen und nickte der Heilerin zu, die jetzt das seltsame lange Rohr, das sie immer bei sich trug, öffnete.

Schon vor Wochen hatte ich die Heilerin gefragt, wie die Frauen mit ihren monatlichen Blutungen umgingen, und sie hatte mir eine Art Binde aus Schilfgras, Stroh und feinen Vogelfedern gezeigt. Danach beobachtete ich, wie einzelne Frauen sich manchmal von der Gruppe entfernten, um sich ihren weiblichen Problemen zu widmen. Ähnlich wie ihren Stuhl vergruben sie auch die schmutzigen Binden in Katzenmanier. Manchmal sah ich jedoch eine Frau aus der Wüste zurückkommen, die etwas in ihren Händen verbarg, das sie der Heilerin brachte. Diese öffnete dann das obere Ende ihres langen Rohrs. Ich sah, daß es mit denselben Pflanzenblättern ausgeschlagen war, mit denen sie auch meine wunden Füße und täglichen Sonnenbrände behandelt hatte. Die wenigen Male, die ich näher dabeigestanden hatte, war dem Rohr ein bestialischer Gestank entwichen. Irgendwann entdeckte ich dann, worum es sich bei den geheimnisvollen, im Rohr verschlossenen Objekten handelte – um dicke Blutklumpen.

An diesem Tag öffnete die Heilerin das Rohr jedoch nicht am oberen Ende, sondern unten. Diesmal roch ich überhaupt nichts. Aus dem Rohr drückte sie etwas in ihre Hand, das wie schwarzer Teer aussah. Die Substanz war sehr zähflüssig und glänzte. Sie verklebte damit die Hautfetzen der Wunde. Großzügig verschmierte sie die Paste auf dem verletzten Bein und betonierte die Wunde regelrecht zu. Es gab keine Schiene, keinen Verband, keinen Gips, keine Krücken und auch keine Naht.

Bald hatten wir alle den Schrecken vergessen und machten uns hungrig über unser Essen her. An diesem Abend wechselten sich die Leute dabei ab, den Kopf des Großen Steinjägers in ihrem Schoß zu halten, damit er von seinem Ruheplatz aus besser sehen konnte. Auch ich kam an die Reihe. Ich wollte seine Stirn fühlen, um zu sehen, ob er Fieber hatte. Außerdem wollte ich der Person nahe sein, die sich bereit erklärt hatte, meinetwegen Gegenstand dieser Demonstration ihrer Heilkünste zu sein. Als sein Kopf in meinem Schoß lag, blickte er zu mir auf und zwinkerte mir zu.

Am nächsten Morgen stand der Große Steinjäger auf und wanderte mit uns weiter. Es war keine Spur eines Hinkens festzustellen. Sie hatten mir gesagt, daß ihr Ritual die Schmerzen in dem Knochen lindern und eine Schwellung vermeiden würde. Es hatte gewirkt. Mehrere Tage lang beobachtete ich sein Bein genau und sah, wie die dicke schwarze Masse langsam trocknete und abfiel. Nach fünf Tagen war sie ganz verschwunden; nur an der Stelle, wo der Knochen herausgetreten war, waren ein paar dünne Narben zurückgeblieben. Der Steinjäger wog gute einhundertfünfzig Pfund, und es war mir ein Rätsel, wie er sich ohne Stütze auf den völlig durchgetrennten Knochen hatte stellen können, ohne daß dieser wieder aus seiner Bruchstelle hervorschnellte. Ich wußte schon, daß die Menschen in diesem Stamm generell sehr gesund waren, aber noch dazu schienen sie über besondere Talente bei der Bewältigung von Krisensituationen zu verfügen.

Die Menschen, die über diese Heilkünste verfügten, hatten niemals Biochemie oder Pathologie studiert, aber ihre Diplome hatten sie in anderen Fächern erworben: Ehrlichkeit, aufrichtige Absichten und echtes Engagement für die Gesundheit.

»Weißt du, wie lange die Ewigkeit dauert?« fragte mich jetzt die Heilerin.

»Ja«, antwortete ich, »ich weiß es.«

»Bist du dir sicher?«

»Ja, ich weiß es«, wiederholte ich.

»Dann können wir dir noch etwas erzählen. Alle Menschen sind Geister, die auf dieser Welt nur zu Besuch sind. Und alle Geister sind ewige Wesen. Alle Begegnungen mit anderen Menschen sind Erfahrungen, und alle Erfahrungen sind ewige Verbindungen. Die ›Wahren Menschen‹ schließen den Kreis einer jeden Erfahrung. Anders als die ›Veränderten‹ bringen wir alles zu einem Abschluß. Wenn du einen Menschen verläßt und in deinem Herzen noch Groll gegen ihn hegst, ist dieser Kreis nicht geschlossen, und die Erfahrung wird sich später in deinem Leben wiederholen. Du wirst nicht nur einmal leiden, sondern immer wieder, bis du etwas gelernt hast. Man soll beobachten, aus dem Geschehenen lernen und weiser werden. Es ist gut, für die Erfahrung zu danken, wie ihr sagt, oder sie zu segnen und dann in Frieden weiterzugehen.«

Ich weiß nicht, ob der Knochenbruch dieses Mannes nun schnell geheilt wurde oder nicht. Es gab kein Röntgengerät für Vor- und Nachuntersuchungen, und er war nur ein normaler Mann, kein Übermensch, aber für mich zählte das alles nicht. Er hatte keine Schmerzen, und die Verletzung hatte keine Nachwirkungen. Für ihn und auch für die anderen war die Erfahrung abgeschlossen, und wir wanderten alle in Frieden und hoffentlich ein wenig weiser weiter. Der Kreis war geschlossen. Jetzt verwendete man auf ihn keine Energie mehr, keine Zeit und keine Aufmerksamkeit.

Ooota erklärte mir, daß sie den Unfall nicht für mich inszeniert hatten. Sie hätten sich nur offen für eine Erfahrung gezeigt, bei der ich durch meine Anwesenheit etwas über ihre Art zu heilen lernen könnte. Sie hatten um diese Erfahrung gebeten, allerdings nur unter der Voraussetzung, daß es zum Wohle aller und allen Lebens auf der Welt geschähe. Sie wußten nicht, ob die Zukunft eine solche Herausforderung für sie vorsah und wer von ihnen sich ihr stellen mußte, aber sie wollten mir diese Erfahrung ermöglichen. Als es dann geschah, waren sie dankbar für das Geschenk, das sie mit mir, der »veränderten« Außenseiterin, teilen durften.

Auch ich war an diesem Abend dankbar dafür, daß man mir Zugang zu der rätselhaften Gedankenwelt dieser sogenannten unzivilisierten Menschen gewährt hatte. Ich hätte gern noch mehr über ihre heilkundlichen Methoden erfahren, aber ich wollte nicht die Verantwortung für neue Risiken übernehmen. Schließlich war das Überleben im Outback auch so schon schwierig genug.

Ich hätte wissen müssen, daß sie natürlich meine Gedanken lasen und schon wußten, was ich wollte, bevor ich die Frage gestellt hatte. An diesem Abend diskutierten wir ausführlich darüber, wie unser sterblicher Körper zum unsterblichen Teil unseres Wesens stand. Und wir berührten erstmals ein Thema, über das wir bisher noch nie gesprochen hatten – die Rolle, die Gefühle und Gemütsverfassungen für Gesundheit und Wohlbefinden spielen.

Sie glauben, daß es unsere gefühlsmäßige Einstellung ist, die uns prägt. Sie durchdringt jede einzelne Zelle unseres Körpers, schlägt sich im Innersten unserer Persönlichkeit nieder, prägt unser Denken und gelangt sogar bis in unser ewiges Wesen. In manchen Religionen heißt es, daß man die Hungrigen speisen und den Durstigen Wasser geben soll. Für die Stammesleute ist es unwichtig, welche Nahrung und welche Flüssigkeit man gibt und wer es ist, der sie empfängt. Für sie zählt allein, was man beim freimütigen und barmherzigen Geben empfindet. Einer ausgetrockneten Pflanze oder einem sterbenden Tier Wasser zu geben oder einem anderen Menschen Mut zu machen, sind Erfahrungen, die uns in unserem Verständnis des Lebens und unseres Schöpfers ebenso weiterbringen können, wie einem Hungernden oder Durstenden Nahrung zu spenden. Man verläßt die diesseitige Daseinsebene mit einer Art Punktekarte, auf der genau notiert ist, wie wir in jedem einzelnen Moment mit unseren Gefühlen umgegangen sind. Und es sind die unsichtbaren, nicht die körperlichen Gefühle, die unser ewiges Wesen ausmachen und den Unterschied zwischen gut und weniger gut definieren. Unsere Handlungen sind nur das Mittel, mit dessen Hilfe wir Gefühle sowie Absichten ausdrücken und erfahren dürfen.

Die beiden eingeborenen Ärzte hatten den gebrochenen Knochen gerichtet, indem sie dem Körper die Vorstellung der Perfektion vermittelt hatten. Mit ihren Köpfen und Herzen hatten sie dabei genausoviel gearbeitet wie mit ihren Händen. Der Patient war offen für eine Heilung und bereit, die Gesundheit zu empfangen; er glaubte daran, sofort und vollständig geheilt werden zu können. Was mir wie ein Wunder vorkam, galt bei den Stammesleuten erstaunlicherweise als völlig normal. Ich begann mich zu fragen, wie sehr bei uns zu Hause das Leiden an Krankheiten oder die Hilflosigkeit des einzelnen von einer gefühlsmäßigen Vorprogrammierung abhängig ist – wenn auch nicht auf einer bewußten, so doch auf einer unbewußten Ebene.

Was würde geschehen, wenn sich die Ärzte bei uns im gleichen Maß auf die innere Heilkraft des menschlichen Körpers verließen, wie sie an die Wirkung oder Wirkungslosigkeit einzelner Medikamente glauben? Immer mehr lernte ich die Verbindung zwischen Arzt und Patient schätzen. Wenn der Arzt nicht daran glaubt, daß ein Patient geheilt werden kann, kann allein diese Einstellung alle Bemühungen ins Leere führen. Schon vor langer Zeit habe ich gelernt, was es wirklich bedeutet, wenn ein Arzt seinem Patienten sagt, daß es für ihn keine Heilung gibt: Es heißt nämlich, daß der Arzt mit der ihm eigenen Ausbildung und Erfahrung über keine Information verfügt, die eine Heilung ermöglichen könnte. Daß die Krankheit unheilbar ist, heißt es deshalb noch lange nicht. Wenn es irgendwo einen Menschen gibt, der die gleiche Krankheit einmal überstanden hat, dann hat der menschliche Körper offensichtlich auch die Fähigkeit, sie zu heilen.

In einer langen Diskussion mit dem Medizinmann und der Heilerin lernte ich eine außergewöhnliche neue Einstellung zum Thema Krankheit und Gesundheit kennen. »Heilung hat überhaupt nichts mit Zeit zu tun«, sagten sie mir. »Der Heilungsprozeß und die Erkrankung sind eine Sache von Sekunden.« Ich interpretierte ihre Aussage so, daß der menschliche Körper auf der Ebene der Zellen ganz, harmonisch und gesund ist. Dann tritt plötzlich innerhalb von Sekunden eine erste Störung oder Anomalie in einem Teil einer Zelle auf. Es kann Monate oder sogar Jahre dauern, bis die ersten Symptome diagnostiziert werden. Heilung ist der umgekehrte Prozeß. Der Mensch ist krank, seine Gesundheit wird schlechter, und deshalb erhält er, je nachdem, in welcher Gesellschaft er lebt, irgendeine Form von Behandlung. Innerhalb von Sekunden verschlechtert sich der Zustand des Körpers nicht mehr weiter, und der erste Schritt zur Genesung ist getan. Die »Wahren Menschen« sind der Ansicht, daß wir nicht einfach willkürlich Krankheiten zum Opfer fallen. Nur über unseren Körper kann unser höheres, unsterbliches Bewußtsein mit dem individuellen Bewußtsein unserer Persönlichkeit in Verbindung treten. Wenn wir gezwungen sind, unsere körperlichen Aktivitäten einzuschränken, können wir innehalten und erkennen, welche wirklich wichtigen Wunden wir heilen müssen: verletzte Beziehungen, abgrundtiefe Löcher in unserem Wertesystem, Tumoren von Angst, den zerfressenen Glauben an unseren Schöpfer, verhärtete Gefühle von Unversöhnlichkeit und vieles mehr. Ich mußte an die amerikanischen Ärzte denken, die in der Krebstherapie zunehmend mit Visualisierungsübungen arbeiten. Die meisten von ihnen sind bei ihren Kollegen nicht sonderlich beliebt. Ihr Ansatz ist zu »neu«. Hier hatten wir das älteste Volk der Erde, und sie benutzten Techniken, die seit Äonen von Jahren überliefert waren und sich immer wieder bewährt hatten. Aber wir in unseren so-genannten zivilisierten Gesellschaften ignorieren die Kraft der Gedanken, weil es ja eine Modeerscheinung sein könnte. Statt dessen sind wir uns einig: Lieber noch ein bißchen abwarten und sehen, wie es bei den wenigen Versuchen funktioniert. Wenn in unserer Gesellschaft bei einem schwerkranken Menschen alle medizinischen Möglichkeiten erschöpft sind und er an der Schwelle zum Tod steht, sagt der Arzt der Familie dieses Kranken, er habe alles in seiner Macht Stehende getan. Wie oft schon habe ich diese Formulierung gehört: »Es tut mir leid, aber wir können nichts mehr für ihn tun. Jetzt liegt alles in Gottes Hand.« Seltsam, wie rückständig das klingt.

An der Einstellung der »Wahren Menschen« zu Krankheiten und Unfällen und deren Heilung ist nichts Übernatürliches, und ich bin davon überzeugt, daß es für alle ihre Methoden eine wissenschaftliche Erklärung gibt. Wir versuchen nur, für alle Behandlungsmethoden Maschinen zu erfinden und Techniken zu entwickeln. Die »Wahren Menschen« sind Beweis dafür, daß es auch ohne elektrische Kabel geht.

Die Menschheit ist ständig in Bewegung, aber auf dem Kontinent Australien existieren die modernsten Behandlungsmethoden nur ein paar tausend Meilen von den uralten Praktiken entfernt, die schon seit Anbeginn der Zeit Menschenleben gerettet haben. Vielleicht werden sie sich eines Tages zusammentun, so daß ein ganzheitliches Wissen daraus hervorgeht.

Das wäre ein wahrer Freudentag für die ganze Welt!

14

Totems

Wir kämpften gegen den Sand an, der auf unsere Haut prasselte und uns kleine Nadelstiche versetzte. Unsere Fußspuren verwischten im selben Moment, in dem sie auf dem Boden erschienen. Ich kniff die Augen zusammen, um durch den roten Staub noch etwas sehen zu können. Es war wie ein Blick aus blutunterlaufenen Linsen. Schließlich fanden wir an einem Felsüberhang Unterschlupf, und wir drängten uns aneinander, um uns vor den Naturgewalten zu schützen. In unsere Tierfelle gehüllt, saßen wir uns gegenüber, und ich fragte: »Was für eine Beziehung habt ihr eigentlich zum Tierreich? Sind die Tiere eure Totems; sind sie Symbole, die euch an die Ahnen erinnern?«

»Wir sind alle eins«, lautete die Antwort, »und aus der Schwäche lernen wir Stärke.«

Sie sagten mir, der braune Falke, der uns so hartnäckig verfolgte, erinnere sie daran, daß wir manchmal einfach an das glauben, was wir unmittelbar vor uns sehen. Wir müssen uns nur zu einer höheren Ebene aufschwingen, und schon haben wir ein viel umfangreicheres Bild vor uns. Sie erklärten mir, daß »Veränderte Menschen«, die in der Wüste umkommen, weil sie kein Wasser finden und deshalb wütend und mutlos werden, in Wirklichkeit an ihren Emotionen sterben.

Der Stamm der »Wahren Menschen« ist der Überzeugung, daß die Menschheit als Ganzes den evolutionären Lernprozeß noch nicht abgeschlossen hat. Die Welt entwickelt sich nach wie vor weiter, sie ist ein Projekt, das noch lange nicht beendet ist. Die Menschen sind zu sehr mit dem aktuellen *Sein* beschäftigt, um *werden* zu können.

Als Beispiel führten sie das Känguruh an, diese stille, meist sanftmütige Kreatur, die zwischen einem halben und zwei Meter groß werden kann und in allen Erdfarben von Silbergrau bis Kupferrot vorkommt. Bei seiner Geburt ist das rote Känguruh nur so groß und schwer wie eine Kidneybohne, aber wenn es ausgewachsen ist, ragt es zwei Meter in den Himmel. Wir »Veränderten Menschen« nehmen ihrer Meinung nach Hautfarbe und Körperformen viel zu wichtig. Die wichtigste Lektion, die uns das Beispiel des Känguruhs erteilt, ist jedoch, daß es nicht rückwärts laufen kann. Nicht einen Schritt. Es geht immer vorwärts, selbst wenn es sich dabei im Kreis bewegen muß! Sein langer Schwanz ist wie ein Baumstamm und trägt sein ganzes Gewicht. Viele Menschen wählen das Känguruh als ihr Totem, weil sie sich ihm wirklich verwandt fühlen und erkennen, wie wichtig es ist, zu einem inneren Gleichgewicht zu finden. Mir gefiel die Vorstellung, noch einmal kritisch auf mein Leben zurückzuschauen, auch wenn dabei deutlich werden würde, daß ich Fehler gemacht und falsche Entscheidungen getroffen hatte. Aber für eine bestimmte Ebene meines Wesens war es das Beste, was ich zu jenem Zeitpunkt tun konnte. Und auf längere Sicht würde es sich als ein Schritt nach vorn erweisen. Die Känguruhs können auch ihre Fortpflanzung kontrollieren; sobald die

Umweltbedingungen es erforderlich machen, hören sie auf, sich zu vermehren.

Auch von der Schlange, die durch den Wüstensand gleitet, können wir etwas lernen, wenn wir betrachten, wie oft sie ihre äußere Hautschicht abwirft. Wenn man von den Dingen, die man mit sieben Jahren geglaubt hat, mit siebenunddreißig immer noch überzeugt ist, hat man in seinem Leben wenig dazugelernt. Es ist notwendig, sich hin und wieder von alten Überzeugungen, Gewohnheiten, Meinungen und sogar Weggefährten zu trennen. Für die Menschen ist es oft sehr schwierig loszulassen. Das Abwerfen ihrer alten Haut bedeutet für die Schlange weder Verlust noch Gewinn. Es ist einfach nur notwendig. Wo kein Platz ist, kann auch nichts Neues gedeihen. Wer sich selbst von alten Lasten befreit, sieht jünger aus und fühlt sich auch so. Aber natürlich ist man deshalb nicht jünger. Die »Wahren Menschen« finden es lächerlich und sinnlos, ständig seine Jahre zu zählen. Die Schlange steht für Macht und Magie. Beides kann nützlich sein, aber genausogut zerstörerisch, wenn es die Überhand gewinnt. Es gibt viele Giftschlangen, deren Gift stark genug ist, um Menschen zu töten. Aber es ist nicht nur eine hervorragende Waffe für das Tier, sondern kann wie viele andere Dinge auch zu einem für den Menschen nützlichen Zweck eingesetzt werden, zum Beispiel, um einer Person zu helfen, die in einen Ameisenhaufen gefallen ist oder von Wespen und Bienen zerstochen wurde. Das Bedürfnis der Schlange nach Einsamkeit können die »Wahren Menschen« genauso akzeptieren, wie sie es auch respektieren, daß jeder einmal Zeit für sich braucht.

Der Emu ist ein großer und starker Laufvogel. Weil

er Früchte frißt, trägt er auch zu deren Wachstum bei. Das Pflanzenangebot in der Wüste ist deshalb so reichhaltig, weil er die Samen weiterträgt. Das riesige grünschwarze Ei des Emus ist ein Fruchtbarkeitstotem.

Auch wenn die »Wahren Menschen« keinen Zugang zum Meer mehr haben, ist der Delphin ein Tier, das ihnen besonders nahesteht. Er war die erste Kreatur, mit der sie sich von Kopf zu Kopf verständigen konnten, und er zeigte ihnen, daß das Leben glücklich und frei sein sollte. Von diesem verspielten Tier lernten sie, daß es keinen Wettkampf, keine Verlierer oder Gewinner gibt, sondern einfach nur Spaß für alle.

Die Spinne lehrt uns, niemals gierig zu sein. Sie zeigt, daß auch Gebrauchsgegenstände sehr schön, ja sogar echte Kunstwerke sein können. Und sie lehrt uns, daß wir uns zu leicht nur um uns selbst drehen.

Wir sprachen auch noch über die Lehren, die uns Ameise, Kaninchen, Eidechse und sogar der Brumbie – das australische Wildpferd – erteilen. Als ich einige bereits ausgestorbene Tierarten erwähnte, fragten sie, ob uns »Veränderten Menschen« denn nicht klar sei, daß das Ende einer jeden Spezies auch bedeute, daß wir dem Ende der Spezies Mensch wieder einen Schritt näher gekommen seien.

Schließlich legte sich der Sandsturm, und wir krochen wieder aus unserem Unterstand hervor. Jetzt erzählten sie mir, daß sie sich nun einig waren, welchem Tier ich am nächsten stand. Dabei hatten sie sich an meinem Schatten orientiert, den sie genau beobachtet hatten. Sie hatten auf meine Gesten und meinen Schritt geachtet, den ich mir zugelegt hatte, seitdem meine Füße »gepolstert« waren. Sie beschlossen, das

Tier für mich in den Sand zu malen. Während das Sonnenlicht wie ein Scheinwerfer auf die Fläche vor mich fiel, benutzten sie ihre Finger und Zehen als Zeichenstifte. Die Umrisse eines Kopfes wurden sichtbar, dann fügte jemand ein paar kleine runde Ohren hinzu. Sie betrachteten meine Nase und zogen deren Form im Sand nach. Die Seelenfrau zeichnete die Augen ein und erklärte, sie hätten dieselbe Farbe wie meine. Dann kamen viele Punkte hinzu, und ich scherzte, daß meine Sommersprossen doch mittlerweile alle zugedeckt seien. »Wir kennen dieses Tier nicht«, sagten sie. »Es lebt nicht in Australien.« Doch sie spürten, daß das Weibchen bei diesen vielleicht mythischen Tieren für die Jagd zuständig war. Meist zog sie zufrieden allein durch die Gegend. Das Wohl ihrer Welpen stellte sie über ihr eigenes Leben und das ihres Gefährten. Dann fügte Ooota mit einem Lächeln hinzu: »Wenn dieses Tier zufrieden ist, ist es sanftmütig, aber es kann sehr wohl Gebrauch von seinen scharfen Zähnen machen.«

Als ich wieder auf das fertige Bild hinabschaute, erkannte ich einen Gepard. »Ja«, sagte ich, »ich kenne dieses Tier.« Und ich konnte mich mit allen Eigenschaften dieser Raubkatze identifizieren.

Ich erinnere mich noch, wie still es an diesem Abend war. Auch der braune Falke schien sich auszuruhen.

Als ein Halbmond am wolkenlosen Himmel aufstieg, wurde mir klar, daß ein ganzer Tag verstrichen war, an dem wir statt zu wandern nur geredet hatten.

15

Vögel

Die Schwester der Vogelträume trat in den Morgenkreis. Sie wollte an diesem Tag ihr besonderes Talent mit der Gruppe teilen, wenn es zum Besten aller Beteiligten sei. Und wenn dem so war, würde die Göttliche Einheit ihr beistehen. Bis auf meinen treuen Freund, den braunen Falken mit den dunkel-samtenen Schwingen, der immer über unserer wandernden Gruppe kreiste und sich besonders oft meinem Kopf näherte, hatten wir seit zwei oder drei Wochen keinen Vogel mehr gesehen.

Die anderen freuten sich sehr über dieses Ereignis, und mittlerweile glaubte auch ich, daß Vögel aus dem Nichts auftauchen würden, wenn unser Tagesplan es vorsah.

Die leuchtende, orangefarbene Scheibe der Sonne war erst halb über die Hügel am Horizont gestiegen, als wir sie kommen sahen. Es war ein Schwarm von Vögeln in den buntesten Farben; sie waren größer als die Papageien, die ich mir früher einmal zu Hause in einem Käfig gehalten hatte, aber in ihrer Farbenpracht waren sie diesen Vögeln ähnlich. Es waren so viele, daß wir zwischen ihren flatternden Flügeln das Blau des Himmels nicht mehr erkennen konnten. Plötzlich mischte sich das surrende Geräusch fliegender Bumerangs unter das Geschrei der Vögel. Es klang fast, als schrien diese Kreaturen die ganze Zeit: »Ich, ich, ich!« In Zweier- und Dreiergruppen fielen sie vom Himmel. Kein einziger Vogel lag leidend am Boden – sie waren alle auf der Stelle tot.

An jenem Abend aßen wir ein Festmahl. Die vielen bunten Federn verteilten wir unter uns. Die Stammesangehörigen fertigten daraus neuen Kopfschmuck und neue Brustplatten; einige wurden zur Herstellung von Binden für die Frauen benutzt. Wir aßen das Fleisch, aber das Gehirn der Vögel wurde vorher entfernt und aufbewahrt. Es wurde getrocknet und später entweder ihren Pflanzenheilmitteln zugegeben oder mit Wasser und Öl zu Gerbmitteln verrührt. Die wenigen Reste überließen wir dem wilden Dingorudel, das uns von Zeit zu Zeit verfolgte.

Es gab keine Abfälle. Alles wurde der Natur und der Erde zurückgegeben. Auch nach diesem Picknick hinterließen wir keinen Müll. Keine unserer Lagerstellen gab einen Hinweis darauf, daß hier jemals gerastet und gespeist worden war.

Die »Wahren Menschen« sind Meister der Anpassung, sie verschmelzen mit ihrer Umwelt, nutzen sie und verlassen sie dennoch unberührt.

16

Nähstunde

Wir waren mit dem Essen fertig. Das Feuer war nur mehr ein angenehmes Glühen der Scheite, und von Zeit zu Zeit stieg ein einzelner Funke in den grenzenlosen Himmel über uns. Einige von uns hatten sich in einem Kreis um das Feuer gesetzt.

Wie viele amerikanische Indianerstämme halten es auch diese Menschen für wichtig, die anderen zu beobachten, wenn man in einem Kreis zusammensitzt. Besonders genau sollte man sich die Person anschauen, die einem direkt gegenübersitzt, denn in ihr spiegelt sich die eigene Seele. Was man an diesem Gegenüber bewundert, sind die Eigenschaften, die man bei sich selbst verstärkt finden möchte. Die unangenehmen Wesenszüge und Verhaltensweisen des Gegenübers sind dieselben, an denen man bei sich selbst arbeiten muß. Nur wenn man in seinem eigenen Wesen über die gleichen Stärken und Schwächen verfügt, kann man sie bei anderen als gut oder schlecht erkennen. Unterschiede gibt es nur im Grad der Selbstdisziplin und in der genauen Art und Weise, wie sich diese Eigenschaften bei der jeweiligen Person ausdrücken.

Die »Wahren Menschen« glauben fest daran, daß man nur dann etwas an sich ändern kann, wenn man von der Notwendigkeit einer Änderung auch wirklich überzeugt ist. Ist diese Voraussetzung erfüllt, kann jeder Mensch alles an sich ändern. Es gibt dabei keinerlei Begrenzung für das, was man abwerfen oder hinzugewinnen kann.

Ebenso glauben sie, daß man den anderen nur durch den eigenen Lebenswandel, die eigenen Handlungen und Verhaltensweisen beeinflussen kann. Und diese Überzeugung läßt die Stammesmitglieder jeden Tag daran arbeiten, selbst bessere Menschen zu werden.

Ich saß der Nähmeisterin gegenüber. Mit gesenktem Kopf hatte sie sich ganz auf die Arbeit in ihrem Schoß konzentriert. Vor ein paar Stunden war der Große Steinjäger auf sie zugekommen, nachdem das Wassergefäß, das er immer um die Taille trug, plötzlich zu Boden gefallen war. Es war nicht die Känguruhblase mit ihrem wertvollen Inhalt, die mürbe geworden war, sondern nur das Lederband, mit dem er sie befestigt hatte.

Die Nähmeisterin durchtrennte den Naturfaden mit ihren Zähnen. Durch ihren ständigen Einsatz als Werkzeug waren sie glattpoliert und auf die Hälfte ihrer ursprünglichen Größe reduziert. Jetzt hob sie den Kopf von ihrer Arbeit und sagte: »Das ist ein interessantes Thema, die Einstellung der ›Veränderten‹ zum Alter. Arbeiten, für die man zu alt wird. Nicht mehr nützlich zu sein.«

»Aber nie zu alt, um noch geschätzt zu werden«, fügte jemand hinzu.

»Mit eurem Wirtschaftssystem scheint ihr ›Veränderten‹ euch selbst in Gefahr gebracht zu haben«, fuhr die Nähmeisterin fort. »Ihr habt damit angefangen, weil viele zusammen mehr herstellen und bewirken können als einer allein. Euer System fördert auch den einzelnen in seiner individuellen Begabung und bietet jedem die Möglichkeit, an eurem Geldsystem teilzunehmen. Aber mittlerweile geht es euch bei allen Geschäften nur noch darum, im Geschäft zu bleiben. Uns ist das sehr fremd, denn wir sehen in einer Sache nur das, was sie wirklich ist, und auch in einem Menschen nur das, was er wirklich ist, aber Geschäfte sind unwirklich. Ein Geschäft ist nur eine Idee, eine Vereinbarung, und trotzdem gilt es, um jeden Preis im Geschäft zu bleiben. So etwas ist schwer zu verstehen.«

Jetzt begann ich, ihnen von unserem Wirtschaftssystem zu erzählen: Ich redete von freiem Unternehmertum, von Privateigentum, Unternehmensformen, Aktien und Wertpapieren, von Arbeitslosenhilfe, Sozialversicherung und Gewerkschaften. So gut ich konnte, erklärte ich ihnen das russische System und die Unterschiede zwischen der chinesischen und der japanischen Wirtschaft. Ich hatte in fast allen Ländern Mitteleuropas, in Brasilien und Sri Lanka Vorträge gehalten, und ich berichtete ihnen, was ich über diese Länder wußte.

Wir sprachen über die Industrie und ihre Produkte. Darin, daß Autos wirklich praktische Transportmittel sind, stimmten alle überein. Aber zum Sklaven der monatlichen Raten zu werden, das schien ihnen die Sache doch nicht wert zu sein. Erst recht nicht, wenn noch dazu die Möglichkeit bestand, in einen Unfall verwickelt zu werden. Dann hätte man einen Streit am Hals und könnte sich womöglich Feinde machen. Dazu kam noch, daß sie nicht ganz einsahen, weshalb man das kostbare Wasser mit vier Rädern und einer

Sitzbank teilen sollte. Und außerdem hatten sie es sowieso nie eilig.

Ich schaute zur Nähmeisterin hinüber. Sie hatte viele bemerkenswerte Eigenschaften, die ich bewunderte. Obwohl sie weder lesen noch schreiben konnte, war sie über die Weltgeschichte und sogar aktuelle Ereignisse bestens informiert. Sie war kreativ und aufmerksam – sie hatte dem Großen Steinjäger ihre Hilfe bei der Reparatur angeboten, noch bevor er sie darum gebeten hatte. Die Nähmeisterin hatte ein Ziel im Leben, und sie lebte danach. Es schien zu stimmen – ich konnte etwas lernen, indem ich die Person, die mir im Kreis gegenübersaß, genau beobachtete.

Ich fragte mich, was sie wohl über mich dachte. Wenn wir uns in einen Kreis zusammensetzten, nahm auch immer jemand den Platz mir gegenüber ein, aber sie drängten sich nicht danach. Einer meiner Hauptfehler war sicherlich, daß ich zuviel fragte. Immer wieder mußte ich mich daran erinnern, daß diese Menschen freimütig alles miteinander teilten, und sie würden auch mich einschließen, wenn es an der Zeit war. Wahrscheinlich klang ich für sie wie ein quengeliges Kind.

Als wir uns zum Schlafen niedergelegt hatten, mußte ich immer noch über ihre Bemerkungen nachdenken. Geschäfte sind unwirklich, sie sind nur Vereinbarungen, und trotzdem ist es das Ziel aller Geschäfte, im Geschäft zu bleiben. Was dabei für die Beteiligten selbst herauskommen mag oder wie das Produkt oder die jeweilige Dienstleistung aussehen, ist weniger wichtig! Für jemanden, der noch nie eine Zeitung gelesen, ferngesehen oder Radio gehört hatte, war das eine ziemlich scharfsinnige Beobachtung. In diesem Moment wünschte ich mir, die ganze Welt könnte diese Frau hören.

Anstatt diesen Teil der Welt Outback zu nennen, sollte man ihn vielleicht zum Mittelpunkt des menschlichen Bewußtseins machen.

17

Musiktherapie

Einige Stammesmitglieder verstanden etwas von Musikmedizin. Ooota benutzte beim Übersetzen tatsächlich manchmal das Wort »Medizin«. Allerdings hatte es wenig mit unserem Verständnis von Medizin zu tun und bezog sich auch nicht auf den physischen Heilungsprozeß. »Medizin« war alles, was man positiv zum Gesamtbefinden der Gruppe beitrug. Ooota erklärte mir, daß es zwar gut sei, über die Gabe – oder eben Medizin – zu verfügen, gebrochene Knochen zu richten, aber dies sei nicht besser und nicht schlechter als zum Beispiel das Talent, einen besonderen Zugang zu Fruchtbarkeit und Eiern zu haben. Beides war wichtig, und beides war mit bestimmten Personen verbunden. Ich stimmte dem zu und freute mich auf die Mahlzeit aus Eiern, die es vielleicht demnächst einmal geben würde.

An jenem Tag teilte man mir mit, daß ein großes Konzert stattfinden sollte. Musikinstrumente gehörten nicht zu den wenigen Besitztümern, die wir bei uns trugen, aber ich hatte schon längst aufgehört zu fragen, wann und wie Dinge aus dem Nichts auftauchten sollten.

Als wir an diesem Nachmittag durch einen Canyon wanderten, spürte ich, wie die Spannung in der Gruppe stieg. Es war eine enge, vielleicht dreieinhalb Meter breite Schlucht, die an den Seiten bis zu sechs Meter aufragte. Wir hielten an, um unser Nachtlager aufzuschlagen, und während eine Mahlzeit aus Pflanzen und Insekten bereitet wurde, bauten die Musiker ihre Bühne auf. In der Schlucht wuchsen Pflanzen mit runden, faßförmigen Früchten. Sie wurden an ihrem oberen Ende aufgeschnitten, und wir löffelten das saftige, kürbisfarbene Fleisch heraus und saugten es aus. Die großen Samenkörner wurden aufbewahrt. Über die ausgehöhlten Früchte spannten die Musiker einige der glatten Tierhäute, die wir immer bei uns trugen. Es wurden wunderbare Schlaginstrumente daraus.

In der Nähe lag ein alter, abgestorbener Baumstamm, dessen Äste zum Teil von Termiten übersät waren. Sie brachen einen dieser Äste ab und schlugen die Termiten herunter. Die Tiere hatten sich am Inneren des Astes gütlich getan, und er war jetzt nur noch mit Sägemehl gefüllt. Sie rammten einen Stock in den hohlen Ast und entfernten so die krümeligen Holzreste. Bald darauf hielten sie ein langes, hohles Instrument in der Hand. So mußte Gabriels Trompete entstanden sein. Später erfuhr ich, daß die Australier dieses Instrument Didjeridoo nennen. Wenn man hineinbläst, erzeugt es einen tiefen, melodischen Ton.

Einer der Musiker begann zwei Stöcke gegeneinanderzuschlagen, und ein anderer lieferte mit zwei Steinen den Grundrhythmus. Sie hatten kleine Schiefersteine gesammelt und auf Fäden aufgereiht. Als sie jetzt im Wind aneinanderklimperten, klangen sie wie Glockenspiele. Ein Mann hatte ein flaches Holzstück an einem Seil befestigt und ließ es dann über seinem Kopf durch die Luft sausen. So erzeugte er einen tiefen, heulenden Ton. Entsprechend nannten sie das Instrument Bullenbrüller. Gekonnt variierten die Musiker bei ihrem Konzert die Lautstärke, wobei der riesige Klangkörper des Canyons für fantastische Schwingungen und Echos sorgte. Dafür gab es keinen passenderen Ausdruck als das Wort Konzert.

Die Ureinwohner singen allein oder in Gruppen, oft auch mehrstimmig. Einige ihrer Lieder sind so alt wie die Zeit. Sie verfügen über ein großes Repertoire an Gesängen, die bereits vor der Erfindung unseres Kalenders hier in der Wüste entstanden sind. Allerdings hörte ich auch neue Kompositionen, Musik, die sie nur geschaffen hatten, weil ich bei ihnen war. »So wie der Musiker den musikalischen Ausdruck sucht«, erklärten sie mir, »sucht die Musik des Universums nach einer Möglichkeit, ausgedrückt zu werden.«

Weil sie über keine Schriftsprache verfügen, wird ihr Wissen durch Lieder und Tänze von Generation zu Generation weitergegeben. Jedes historische Ereignis läßt sich durch Zeichnungen im Sand, durch ein Theaterspiel oder Musik schildern. Um die Erinnerungen lebendig zu halten, musizieren sie eigentlich jeden Tag. Es würde fast ein Jahr dauern, wenn sie ihre ganze Geschichte erzählen wollten. Wenn man dann noch jedes einzelne Ereignis aufmalen und diese Gemälde in der richtigen Reihenfolge auf dem Boden ausbreiten würde, hätte man eine Weltkarte der letzten Jahrtausende.

Ganz besonders beeindruckt hat mich jedoch, daß diese Menschen auch ohne jeden materiellen Besitz ein wirklich ausgefülltes Leben genießen. Als unser Fest zu Ende war, legten sie die Instrumente wieder dorthin zurück, wo sie sie gefunden hatten. Die Samen wurden eingepflanzt, um neues Wachstum zu ermöglichen, und an den Felswänden wurden Zeichen angebracht, um die nächsten Wanderer auf den Zeitpunkt der Ernte hinzuweisen. Doch auch wenn sich die Musiker von Stöcken, Trommeln und Steinen getrennt hatten, blieb ihnen die Freude an ihrer kreativen Komposition und an dem, was jeder dank seines besonderen Talents geschaffen hatte. Es bestätigte jeden einzelnen in seinem persönlichen Selbstverständnis und Selbstwertgefühl. Ein Musiker trägt seine Musik in sich. Er braucht keine besonderen Instrumente. Er selbst ist die Musik.

Auch ich hatte das Gefühl, an diesem Tag etwas gelernt zu haben, nämlich daß man sich im Leben nur selbst bedienen muß. Wir selbst können unser Leben bereichern und uns beschenken. Jeder Mensch kann so glücklich und so schöpferisch sein, wie er es sich selbst zu werden erlaubt. Der Komponist und die anderen Musiker hatten die Bühne hocherhobenen Hauptes verlassen. »Ziemlich gutes Konzert«, bemerkte einer von ihnen. »Eines unserer besten«, war die Antwort. »Ich denke, ich werde meinen Namen demnächst von Komponist zu Großer Komponist ändern«, hörte ich den Mann sagen, der sich an diesem Tag besonders hervorgetan hatte.

Trotzdem ging es ihnen nicht darum, sich wichtig zu tun. Dies waren einfach Menschen, die ihre eigenen Begabungen erkannten. Sie wußten, wie wichtig es ist, daß wir andere an den wunderbaren Fähigkeiten, die uns gegeben sind, teilhaben lassen und daß wir sie weiterentwickeln. Seinen eigenen Wert zu würdigen und sich selbst einen neuen Namen zu verleihen, sind zwei Dinge, die unmittelbar zusammenhängen.

Die »Wahren Menschen« behaupten von sich, sie seien schon immer hier gewesen. Den Wissenschaftlern ist bekannt, daß sie Australien schon seit mindestens fünfzigtausend Jahren bevölkern. Es ist wirklich erstaunlich, daß sie in diesen fünfzigtausend Jahren keine Wälder vernichtet, kein Wasser vergiftet und keine Pflanzen oder Tiere ausgerottet haben. Und obwohl sie sich keinerlei Umweltsünden zuschulden kommen haben lassen, haben sie immer über ausreichend Nahrung und Obdach verfügt. Sie haben viel gelacht und nur selten geweint. Ihre Leben sind lang, ausgefüllt und gesund, und wenn sie diese Welt verlassen, tun sie dies mit Zuversicht in ihren Seelen.

18

Traumfänger

Als wir uns eines Morgens wie gewohnt zu unserem nach Osten offenen Halbkreis zusammenfanden, lag bereits ein Gefühl von Erregung in der Luft. Nur ein kleiner Farbstreifen am Horizont ließ ahnen, daß die Morgendämmerung unmittelbar bevorstand. Die Seelenfrau trat in die Mitte und löste den Ältesten ab, der gerade das Morgengebet gesprochen hatte.

Die Seelenfrau und ich waren uns rein äußerlich sehr ähnlich. Sie war die einzige Frau in diesem Ureinwohner-Stamm, die mehr als einhundertzwanzig Pfund wog. Ich wußte, daß mich die täglichen Wanderungen bei großer Hitze und die eine Mahlzeit am Tag kontinuierlich Gewicht verlieren ließen. Allerdings gab es in meinem Körper auch genügend überschüssiges Fettgewebe, so daß ich mir gern vorstellte, wie das Fett buchstäblich abschmolz und kleine Lachen neben meinen Fußabdrücken im Sand bildete. Jetzt stand die Seelenfrau im Zentrum unseres Halbkreises. Sie hielt die Arme über ihren Kopf gestreckt und bot den unsichtbaren Zuhörern im Universum ihre Talente an. An diesem Tag bot sie der Göttlichen Einheit ihre Person als Ausdrucksmittel an, und dafür öffnete sie sich jetzt. Ihre besondere Gabe wollte sie auf dieser Wanderung mit mir, der »Veränderten«, teilen. Nachdem sie ihre Bitte vorgetragen hatte, dankte sie laut und voller Inbrunst. Die anderen Stammesangehörigen fielen mit ein und bedankten sich lautstark für die noch ausstehenden Gaben dieses Tages. Sie sagten mir, daß dies normalerweise in völliger Stille geschehe, weil sie von der Kopf-zu-Kopf-Verständigung Gebrauch machten. Da ich ihr Gast und auf dem Gebiet des Empfangs von telepathischen Nachrichten immer noch ein Neuling war, agierten sie so, daß auch ich mit meinen beschränkten Fähigkeiten teilhaben konnte.

An diesem Tag wanderten wir bis zum späten Nachmittag. Unterwegs war nur sehr wenig Vegetation zu sehen. Für mich war es allerdings eine Erleichterung, einmal nicht von Spinifex-Dornen in meinen Fußsohlen gequält zu werden.

Als am späten Nachmittag jemand eine kleine Gruppe Zwergbäume entdeckte, wurde das allgemeine Schweigen gebrochen. Es waren eigenartige Gewächse, Stämme, aus deren oberen Enden riesige Büsche zu sprießen schienen. Dies war es, worum die Seelenfrau gebeten und worauf sie gewartet hatte.

Als wir am vorangegangenen Abend am Feuer saßen, hatte sie eine glatte Tierhaut so umnäht, daß eine Art fester Rahmen entstanden war. Drei andere Frauen hatten es ihr gleichgetan. Heute hatten sie den ganzen Tag über die fertigen Objekte bei sich getragen. Ich hatte nicht weiter gefragt, wozu sie gut waren, denn ich wußte, daß man es mir früh genug erklären würde.

Jetzt ergriff die Seelenfrau meine Hand, zog mich zu den Bäumen und zeigte auf etwas. Ich schaute nach oben, sah aber nichts. Sie war so aufgeregt, daß ich weitersuchte. Dann sah ich es – ein riesiges Spinnennetz. Es war ein dickes, glänzendes und komplexes Gebilde aus Hunderten gewebter Fäden. Auch in den anderen Bäumen entdeckte ich jetzt solche Spinnweben. Die Seelenfrau sagte etwas zu Ooota, der mich daraufhin anwies, ich solle mir ein Spinnennetz aussuchen. Ich wußte nicht, worauf ich bei der Auswahl achten mußte, aber ich hatte gelernt, daß man bei den Aborigines seine Entscheidung intuitiv trifft. Also zeigte ich einfach auf eines der Netze.

Als nächstes nahm die Seelenfrau ein Aromaöl aus ihrem Taillenbeutel, mit dem sie den tamburinartigen Gegenstand, den sie am Vorabend angefertigt hatte, einrieb. Sie entfernte alle Blätter hinter dem Spinnennetz, auf das sie jetzt ihre Aufmerksamkeit richtete. Dann hielt sie die eingeölte Oberfläche des Tamburins hinter das Netz und machte eine schnelle Bewegung nach vorne – das Spinnennetz war perfekt auf der gerahmten Tierhaut eingefangen. Jetzt kamen auch die drei anderen und wählten sich ein Spinnennetz aus, und ich beobachtete, wie die Frauen die hauchdünnen Fäden auf den fertigen Rahmen bannten. Während wir uns mit dieser Spielerei unterhielten, hatten die restlichen Stammesmitglieder ein Feuer gemacht und Essen für unsere Abendmahlzeit gesammelt. Diesmal gab es die Spinnen aus den Zwergbäumen, ein paar Wurzeln und eine neue, kürbisähnliche Knolle, die ich bisher noch nie gegessen hatte.

Wie an jedem Abend setzten wir uns nach dem Essen zusammen. Die Seelenfrau erklärte mir, worin ihr besonderes Talent bestand. Jeder Mensch ist einzigartig, und jedem von uns sind bestimmte Eigenschaften gegeben, die besonders ausgeprägt sind und im späteren Leben zu einem Spezialtalent ausgebildet werden. Die Seelenfrau diente der Gemeinschaft als Traumfängerin. Alle Menschen träumen, erklärte sie mir. Nicht jeder macht sich die Mühe, sich an seine Träume zu erinnern und die darin enthaltenen Botschaften zu entziffern, aber wir träumen alle.

»Träume sind Schatten der Realität«, fuhr sie fort. »Von allem, was auf dieser Welt geschieht, gibt es auch ein Abbild in der Traumwelt. Und dort findet man zu allem eine Antwort.« Die Spinnennetze wurden bei einer aus Tänzen und Liedern bestehenden Zeremonie als Hilfsmittel eingesetzt. Man bat das Universum auf diese Weise um eine Führung durch die Welt der Träume. Die Seelenfrau half dem Träumenden dann, die Botschaft in seinem Traum zu deuten.

So wie ich sie verstand, stand das Wort »träumen« für die verschiedenen Bewußtseinsebenen. Es gab Ahnenträume aus der Zeit, als der Gedanke die Welt erschuf; es gab Wachträume wie zum Beispiel die tiefe Meditation; es gab Schlafträume und viele andere mehr.

Die Stammesangehörigen nehmen die Hilfe der Traumfänger bei den unterschiedlichsten Problemen in Anspruch. Wenn sie sich über ihre Beziehung zu einem anderen Menschen nicht im klaren sind, Probleme mit der Gesundheit haben oder nicht verstehen, welchen Sinn eine bestimmte Erfahrung haben soll, suchen sie die Antwort auf ihre Fragen stets im Traum. Für uns »Veränderte Menschen« gibt es nur einen Zugang zur Traumwelt, den Schlaf, aber die »Wahren Menschen« können sich auch im wachen Zustand in die Bewußtseinsebene des Traums versetzen. Da sie sich nicht mit Hilfe bewußtseinsverändernder Drogen in die Traumwelt begeben, sondern einfach durch

Atemtechnik und Konzentration, handeln sie dabei sehr bewußt.

Man wies mich an, mit meinem Traumfänger, dem Spinnennetz-Tamburin, zu tanzen. Besonders erfolgversprechend war dabei das Herumwirbeln im Kreis. Während ich mich bewegte, sollte ich mich ganz auf meine Frage konzentrieren und sie immer wiederholen. Es gab eine Drehung, die nach Meinung der Aborigines besonders wirksam ist und die Energiewirbel in den sieben Schlüsselzentren des Körpers aktiviert: Mit weit ausgestreckten Armen dreht man sich dabei einfach immer nur rechtsherum.

Bald wurde mir schwindelig, also setzte ich mich und dachte darüber nach, wie mein Leben sich verändert hatte. Ich befand mich in einem Gebiet, das mehr als dreimal so groß war wie Texas und in dem im Durchschnitt nicht einmal ein Mensch auf einem Quadratkilometer lebte. Hier war ich nun und tanzte wie ein Derwisch und wirbelte den Sand um mich herum auf. Und ich schickte die Luft, die mit meinem Traumfänger in Berührung kam, in endlosen Schwingungen über die weite Ebene.

Die Stammesangehörigen träumen nachts nur, wenn sie einen Traum herbeigerufen haben. Der Schlaf ist für ihre Körper eine wichtige Zeit der Ruhe und Erholung. In diesen Stunden sollen die Energien nicht auf mehrere Vorhaben gleichzeitig gelenkt werden. Sie glauben, daß wir »Veränderten Menschen« nachts träumen, weil es in unserer Gesellschaft nicht erlaubt ist, tagsüber zu träumen. Vor allem dem Träumen mit offenen Augen bringe man bei uns keinerlei Verständnis entgegen.

Schließlich war die Zeit zur Nachtruhe gekommen.

Ich strich den Sand unter mir glatt und bettete meinen Kopf auf meinen Arm. Man gab mir einen kleinen Behälter mit Wasser und wies mich an, die eine Hälfte jetzt zu trinken und die andere beim Aufwachen. Das würde mir helfen, mich genau an meinen Traum zu erinnern. Es gab eine Frage, die mir schon die ganze Zeit nicht aus dem Kopf ging, und diese Frage stellte ich mir jetzt erneut: Was sollte ich mit meinem neuen Wissen tun, wenn meine Reise beendet war?

Am nächsten Morgen bat mich die Seelenfrau – die sich über Ooota mit mir unterhielt –, mich an meinen Traum zu erinnern. Ich glaubte nicht, daß sie mir bei der Interpretation dieses Traums behilflich sein konnte, denn es war darin nichts vorgekommen, das irgendwie mit Australien zu tun hatte. Trotzdem erzählte ich ihn ihr. Sie befragte mich vor allem über die Gefühle, die ich mit den Gegenständen und Geschehnissen in meinem Traum in Verbindung brachte. Es war bemerkenswert, zu welchen Einsichten sie mich lenkte, obwohl ihr die zivilisierte Welt in meinem Traum völlig fremd war.

Wir kamen zu dem Ergebnis, daß es in meinem Leben noch einige stürmische Phasen geben würde, in denen ich mich von Menschen und Dingen, in die ich bisher eine Menge Zeit und Energie investiert hatte, trennen würde. Aber dafür wußte ich mittlerweile, was für ein Gefühl es war, ein ausgeglichenes, in sich ruhendes Wesen zu sein, und es war dieses Gefühl, das mir in allen Krisensituationen den Rücken stärken würde. Ich lernte, daß man in einem Leben mehr als ein Leben leben kann und daß ich schon einmal erlebt hatte, wie sich eine Tür hinter mir schloß. Ich lernte, daß jetzt der Moment gekommen war, da ich mich von

Menschen und Orten, von alten Werten und Überzeugungen trennen mußte. Zum Wohle meiner eigenen Seele, die wachsen sollte, hatte ich eine Tür leise hinter mir geschlossen und mich in einem neuen Raum wiedergefunden. Es war ein neues Leben, ein Tritt nach oben auf einer spirituellen Leiter. Das wichtigste aber war, daß ich dieses neue Wissen nicht vermarkten mußte. Wenn ich einfach nach den Prinzipien lebte, die für mich richtig zu sein schienen, würde ich die Leben der Menschen berühren, die ich berühren sollte. Die Türen würden sich öffnen. Es handelte sich schließlich nicht um meine Botschaft – ich war einfach nur die Botin.

Ich fragte mich, ob auch die anderen, die mit den Traumfängern getanzt hatten, uns an ihren Träumen teilhaben lassen würden. Noch bevor ich diese Frage aussprechen konnte, las Ooota sie in meinen Gedanken und antwortete: »Ja, der Werkzeugmacher möchte sprechen.« Der Werkzeugmacher war ein älterer Mann, der sich auf die Herstellung von Werkzeugen, Pinseln, Kochgerät und vielen anderen Gebrauchsgegenständen spezialisiert hatte. In seiner Frage war es um seine Muskelschmerzen gegangen. Er hatte von einer Schildkröte geträumt, die aus einem Billabong gekrochen kam und plötzlich merkte, daß sie ganz schief ging, weil sie auf einer Seite ihres Körpers keine Beine mehr hatte. Nachdem die Seelenfrau den Traum mit ihm durchgegangen war, so, wie sie es auch mit mir getan hatte, kam er zu dem Schluß, daß es an der Zeit war, jemand anderen sein Handwerk zu lehren. Einst hatte er die Verantwortung, die seine Rolle als Handwerksmeister mit sich brachte, geliebt, aber jetzt stand er zu sehr unter einem selbsterzeugten Druck, um seine Arbeit noch richtig genießen zu können. Deshalb hatte man ihm ein Zeichen gegeben, daß es Zeit für eine Änderung war. Wie die Schildkröte in seinem Traum befand er sich nicht mehr im Gleichgewicht zwischen Arbeit und Spiel.

In den folgenden Tagen beobachtete ich, wie er anderen sein Handwerk beibrachte. Als ich mich nach seinen Schmerzen und Beschwerden erkundigte, vertieften sich die vielen Falten in seinem Gesicht zu einem Lächeln: »Wenn das Denken beweglich wird, werden auch die Gelenke beweglich«, sagte er. »Ich habe keine Schmerzen mehr.«

19

Überraschende Mahlzeit

Der Verwandte der Großen Tiere trat während unseres Morgenrituals in den Kreis. Seine Brüder wünschten es, daß man ihrem Daseinszweck Ehre erweise, sagte er. Alle stimmten zu; sie hatten schon lange nicht mehr von ihnen gehört.

Anders als in Afrika, wo Elefanten, Löwen, Giraffen und Zebras den Kontinent bevölkern, gibt es in Australien nur wenige große Tiere. Ich war neugierig zu erfahren, was das Universum heute für uns bereithielt.

An diesem Tag wanderten wir in schnellem Tempo voran. Die Hitze war nicht mehr ganz so drückend – es muß wohl gute 30 Grad warm gewesen sein. Die Heilerin rieb mir Gesicht, Nase und besonders die Spitzen meiner Ohren mit einer dickflüssigen Mischung aus Eidechsen- und Pflanzenöl ein. Ich hatte die verschiedenen Hautschichten nicht mehr gezählt, aber ich wußte, daß ich mich mehrmals geschält hatte. Allerdings machte ich mir Sorgen, daß von meinen Ohren bald nichts mehr übrigbleiben würde, weil sie in der Sonne immer wieder verbrannten. Die Seelenfrau war meine Rettung gewesen. Sie hatten alle zusammen beratschlagt, wie man die Sache angehen könnte, und obwohl es für sie eine völlig neue Problemstellung war, hatten sie schnell eine Lösung gefunden. Sie bastelten eine Vorrichtung, die einem altmodischen Ohrenschützer glich, den man zum Schutz vor Kälte trägt. Die Seelenfrau nahm eine Tiersehne und band sie zu einem Kreis. Die Näherin steckte sie ringsum mit Federn voll, dann hängten sie mir diesen Schmuck über die Ohren. Zusammen mit dem Öl brachte er eine echte Erleichterung.

Es war ein lustiger Tag. Während wir wanderten, unterhielten wir uns mit Ratespielen. Einer nach dem anderen ahmte ein Tier nach oder spielte ein Ereignis aus der Vergangenheit vor, und die anderen versuchten das Rätsel zu lösen. Es gab den ganzen Tag lang viel zu lachen.

Die Fußabdrücke meiner Reisegefährten sahen für mich nicht mehr einfach wie Pockennarben aus, denn ich erkannte die leichten Veränderungen, die durch die Traglast der jeweiligen Person verursacht wurden.

Als der Abend näherrückte, begann ich die weite Ebene nach Vegetation abzusuchen. In der Ferne wurde aus dem bräunlichen Bodenbewuchs plötzlich eine Palette von verschiedenen Grüntönen. Als wir näher kamen, entdeckte ich ein paar Bäume.

Da standen sie, die großen Tiere, die von uns wünschten, daß wir ihrem Daseinszweck Ehre erwiesen – vier wilde Kamele. Man sollte meinen, daß es mich nicht länger überraschte, wie für die »Wahren Menschen« die Dinge aus dem Nichts auftauchten. Aber ihre aufrichtige Freude und Begeisterung über jedes einzelne Geschenk der Schöpfung war auch Teil meiner Persönlichkeit geworden. Die Tiere hatten einen einzelnen, riesigen Höcker und waren nicht geschoren wie die Zirkus- und Zootiere, die ich bisher gesehen hatte. Ursprünglich gab es in Australien keine Kamele. Sie wurden als Transportmittel hierhergebracht, und offensichtlich hatten einige Tiere im Unterschied zu ihren Reitern in der Wüste überlebt.

Die Gruppe hielt an. Sechs Kundschafter wurden in verschiedene Richtungen entsandt. Drei von ihnen näherten sich den Tieren aus östlicher Richtung und drei aus dem Westen. In gebückter Haltung schlichen sie lautlos näher. Jeder trug einen Bumerang, einen Speer und eine Speerschleuder bei sich. Eine Speerschleuder ist eine Holzvorrichtung, die dem Speer besondere Schnelligkeit verleiht. Indem man gleichzeitig die volle Bewegung des Arms und auch den Impuls aus dem Handgelenk nutzt, kann man damit die Wurfweite und Treffsicherheit des Speers verdreifachen. Die Kamelherde bestand aus einem männlichen Tier, zwei ausgewachsenen Kühen und einem Jungtier.

Die wachsamen Augen der Jäger ruhten auf der Herde. Später erzählten sie mir, daß sie sich mittels einer mentalen Botschaft geeinigt hätten, die ältere der Kühe zu erlegen. Wie der Dingo – eines der Tiere, dem sie sich verwandt fühlen – empfangen auch die »Wahren Menschen« die Signale, die von dem schwächsten Tier einer Herde ausgehen. Es scheint seinen Jägern zuzurufen, daß es jetzt seinen Daseinszweck erfüllen und die stärkeren Tiere zurücklassen möchte, damit sie die Lebenslinie fortsetzen. Ohne ein Wort und auch ohne jedes Handzeichen stürmten die Jäger im selben Moment vorwärts. Zwei genau plazierte Speere bohrten sich in Kopf und Brust des Tieres und brachten ihm auf der Stelle den Tod. Die drei anderen Kamele galoppierten davon, und das Donnern ihrer Hufe verklang in der Ferne.

Wir hoben eine tiefe Grube aus und legten den Boden und die Wände mit mehreren Schichten von trockenem Gras aus. Der Verwandte der Großen Tiere schlitzte mit einem langen Schnitt seines Messers den Bauch des Kamels auf. Ein Schwall warmer Luft entwich dem Inneren des Tieres, und mit ihm verbreitete sich der starke Geruch des noch warmen Blutes. Jedes einzelne Organ wurde herausgenommen, Herz und Leber beiseitegelegt. Diese beiden Organe wurden von dem Stamm besonders geschätzt, weil sie Kraft und Ausdauer versprachen. Als Wissenschaftlerin dachte ich sofort daran, daß die Stammesmitglieder durch ihre Ernährung nicht regelmäßig mit allen Nährstoffen versorgt wurden. Herz und Leber aber enthielten enorm viel Eisen. Das Blut wurde in einen besonderen Behälter gefüllt, den die junge Schülerin der Heilerin um den Hals trug. Auch die Hufe wurden beiseite gelegt, und man erklärte mir, daß sie zu verschiedenen Dingen ausgesprochen nützlich seien. Wozu, konnte ich mir wirklich nicht vorstellen.

»Dieses Kamel ist nur für dich so alt geworden, Veränderte«, rief einer der Metzger. Er hielt eine riesige, feuchtschimmernde Blase hoch.

Meine Sucht nach Wasser war allen bekannt, und sie waren ständig auf der Suche nach einer Blase, die groß genug war, um ein Wassergefäß für mich abzugeben. Jetzt hatten sie eine gefunden.

Mehrere Dunghaufen gaben Kunde davon, daß dieser Landstrich offensichtlich zum bevorzugten Weideland der Tiere gehörte. Mittlerweile wußte auch ich diese Dinge zu schätzen, die mir noch vor wenigen Monaten nichts als ein angeekeltes Naserümpfen entlockt hätten. Jetzt sammelte ich die Fladen begeistert auf und freute mich über das hervorragende Brennmaterial.

Dieser Freudentag klang mit noch mehr Scherzen und Gelächter aus, als wir darüber debattierten, ob ich die Kamelblase nun um die Taille, um den Hals oder wie einen Rucksack auf meinem Rücken tragen sollte. Als wir am nächsten Tag weitermarschierten, hielten einige Stammesmitglieder die Kamelhaut über ihre Köpfe. Das so gespannte Tierfell spendete nicht nur Schatten, sondern trocknete und gerbte, während wir unsere Reise fortsetzten. Sie hatten alles Fleisch von der Haut geschabt und sie mit Tannin behandelt, das sie aus den Rinden mehrerer Pflanzen gewonnen hatten. Das Kamel hatte mehr Fleisch hergegeben, als wir für unsere Mahlzeit gebraucht hatten, deshalb wurde der Rest in Streifen geschnitten. Ein Teil war in der Grube nicht gut genug durchgebraten worden, und man hatte es deshalb auf lange Äste gespießt.

Mehrere von uns trugen diese wie Fahnen durch die Wüste. Das Kamelfleisch flatterte im Wind, trocknete und wurde so auf natürliche Weise konserviert.

Wirklich eine seltsame Parade!

20

Ameisen ohne Schokolade

Die Sonne brannte so gleißend hell, daß ich mich nicht traute, meine Augen ganz zu öffnen. Der Schweiß rann aus jeder Pore meiner Haut und lief in kleinen Flüssen über meine Brüste bis hinab zu den Schenkeln, die bei jedem Schritt feucht aneinanderrieben. Ich schwitzte sogar auf den Füßen. So etwas hatte ich noch nie erlebt. Wir hatten die angenehmen 40 Grad hinter uns gelassen, und die Hitze war nun fast unerträglich. Auch an meinen Fußsohlen zeichnete sich ein seltsames Muster ab: Unter der ohnehin schon von Blasen übersäten Hautoberfläche hatte sich eine zweite Schicht Blasen gebildet, und meine Füße fühlten sich völlig taub an.

Während unserer Wanderung verschwand eine Frau plötzlich für wenige Minuten in der Wüste und kehrte mit einem riesigen hellgrünen Blatt zurück, das fast einen halben Meter breit war. Ich konnte in der näheren Umgebung keinen Baum entdecken, von dem das Blatt hätte stammen können. Es sah frisch und unversehrt aus, während alles andere um uns herum braun, verwelkt und trocken war. Niemand fragte, woher sie das Blatt hatte. Der Name dieser Frau lautete Trägerin des Glücks, und ihr besonderes Talent war das Organisieren von Spielen. An diesem Abend war sie zuständig für die Gestaltung der Zeit, die wir zusammen verbrachten, und sie verkündete, daß das Schöpfungsspiel auf dem Programm stand.

Wir kamen an einem Ameisenhaufen vorbei. Es waren riesige Tiere, fast drei Zentimenter lang, mit einer eigenartig aufgeblähten Körpermitte. »Das wird dir schmecken!« sagte man mir, denn diesen Kreaturen sollte als Teil unseres heutigen Abendessens Ehre erwiesen werden. Sie gehörten zur Gruppe der Honigameisen, und in ihren aufgeblähten Bäuchen hatten sie eine süße Flüssigkeit, die wie Honig schmeckte. Diese Wüstenameisen werden allerdings nicht so groß und süß wie ihre Artgenossen, die in Gegenden mit üppigerer Vegetation leben, und auch ihr Honig ist nicht so dickflüssig, cremig und gelb. Die Flüssigkeit in ihren Körpern scheint eher ein Extrakt aus der farblosen Hitze und dem Wind ihrer Umgebung zu sein. Wahrscheinlich waren für diesen Stamm die Ameisen so etwas wie für uns eine Tafel Schokolade.

Um an den süßen Leckerbissen heranzukommen, streckte man ganz einfach die Arme aus, ließ die Ameisen auf die Hände krabbeln und steckte sie dann in den Mund. Der Gesichtsausdruck meiner Begleiter beim Aussaugen der Insekten verriet mir, daß sie köstlich schmecken mußten. Ich wußte, daß sie früher oder später von mir erwarten würden, daß ich eine Ameise probierte, also beschloß ich, besonders wagemutig zu sein. Ich nahm eine einzelne Ameise und steckte sie in den Mund. Der Trick bestand darin, die Tierchen im Mund zu zerknacken und die Süße herauszusaugen, ohne sie ganz zu verschlucken. Mir gelang weder das eine noch das andere. Ich kam nicht an den vielen Beinchen vorbei, die auf meiner Zunge herumkrabbelten. Schließlich hatte sich die Ameise in meinen Gaumen geflüchtet. Daraufhin spuckte ich sie wieder aus. Abends, als wir am Feuer saßen, wickelten sie ein paar Ameisen in ein Blatt und legten es in die Glut. Als es fertig war, konnte ich die süße Flüssigkeit von dem Blatt ablecken wie geschmolzene Schokolade vom Einwickelpapier. Für einen Menschen, der noch nie Orangenblütenhonig gegessen hat, mußte dies eine echte Delikatesse sein. Allerdings glaube ich nicht, daß sie sich in der Stadt gut verkaufen würde!

Später am Abend zerriß die Spielleiterin ihr Blatt in Stücke. Obwohl sie die einzelnen Teile nicht auf unsere Art zählte, ging ihre Rechnung so gut auf, daß jeder von uns ein Stück erhielt. Während sie ihr Blatt auseinanderriß, sangen wir und machten Musik. Dann konnte das Spiel beginnen.

Wir sangen noch weiter, als das erste Blattstück auf den Boden gelegt wurde. Weitere folgten, bis die Musik plötzlich verstummte. Jetzt sahen wir alle zu, wie in einer Art Puzzle das Blatt neu zusammengesetzt wurde. Immer mehr Stücke wurden auf den Boden gelegt, und ich erkannte, daß es erlaubt war, ein anderes Teil wegzuschieben, wenn man der Meinung war, das eigene passe besser an diese Stelle. Es gab bei diesem Spiel keine besondere Reihenfolge, denn es ging auch nicht ums Gewinnen, sondern um das Gemeinschaftswerk. Bald war die obere Hälfte des Blattes fertig, und es hatte wieder seine ursprüngliche Gestalt angenommen. Zu diesem Etappenziel gratulierte jeder jedem; wir schüttelten uns die Hände, umarmten uns und wirbelten einander herum. Das Spiel war halb vorbei, und jeder hatte dazu beigetragen. Dann konzentrierten sich alle wieder, und der zweite Teil des Spiels begann. Ich ging zu dem Blatt hin und legte mein Stück ab. Als ich mir unser Werk später noch einmal anschauen wollte, konnte ich nicht mehr erkennen, welches mein Teil gewesen war, also setzte ich mich wieder hin. Ooota hatte meine Gedanken gelesen, und ohne daß ich ihn etwas gefragt hätte, sagte er: »Das macht nichts. Es sieht nur so aus, als ob das Blatt aus Einzelteilen bestünde, so wie die Menschheit aus einzelnen Individuen zu bestehen scheint. In Wirklichkeit sind wir alle eins. Darum wird es auch das Schöpfungsspiel genannt.«

Mehrere Stammesmitglieder steuerten Erklärungen bei, die Ooota für mich übersetzte. »Daß wir eins sind, bedeutet nicht, daß wir alle gleich sind. Jedes Wesen ist einzigartig. Es gibt nie zwei, die denselben Raum einnehmen. So wie das Blatt jedes einzelne Teil zu seiner Vervollkommnung braucht, hat auch jede Seele ihren besonderen Platz. Auch wenn die Menschen versuchen, dies zu beeinflussen, wird am Ende alles und jeder zu seinem angestammten Platz zurückkehren. Einige versuchen dabei einen geraden Weg zu gehen, während andere lieber zermürbende Kreise wählen.«

Plötzlich bemerkte ich, daß mich alle anblickten, und mir kam der Gedanke, aufzustehen und zu dem Blatt zu gehen. Als ich davorstand, sah ich, daß nur noch ein einziges Teilchen fehlte, und das entsprechende Stück lag ein paar Zentimeter weiter entfernt. Als ich es in das Puzzle einfügte, stieg ein vielstimmiger Freudenschrei in die klare Nacht auf. Er zog hinaus in die unendlich weite, offene Ebene, die unsere kleine Menschengruppe umgab.

In der Ferne erhob ein Rudel Dingos seine spitzen Schnauzen. Sie heulten in den schwarzen Himmel hinein, an dem die himmlischen Diamanten funkelten.

»Mit dem Einfügen dieses letzten Stückes hast du dich dieser Wanderung würdig erwiesen. Wir sind alle eins und gehen einen geraden Weg. Bei den ›Veränderten Menschen‹ gibt es viele Glaubensrichtungen. Sie sagen: Dein Weg ist anders als mein Weg, dein Erlöser ist nicht mein Erlöser, und deine Ewigkeit ist nicht meine Ewigkeit. Aber in Wahrheit ist alles Leben nur eins. Es wird nur ein Spiel gespielt. Es gibt nur eine Rasse, aber viele Schattierungen. Die ›Veränderten‹ streiten über den Namen Gottes und in welchem Gebäude er wann und mit welchem Ritual geehrt wird. ›Ist Er auf die Erde gekommen?‹ fragen sie. ›Was will Er uns mit seinen Gleichnissen sagen?‹ Was wahr ist, ist wahr. Wer einen anderen verletzt, verletzt sich selbst. Wer einem anderen hilft, hilft sich selbst. Alle Menschen sind aus Fleisch und Blut. Es unterscheiden sich nur die Herzen und das individuelle Begehren. Die ›Veränderten Menschen‹ denken nur an die nächsten hundert Jahre, das eigene Selbst und was sie von anderen unterscheidet. Das Denken der ›Wahren Menschen‹ umfaßt die Ewigkeit. Es ist alles eins – unsere Ahnen, unsere ungeborenen Enkel und alles Leben auf der Welt.«

Nachdem das Spiel beendet war, fragte mich einer der Männer, ob es bei uns tatsächlich Menschen gäbe, die ihr ganzes Leben lang ihr eigenes, gottgegebenes Talent nicht erkennen. Ich mußte zugeben, daß einige meiner Patienten depressiv waren und das Gefühl hatten, das Leben sei an ihnen vorbeigegangen, ohne daß sie einen sinnvollen Beitrag dazu geleistet hätten. Es stimmte, daß viele »Veränderte« glaubten, kein besonderes Talent zu besitzen, und daß sie sich erst im Tod Gedanken über den Sinn ihres Lebens machten. Da stiegen diesem Mann Tränen in die Augen. Er schüttelte ungläubig den Kopf, denn er konnte sich kaum vorstellen, daß so etwas möglich war.

»Warum können die ›Veränderten‹ nicht erkennen, daß es eine gute Tat ist, wenn ich einen anderen mit meinem Lied glücklich mache? Einem einzigen Menschen zu helfen ist eine gute Tat. Mehr als einem Menschen gleichzeitig kann man sowieso nicht helfen.«

Ich fragte, ob sie jemals von Jesus gehört hätten. »Natürlich«, war die Antwort. »Das haben uns die Missionare gelehrt: Jesus ist der Sohn Gottes. Unser ältester Bruder. Die Göttliche Einheit in menschlicher Gestalt. Er wird am meisten verehrt. Vor vielen Jahren ist er auf die Erde gekommen, um den ›Veränderten‹ zu sagen, wie sie leben müssen und was sie vergessen haben. Zum Stamm der ›Wahren Menschen‹ ist Jesus nicht gekommen. Er hätte es sicher tun können, denn wir waren die ganze Zeit hier, aber seine Botschaft war nicht für uns bestimmt. Wir hatten nicht vergessen, und wir lebten Seine Wahrheit bereits. Wir machen uns kein Bild von der Einheit, aber die ›Veränderten‹ scheinen allem eine begreifbare Form geben zu müssen. Sie können nichts Unsichtbares und Formloses akzeptieren. Gott, Jesus, die Einheit – das ist für uns nicht das Wesen, das in den Dingen ruht oder sie umgibt, es ist einfach alles!«

Das Leben bedeutet für dieses Volk Bewegung, Fortschritt und Veränderung. Sie sprechen von lebender und nichtlebender Zeit. Die Menschen leben nicht, wenn sie wütend, traurig, voller Selbstmitleid oder

Angst sind. Atmen allein bedeutet noch nicht, daß man lebt. Es ist nur ein Zeichen für die anderen, welcher Körper beerdigt werden kann und welcher nicht! Nicht alle Menschen, die atmen, sind auch lebendig. Es ist nichts dagegen einzuwenden, auch negative Gefühle auszuprobieren, um sie einmal kennenzulernen, aber sie sind doch kaum etwas, bei dem ein kluger Mensch verweilen möchte. Wenn sich die Seele in Menschengestalt begibt, kann man spielen – wir können erfahren, wie Glück und Trauer, Eifersucht und Dankbarkeit sich anfühlen. Aber aus dieser Erfahrung sollten wir lernen und schließlich herausfinden, was uns Schmerz und was uns Freude bereitet.

Als nächstes sprachen wir über Sport und Spiele. Ich erzählte ihnen, daß wir uns in Amerika sehr für Sportveranstaltungen interessieren und daß Baseball-, Football- und Basketballspieler sogar mehr verdienen als unsere Lehrer. Um ihnen zu zeigen, wie ein Sportwettbewerb abläuft, schlug ich vor, uns nebeneinander aufzustellen und um die Wette zu laufen. Der schnellste Läufer würde gewinnen. Aus ihren schönen, dunklen, großen Augen schauten sie erst mich durchdringend an und tauschten dann untereinander Blicke aus. Einer von ihnen sagte schließlich: »Aber wenn nur einer gewinnen kann, müssen doch alle anderen verlieren. Das soll Spaß machen? Spiele sollen doch Freude bereiten. Warum muß ein Mensch erst eine solche Erfahrung machen, wenn man ihn später davon überzeugen will, daß er in Wirklichkeit der Sieger war? Diesen Brauch können wir nur schwer verstehen. Versteht euer Volk das denn?« Ich lächelte nur und schüttelte den Kopf – nein.

In der Nähe stand ein toter Baum, und ich bat um

Hilfe beim Bau einer Wippe. Wir legten einen langen Ast über einen großen Stein. Selbst die ältesten Gruppenmitglieder wollten einmal auf und ab wippen – es war ein Riesenvergnügen. Sie machten mich darauf aufmerksam, daß es im Leben Dinge gibt, die man einfach nicht allein machen kann, und das Wippen gehörte dazu! Siebzig-, achtzig- und neunzigjährige Menschen ließen dem Kind in sich freien Lauf und vergnügten sich bei einem Spiel, das keine Gewinner und Verlierer kennt, sondern nur den Spaß an der Sache.

Mit Hilfe mehrerer zusammengebundener Seile aus Tierdärmen brachte ich ihnen auch das Seilspringen bei. Wir versuchten, ein Spielfeld in den Sand zu zeichnen, um Hüpfkästchen zu spielen, aber es war zu dunkel, und wir selbst begannen müde zu werden. Wir verschoben diesen Spaß auf ein andermal.

An diesem Abend streckte ich mich auf dem Rücken aus und blickte in den wunderbar funkelnden Himmel. Selbst Diamanten auf einem schwarzen Samtkissen im Juweliergeschäft hätten nicht beeindruckender sein können. Der größte dieser Himmelsdiamanten zog meine Aufmerksamkeit wie ein Magnet an. Er schien mir die Erkenntnis zu bringen, daß diese Menschen anders altern als wir. Zwar zeigen auch ihre Körper irgendwann Alterserscheinungen, aber bei ihnen gleicht dieser Prozeß mehr einer Kerze, die langsam und gleichmäßig abbrennt. Anders als bei uns macht bei ihnen nicht schon ein Organ mit zwanzig und das nächste mit vierzig schlapp. Was wir als Streß bezeichnen, erschien mir jetzt nur wie ein müder Vorwand.

Langsam kühlte mein Körper ab. Mein Lernprogramm kostete mich viel Schweiß, aber mir wurde hier ein wirklich gewaltiges Wissen zugänglich gemacht. Wie sollte ich das, was ich hier erlebt hatte, meiner Gesellschaft mitteilen? Kein Mensch würde mir glauben, darauf mußte ich vorbereitet sein. Niemand würde sich vorstellen können, daß es Leute gab, die so lebten. Doch ich wußte, wie wichtig es war, die Heilung von Krankheiten mit der wirklichen Heilung der Menschen zu verbinden. Mit der Heilung ihrer verwundeten, blutenden, kranken und verletzten Seelen.

Ich blickte in den Himmel und fragte mich: »Wie?«

21

An der Spitze

Die Sonne ging auf, und sofort wurde es unerträglich heiß. An diesem Tag gab es bei unserem Morgenritual eine Besonderheit. Ich mußte den Platz im Zentrum des nach Osten offenen Halbkreises einnehmen. Oooota wies mich an, auf meine eigene Art mit der Göttlichen Einheit Zwiesprache zu halten und um einen guten Tag zu bitten. Als wir uns nach der Zeremonie zum Aufbruch rüsteten, sagte man mir, daß ich heute an der Reihe sei, die Gruppe anzuführen. Ich sollte an der Spitze gehen und allen anderen den Weg weisen.

»Aber das kann ich nicht«, sagte ich. »Ich weiß doch gar nicht, wo wir hingehen und wie man sich hier zurechtfindet. Ich danke euch sehr für dieses Angebot, aber ich kann euch wirklich nicht führen.«

»Du solltest es aber tun«, war die Antwort, »es ist an der Zeit. Um deine Heimat, die Erde, alle Stufen des Lebens und deine Beziehung zu dem, was du siehst, und dem, was du nicht siehst, kennenzulernen, mußt du führen. Es ist gut, eine Zeitlang als letzter in einer Gruppe zu gehen, und es ist auch in Ordnung, länger in der Mitte zu verweilen, aber irgendwann kommt für jeden die Zeit zu führen. Man kann die Bedeutung einer Führungsrolle nur verstehen, wenn man sie selbst einmal eingenommen hat. Irgendwann, früher oder später, muß jeder einmal alle Rollen durchspielen, und zwar ohne Ausnahme – wenn nicht in diesem Leben, dann in einem anderen! Es gibt nur eine Möglichkeit, eine Prüfung zu bestehen, man muß sich ihr stellen. Und alle Prüfungen auf jeder Ebene werden auf die eine oder andere Weise so lange wiederholt, bis man sie besteht.«

Also traten wir unsere Wanderung mit mir an der Spitze der Gruppe an. Es war ein sehr heißer Tag mit Temperaturen um die 40 Grad. Um die Mittagszeit hielten wir an und benutzten unsere Schlaffelle als Sonnenschirme. Nachdem die Hitze ihren Zenit überschritten hatte, wanderten wir weiter. Wir wanderten noch, als die Zeit, unser Nachtlager zu errichten, schon längst gekommen war. Unterwegs begegneten wir weder Pflanzen noch Tieren, denen wir für unser Nachtmahl unsere Ehre erweisen konnten. Wir fanden auch kein Wasser. Die Luft fühlte sich an wie ein heißes, bewegungsloses Vakuum. Irgendwann gab ich einfach auf und erklärte unsere Tageswanderung für beendet.

An diesem Abend bat ich um Hilfe. Wir hatten kein Essen und kein Wasser. Ich sprach Ooota an, aber er ignorierte mich. Ich fragte die anderen. Sie konnten zwar meine Sprache nicht verstehen, aber ich wußte, daß sie verstanden, was mein Herz sagte: »Helft mir! Helft uns!« Ich wiederholte es immer wieder, aber niemand reagierte.

Statt dessen unterhielten sie sich darüber, daß jeder Mensch auch einmal am Ende einer Gruppe gehen müsse. Langsam fragte ich mich, ob die Obdachlosen in Amerika vielleicht freiwillig in ihrer Opferrolle verharrten. Sicherlich fühlen sich die meisten Amerikaner irgendwo in der Mitte am wohlsten: weder zu reich noch zu arm; zwar nicht todkrank, aber auch nie richtig gesund; nicht frei von aller Schuld, aber keine Verbrecher. Doch früher oder später müssen wir das Selbstvertrauen haben, aus der Gruppe herauszutreten. Wir müssen führen, wenn auch nur, um zu lernen, für uns selbst verantwortlich zu werden.

Während ich meine aufgesprungenen Lippen mit tauber, trockener Zunge leckte, schlief ich ein. Ich konnte nicht sagen, ob der Grund für meine Benommenheit Hunger, Hitze, Durst oder Erschöpfung war.

Wir wanderten einen zweiten Tag unter meiner Führung. Wieder war die Hitze unerträglich. Mein Hals war mittlerweile angeschwollen, und ich konnte nicht mehr schlucken. Meine Zunge war fast steif vor Trokkenheit und schien um ein Vielfaches angeschwollen zu sein, ein trockener Schwamm zwischen meinen Zähnen. Das Atmen fiel mir schwer. Während ich mühsam heiße Luft in meinen Brustkorb leitete, konnte ich plötzlich verstehen, weshalb diese Menschen es als einen Segen empfanden, die gleiche Nasenform wie ein Koalabär zu haben. Für diese sengenden Temperaturen war ihre breite, ausladende Nase mit den großen Löchern viel besser geeignet als meine europäische Stupsnase.

Der leere Horizont wirkte immer bedrohlicher. Er schien der Menschheit die Stirn zu bieten und zu einer anderen, überirdischen Dimension zu gehören. Das Land war aus allen Schlachten um seine Urbarmachung siegreich hervorgegangen, und jetzt schien es allem Leben gegenüber feindlich eingestellt zu sein. Es gab keine Straßen und über uns keine Flugzeuge, nicht einmal mehr die Spuren irgendwelcher Tiere waren zu sehen.

Ich wußte, daß wir alle sterben würden, wenn die Stammesmitglieder mir nicht bald zur Hilfe eilten. Unser Tempo hatte sich verlangsamt, wir mußten uns jeden einzelnen Schritt abringen. In der Ferne sahen wir eine schwere, dunkle Regenwolke. Sie blieb immer gerade weit genug vor uns, daß wir sie nicht erreichen und von ihrem segensreichen Inhalt profitieren konnten – es war eine regelrechte Folter. Wir konnten noch nicht einmal nahe genug an sie herankommen, um in den Genuß ihres Schattens zu kommen. Wir sahen sie nur in der Ferne und wußten, daß das lebenspendende Wasser vor uns herzog wie eine Karotte, die man einem Esel vor die Nase hält.

Irgendwann schrie ich einfach. Vielleicht, um mir zu beweisen, daß ich es noch konnte, vielleicht aus Verzweiflung. So oder so, ich bewirkte nichts damit. Die Welt schluckte das Geräusch einfach wie ein gefräßiges Ungeheuer. Trügerische Luftspiegelungen ließen mich vor uns Becken voll klaren, kühlen Wassers entdecken, aber wenn wir an der Stelle ankamen, war es einfach nur Sand, Sand und wieder Sand.

Ein zweiter Tag verging, ohne daß wir Nahrung, Wasser oder Hilfe gefunden hätten. An diesem Abend war ich zu erschöpft, krank und entmutigt, um noch mein Tierfell auszubreiten; statt einzuschlafen, muß ich einfach ohnmächtig geworden sein.

Am Morgen des dritten Tages ging ich zu allen Stammesmitgliedern und flehte jeden auf den Knien an. So laut, wie es mir mein sterbender Körper erlaubte, bat ich: »Bitte, hilf mir. Bitte, rette uns.« Das Sprechen fiel mir fürchterlich schwer, denn beim Aufwachen war meine Zunge so trocken gewesen, daß sie fest an der Innenseite meiner Backe geklebt hatte.

Sie hörten mir zu und sahen mich mit durchdringendem Blick an, aber sie standen einfach nur da und lächelten. Ich hatte den Eindruck, daß sie dabei dachten: »Wir sind auch hungrig und durstig, aber dies hier ist deine Erfahrung, und wir unterstützen dich bedingungslos in allem, was du lernen mußt.« Keiner bot mir in irgendeiner Form seine Hilfe an.

Schritt für Schritt gingen wir weiter. Die Luft stand still, die Welt war völlig unwirtlich. Sie schien sich gegen meine Einmischung zu wehren. Es gab keine Hilfe, keinen Ausweg. Mein Körper war von der Hitze wie betäubt und völlig gefühllos geworden. Ich starb. Ich erkannte die Zeichen dafür, daß ich verdurstete. Hier war er – mein Tod.

Meine Gedanken sprangen von einer Sache zur nächsten. Ich erinnerte mich an meine Jugend. Mein Vater hatte sein ganzes Leben hart für die Santa-Fe-Eisenbahn geschuftet. Er war so ein schöner Mann gewesen. Und es hatte in meinem ganzen Leben nicht einen Moment gegeben, in dem er nicht für mich dagewesen wäre, um mir Liebe, Unterstützung und Mut zukommen zu lassen. Mutter war immer zu Hause und für uns da. Ich sah sie vor mir, wie sie den Landstreichern zu essen gab, die wie durch einen Zauber unter den vielen Häusern der Stadt das eine erkannten, in dem man ihnen niemals die Tür wies. Meine Schwester war eine Einser-Schülerin und so hübsch und beliebt, daß ich ihr stundenlang dabei zuschauen konnte, wie sie sich für eine Verabredung zurechtmachte. Als ich klein war, wollte ich immer wie meine Schwester werden. Ich sah auch meinen kleinen Bruder vor mir, wie er unseren Hund umarmte und sich beklagte, daß die Mädchen in der Schule immer seine Hand halten wollten. Als Kinder waren wir drei gute Freunde gewesen. Wir hätten in jeder Situation zusammengehalten. Aber mit den Jahren hatten wir uns auseinandergelebt. Sie würden meine Verzweiflung an diesem Tag noch nicht einmal spüren.

Wenn man stirbt, hatte ich gelesen, zieht das ganze Leben noch einmal an einem vorbei. Mein Leben lief zwar nicht wie ein Videofilm vor mir ab, aber ich erinnerte mich an die eigenartigsten Dinge. Ich sah mich in der Küche stehen und Geschirr abtrocknen. Dabei übte ich, Wörter zu buchstabieren. Eines der schwierigsten Wörter, mit denen ich jemals kämpfte, war das Wort Klimaanlage. Ich erinnerte mich, wie ich mich in einen Seemann verliebt hatte, an unsere kirchliche Trauung, das Wunder der Geburt, erst meines kleinen Jungen und dann meiner Tochter, die bei einer Hausgeburt zur Welt kam. Alle meine Jobs, meine Schullaufbahn und die Jahre an der Universität zogen an mir vorüber, aber dann wurde mir plötzlich klar, daß ich hier draußen in der australischen Wüste starb. Was bedeutete das überhaupt? Hatte ich alles erreicht, was ich in meinem Leben erreichen sollte? »Lieber Gott«, sagte ich zu mir selbst, »bitte hilf mir zu verstehen, was hier vorgeht.«

Die Antwort kam sofort.

Ich war zwar über zehntausend Meilen aus meiner amerikanischen Heimatstadt hierher gereist, aber in meinem Denken war ich keinen Zentimeter weitergekommen. Ich kam aus einer Welt, die von der linken Gehirnhälfte regiert wurde. Logik, Verstand, Lesen, Schreiben, Mathematik, Ursache und Wirkung, das waren die Prinzipien, mit denen ich aufgewachsen war. Aber jetzt befand ich mich in einer Welt, in der die rechte Gehirnhälfte dominierte, bei Leuten, die von meinen sogenannten wichtigen Bildungskonzepten und den Notwendigkeiten der Zivilisation nichts wußten. Für sie zählten Kreativität, Phantasie, Intuition und spirituelles Leben. Ihre Mitteilungen an die anderen zu verbalisieren hielten sie für unnötig; sie benutzten Gedanken, Gebete und die Meditation oder wie immer man es nennen mag. Ich hatte mit meiner Stimme um Hilfe gebettelt und gefleht. Wie dumm ihnen das erscheinen mußte. Jeder »Wahre Mensch« hätte still gefragt; von Kopf zu Kopf, von Herz zu Herz, vom einzelnen zum universellen Bewußtsein, das alles Leben vereint. Bis zu diesem Moment hatte ich mich selbst als anders gesehen, etwas hatte mich von den »Wahren Menschen« getrennt. Obwohl sie immer wieder betont hatten, daß wir alle eins sind und auch mit der Natur eins sind, war ich bis jetzt die Beobachterin geblieben. Ich hatte mich immer von ihnen abgegrenzt. Ich mußte eins mit ihnen werden, eins mit dem Universum, und ich mußte ihre Art der Verständigung benutzen. Also tat ich es. In Gedanken bedankte ich mich bei dem Urheber dieser Erkenntnis, und in Gedanken rief ich laut: »Helft mir. Bitte, helft mir.« Ich benutzte den Ausdruck, den ich jeden Morgen von den Stammesangehörigen gehört hatte: »Wenn es zum Besten für mich und zum Besten für alles Leben auf der Welt ist, laßt mich bitte lernen.«

Plötzlich schoß ein Gedanke durch meinen Kopf. »Steck den Stein in deinen Mund.« Ich sah mich um. Es gab nirgendwo Steine. Wir gingen auf Sand, der so fein war wie der Sand in einer Eieruhr. Wieder kam der Gedanke. »Steck den Stein in deinen Mund.« Dann erinnerte ich mich an den Stein, den ich ausgewählt hatte und den ich noch immer zwischen meinen Brüsten trug. Dort hing er schon seit vielen Wochen, doch ich hatte ihn vergessen. Ich nahm ihn und steckte ihn in meinen Mund, wo ich ihn herumrollte. Um den Stein bildete sich wunderbarerweise Feuchtigkeit. Ich merkte, wie ich plötzlich wieder schlucken konnte. Es gab noch Hoffnung. Vielleicht war es mir doch nicht bestimmt, an diesem Tag zu sterben.

»Danke, danke. Ich danke euch«, sagte ich still. Ich hätte weinen können, aber meinem Körper fehlte die Flüssigkeit, um Tränen zu bilden. In Gedanken fuhr ich fort, um Hilfe zu bitten: »Ich kann lernen. Ich werde alles tun, was nötig ist. Helft mir nur, Wasser zu finden. Ich weiß nicht, was ich machen soll, worauf ich achten muß und wohin ich gehen soll.«

Wieder kam mir ein Gedanke: »Sei selbst Wasser. Sei selbst Wasser. Wenn du selbst Wasser bist, kannst du auch Wasser finden.« Was sollte das bedeuten? Es ergab für mich keinen Sinn. Sei selbst Wasser! Das ist nicht möglich. Doch nochmals bemühte ich mich, meine von der linken Gehirnhälfte geprägte Erziehung zu vergessen. Ich schob alle Logik beiseite, ignorierte meinen Verstand. Ich öffnete mich der Intuition, und mit geschlossenen Augen begann ich zu Wasser zu werden. Während ich weiterging, nutzte ich all meine Sinne. Ich roch Wasser, schmeckte Wasser, spürte, hörte und sah Wasser. Ich war selbst Wasser; blau, klar, trüb, still, kräuselnd, gefroren, geschmolzen, Dunst, Dampf, Regen, Schnee, naß, belebend, spritzend und unendlich weit. Alle nur möglichen Zustände von Wasser, an die ich denken konnte – ich war sie selbst. Wir wanderten über eine Ebene, die sich so weit das

Auge reichte flach vor uns ausbreitete. Nur ein winziger, gelbbrauner Hügel war in der Ferne auszumachen, eine knapp zwei Meter hohe Sanddüne, die oben von einem Felsrand gekrönt wurde. In der kahlen Landschaft wirkte sie völlig deplaziert. Mit halbgeschlossenen Augen wanderte ich im gleißenden Sonnenlicht auf sie zu; fast wie in Trance erklomm ich den Hügel und setzte mich auf den Felsen. Als ich hinunterblickte, standen sie alle da, meine Freunde, die mich bedingungslos liebten und unterstützten; sie sahen zu mir hoch und grinsten über beide Backen. Schwach erwiderte ich ihr Lächeln. Dann streckte ich meine linke Hand nach hinten, um mich abzustützen. Ich spürte etwas Nasses. Mein Kopf flog herum. Hinter mir, in der Verlängerung der Felskante, auf der ich saß, befand sich ein Becken von etwa drei Meter Durchmesser und einem halben Meter Tiefe, und in ihm war wunderschönes, kristallklares Wasser aus der Regenwolke, die am vorangegangenen Tag so provozierend vor uns hergezogen war.

Als ich den ersten Schluck des lauwarmen Wassers in meiner Kehle spürte, war ich unserem Schöpfer näher, als ich es beim Empfang einer Hostie in irgendeiner Kirche jemals gewesen bin.

Ich hatte keine Uhr, aber von dem Moment, als ich mich wie Wasser zu fühlen begann, bis zu dem Augenblick, als wir unsere Köpfe laut jubelnd ins Wasser tauchten, waren wohl keine dreißig Minuten vergangen.

Während wir noch laut über unsere Entdeckung jubelten, kam ein riesiges Reptil vorbeispaziert. Es war ein wirklich enormes Tier, das aussah, als wäre es ein Überbleibsel aus prähistorischen Zeiten. Und es war keine Sinnestäuschung, sondern ausgesprochen real. Für das Abendessen dieses Tages hätte es keine passendere Erscheinung geben können als diese Kreatur, die aussah, als stamme sie aus einem Science-fiction-Film. Ihr Fleisch brachte uns die Euphorie, die einen bei Festgelagen manchmal überkommt.

An diesem Abend verstand ich erstmals, warum dieser Stamm daran glaubt, daß eine Beziehung zwischen dem Land und den Eigenschaften der eigenen Ahnen besteht. Unser riesiger Felsenbecher schien aus seiner flachen Umgebung geradezu hervorzusprießen. Man hätte ihn ohne weiteres mit der nährenden Brust einer schon längst verstorbenen Ahnin vergleichen können, deren Körper in anorganische Materie übergegangen war, um unsere Leben zu retten. Insgeheim taufte ich den Hügel auf den Namen meiner Mutter – Georgia Catherine.

Ich blickte hinauf in die unendliche Weite des Universums, das uns umhüllte, und sprach ein Dankgebet. Endlich hatte ich verstanden, daß die Welt wirklich ein Ort des Überflusses ist. Sie ist voll von guten, hilfsbereiten Menschen, die Anteil an unserem Leben nehmen, wenn wir es nur zulassen. Solange wir bereit sind, zu nehmen und auch zu geben, gibt es genügend Nahrung und Wasser für alles Leben auf der Welt. Ganz besonders dankbar aber war ich für den spirituellen Weg, den man mir für mein weiteres Leben gewiesen hatte. Jetzt wußte ich, daß man in jeder Bedrängnis Hilfe finden kann, sogar in der Berührung mit dem Tod und beim Sterben selbst, denn jetzt hatte ich endlich aufgegeben, alles »auf meine Art« tun zu müssen.

22

Mein Schwur

Während meiner Zeit bei dem Stamm waren alle Tage der Woche gleich. Auch gab es keine Möglichkeit herauszufinden, in welchem Monat wir uns befanden. Zeit schien für meine Weggefährten einfach kein Thema zu sein. An einem Tag hatte ich jedoch das eigenartige Gefühl, heute sei Weihnachten. Warum, weiß ich selbst nicht. Es gab wirklich nichts, das auch nur ansatzweise an einen geschmückten Weihnachtsbaum oder eine Kristallschale voller Eierpunsch erinnert hätte. Doch es war wahrscheinlich wirklich der 25. Dezember. So kam ich dazu, mir über die Tage der Woche Gedanken zu machen, und ich erinnerte mich an einen Vorfall, der sich vor einigen Jahren in meiner Praxis zugetragen hatte.

Im Wartezimmer hatten zwei christliche Geistliche Platz genommen, die eine Diskussion über Religion begonnen hatten. Ihre Diskussion wurde immer leidenschaftlicher, als sie darüber zu streiten begannen, ob der eigentliche Sabbat nach der Bibel nun Samstag oder Sonntag sei.

Hier draußen im Outback kam mir die ganze Episode plötzlich völlig absurd vor. In Neuseeland war Weihnachten bereits vorbei, aber in Amerika feierten sie in diesem Moment das Fest des Herrn. Ich mußte an die krumme rote Linie denken, die man in meinem

Weltatlas durch den blauen Ozean gezogen hatte. Hier, so sollte sie klarmachen, begann die Zeit, und hier hörte sie auch auf. Auf einer unsichtbaren Grenze in der sich ständig bewegenden See wurde jeder neue Tag der Woche geboren.

Ich erinnerte mich auch, wie ich in meiner Zeit als Schülerin an der St. Agnes High School eines Freitags abends auf einem Hocker in Allen's Drive-in gesessen hatte. Vor uns lagen unsere fertigen Whopper-Burger, und wir warteten darauf, daß die Uhr Mitternacht schlug. Ein einziger Bissen Fleisch am Freitagabend wäre auf der Stelle als Todsünde verbucht worden und hätte ewige Verdammnis bedeutet. Jahre später änderte man dieses Gebot, aber niemand konnte meine Frage beantworten, was denn nun mit den armen Seelen geschehe, die bereits in ewiger Verdammnis schmorten. Wie albern dies alles jetzt schien. Ich kann mir keine bessere Art vorstellen, dem Geist des Weihnachtsfestes gerecht zu werden, als die Lebensweise der »Wahren Menschen«. Anders als bei uns gibt es bei ihnen keine alljährlichen Fest- und Feiertage. Jedem einzelnen Stammesangehörigen wird irgendwann im Jahr einmal besondere Ehre erwiesen, aber das hat nichts mit seinem Geburtstag zu tun. Hier geht es darum, der jeweiligen Person für ihre Begabung, ihren Beitrag zur Gemeinschaft und ihre spirituelle Weiterentwicklung Anerkennung zu zollen. Sie feiern es nicht, wenn sie älter werden; sie feiern es, wenn sie besser werden.

Eine Frau sagte mir, ihr Name, der auch für ihr persönliches Talent im Leben stand, laute »Zeitbewahrerin«. Die »Wahren Menschen« glauben, daß jeder Mensch über viele Begabungen verfügt, die zu verschiedenen Zeiten unterschiedlich stark ausgebildet sind. Im Moment war diese Frau eine Zeitkünstlerin. Sie arbeitete mit einer anderen Frau zusammen, die über ein besonders detailliertes Erinnerungsvermögen verfügte. Als ich die Zeitbewahrerin genauer über ihr besonderes Talent befragen wollte, antwortete sie mir, der Stamm wolle darüber beratschlagen, und man würde mir später mitteilen, ob mir Zugang zu diesem Wissen gewährt werden sollte oder nicht.

Es gab ungefähr drei Abende, an denen mir die Unterhaltungen am Feuer nicht übersetzt wurden. Ohne zu fragen wußte ich, daß das Gespräch um die Frage kreiste, ob man mir eine spezielle Information nun zukommen lassen sollte oder nicht. Ich wußte auch, daß es bei ihren Überlegungen nicht allein um mich ging, denn für sie repräsentierte ich alle »Veränderten Menschen« auf der Welt. An diesen drei Abenden war auch deutlich geworden, daß sich der Stammesälteste von allen am meisten für mich einsetzte, während Ooota sich ganz kritisch und vorsichtig gab. Mir war klar, daß sie mich für eine einzigartige Erfahrung erwählt hatten, zu der noch nie zuvor einem Außenseiter Zugang gewährt worden war. Vielleicht hatte ich zuviel verlangt, als ich wissen wollte, was es mit dem »Zeitbewahren« auf sich hatte.

Wir setzten unsere Wanderung durch die Wüste fort. Das Terrain war felsig und sandig, die Vegetation karg, aber es gab Hügel, und die Landschaft war nicht mehr ganz so flach wie die Gegenden, durch die wir bisher gekommen waren. Irgendwie schienen hier die Füße von vielen Generationen dieses farbigen Volkes ihre Spuren hinterlassen zu haben, denn die Erde war leicht vertieft.

Ohne eine Vorwarnung blieb die Gruppe plötzlich stehen, und zwei Männer traten vor. Sie teilten die Büsche zwischen zwei Bäumen und rollten große Findlinge zur Seite. Hinter den Steinen befand sich eine Art Eingang in einen Hügel. Der Sand, der sich dort angesammelt hatte, wurde weggefegt. Ooota wandte sich an mich und sagte: »Jetzt wirst du erfahren, was das Zeitbewahren ist. Und wenn du über dieses Wissen verfügst, wirst du auch das Dilemma verstehen, in dem sich meine Leute befinden. Aber du darfst diese heilige Stätte erst betreten, wenn du geschworen hast, keinem Menschen die Lage dieser Höhle zu verraten.«

Während die anderen eintraten, ließ man mich allein draußen zurück. Ich roch Rauch und sah ihn von dem Felsen, der den Hügel oben krönte, aufsteigen. Einer nach dem anderen kamen die Stammesangehörigen jetzt zu mir heraus. Erst der Jüngste: Er nahm meine Hände, sah mir in die Augen und sagte etwas in der Sprache der Ureinwohner, das ich nicht verstand. Doch ich spürte seine Besorgnis darüber, was ich mit dem Wissen, das mir gleich zukommen sollte, anstellen würde. Der Tonfall seiner Stimme, der Rhythmus seiner Sprache und die Pausen zwischen den Worten verrieten mir, daß der Schatz seines Volkes zum ersten Mal einem »Veränderten Menschen« enthüllt werden sollte.

Als nächstes kam die Frau, die ich unter dem Namen Geschichtenerzählerin kannte. Auch sie hielt meine Hände und sprach mit mir. Im grellen Sonnenlicht wirkte ihr Gesicht unter dem Schatten einer Pfauenfeder noch schwärzer, die dünnen Augenbrauen waren ein blauschwarzer Strich, unter dem das Weiße ihrer klaren Augen hell aufleuchtete. Sie bedeutete Ooota, er möge herbeitreten und für uns übersetzen. Während sie weiterhin meine beiden Hände in den ihren hielt und mir fest in die Augen blickte, übertrug Ooota ihre Worte in meine Sprache: »Es war dein Schicksal, das dich auf diesen Kontinent geführt hat. Schon vor deiner Geburt hast du zugestimmt, dich hier mit einer anderen Person zu treffen. Diese Zusammenkunft sollte zu eurem beiderseitigen Gewinn stattfinden. Ihr hattet vereinbart, daß ihr einander erst suchen würdet, wenn mindestens fünfzig Jahre vergangen wären. Jetzt ist die Zeit gekommen. Du wirst wissen, wer diese Person ist, denn ihr seid beide im selben Moment geboren, und eure Seelen werden einander erkennen. Dieser Pakt wurde auf der höchsten Ebene eures ewigen Seins geschlossen.«

Ich war schockiert. Genau das gleiche hatte mir kurz nach meiner Ankunft in Australien der junge Mann in dem Restaurant gesagt, und jetzt wurde es von dieser alten Buschfrau wiederholt.

Als nächstes nahm die Geschichtenerzählerin eine Handvoll Sand und ließ sie in meine hohle Hand rieseln. Dann nahm sie sich noch eine Handvoll, öffnete die Faust und ließ den Sand durch die Finger laufen. Sie wies mich an, es ihr nachzutun. Wir wiederholten dies viermal – als Reverenz an die vier Elemente Feuer, Wasser, Luft und Erde. Ein feiner Staubfilm blieb an meinen Fingern haften.

Jetzt kamen auch die anderen Stammesmitglieder einer nach dem anderen nach draußen. Jeder sprach zu mir und hielt dabei meine Hände. Ooota jedoch sprach nicht mehr für sie. Sobald ein Stammesmitglied fertig war mit dem, was er zu sagen hatte, ging er wieder in die Höhle zurück, und ein anderer trat hervor.

Die Zeitbewahrerin war unter den letzten, die zu mir kamen, aber sie war nicht allein, sondern in Gesellschaft der Erinnerungsbewahrerin. Wir faßten uns an den Händen und liefen so zu dritt im Kreis herum. Dann berührten wir mit nach wie vor fest verschränkten Fingern den Boden, richteten uns wieder auf und streckten die Hände dem Himmel entgegen. Wir wiederholten dies siebenmal, um uns vor den sieben Richtungen zu verbeugen: Norden, Süden, Osten, Westen, oben, unten und innen.

Dann trat noch der Medizinmann vor und zum Schluß der Älteste, der von Ooota begleitet wurde. Sie erzählten mir, daß die heiligen Stätten der Aborigines, auch die der »Wahren Menschen«, nicht mehr den Ureinwohnern gehörten. Eine der wichtigsten Stätten der Stammesvölker hieß früher *Uluru*. Sie wird jetzt Ayers Rock genannt und ist ein riesiger roter Sandsteinfelsen im Herzen des Kontinents. Er ist der größte Monolith der Welt und erhebt sich 330 Meter hoch über die Ebene. Mittlerweile hat man ihn für Touristen zugänglich gemacht, die wie die Ameisen an ihm hochklettern und dann in ihren Reisebus zurückkehren, um sich für den Rest des Tages in den chlorierten, antiseptischen Swimmingpools der nahegelegenen Motels zu vergnügen. Obwohl die Regierung zugesteht, daß der Felsen gleichermaßen den britischstämmigen Staatsbürgern und den Ureinwohnern gehört, ist er offensichtlich nicht mehr heilig und kann auch für keine heiligen Riten mehr genutzt werden. Vor ungefähr einhundertfünfundsiebzig Jahren begannen die »Veränderten«, Telegraphenleitungen über die weiten, offenen Flächen zu spannen. Die Ureinwohner mußten sich für ihre Stammestreffen einen anderen Ort suchen.

Seither hat man alle Kunstgegenstände, historischen Zeichnungen und Relikte der Aborigines entfernt. Einige Objekte wurden in australischen Museen ausgestellt, aber die meisten wurden exportiert. Man raubte die Grabstätten der Aborigines aus und ließ ihre Altäre nackt zurück. Die Stammesleute vermuten, die »Veränderten« seien so dumm gewesen zu glauben, daß die Aborigines ihre religiösen Riten aufgeben würden, wenn man ihnen nur ihre heiligen Stätten nähme. Auf die Idee, daß sie sich einfach einen anderen Ort suchen könnten, sind die Australier nie gekommen.

Aber es war trotzdem ein schlimmer Schlag für alle Stammestreffen der Aborigines und erwies sich als Anfangspunkt einer Entwicklung, die zur völligen Vernichtung der Aborigine-Völker führte. Einige wehrten sich gegen die Übergriffe der Weißen und starben in einer Schlacht, die sie nur verlieren konnten. Die meisten jedoch kamen auf der Suche nach den versprochenen Vorteilen in die Welt des weißen Mannes, wo es unter anderem angeblich auch Nahrung im Überfluß gab. Dort starben sie in Armut, der legalen Variante der Sklaverei.

Die ersten weißen Bewohner Australiens waren Sträflinge, die in Ketten gelegt mit Schiffen hierhergebracht wurden, um die überbelegten Gefängnisse in England zu entlasten. Selbst die Soldaten, die man mitschickte, um diese Sträflinge zu bewachen, waren Männer, die in ihrer Heimat als durchaus abkömmlich betrachtet wurden. Es überrascht nicht, daß die geld-

und besitzlosen Sträflinge sich nach ihrer Haftzeit zu primitiven und wüsten Aufsehern entwickelten. Sie brauchten Menschen, die unter ihnen standen und über die sie Macht ausüben konnten. Die Ureinwohner mußten diese Rolle ausfüllen. Ooota erklärte mir, daß sein Stamm vor ungefähr zwölf Generationen an diese Stätte zurückgeführt worden sei: »Diese heilige Stätte hat unserem Volk seit Anbeginn der Zeiten das Überleben gesichert. Sie war schon da, als dieses Land noch voller Bäume war, ja sie war sogar schon da, als die große Flut kam, die alles bedeckte. Hier war unser Volk sicher. Von euren Flugzeugen aus ist dieser Ort nie entdeckt worden, und in der Wüste können die ›Veränderten‹ nicht lange genug überleben, um ihn zu finden. Nur sehr wenige Menschen wissen überhaupt von dieser Stätte. Euer Volk hat die uralten Besitztümer unserer Stämme geraubt. Wir haben nur noch, was du gleich hier unter der Erdoberfläche sehen wirst. Es gibt keinen anderen Aborigine-Stamm, der noch über Dinge verfügt, die mit seiner Geschichte in Verbindung stehen. Alles haben die ›Veränderten‹ gestohlen. Dies hier ist alles, was von einer ganzen Nation, einem ganzen Volk, von ›Gottes Wahren Menschen‹ übriggeblieben ist. Wir sind Gottes erstes Volk, die einzigen wahren Menschen, die noch auf diesem Planeten leben.«

Die Heilerin kam an diesem Nachmittag ein zweites Mal zu mir. Sie trug einen Behälter mit roter Farbe bei sich. Die Farben, die sie benutzen, sollen unter anderem die vier Bestandteile des Körpers symbolisieren: Knochen, Nerven, Blut und Zellgewebe. Mit Gesten und mentalen Anweisungen forderte sie mich auf, mein Gesicht rot anzumalen. Ich tat es. Dann traten noch einmal alle aus der Höhle heraus. Ich blickte einem jeden von ihnen in die Augen und versprach immer wieder, niemals die genaue Lage dieser heiligen Stätte preiszugeben.

Dann führte man mich hinein.

23

Spuren der Traumzeit

Im Inneren der Höhle befand sich ein riesiger Raum mit Wänden aus Stein, von dem Gänge in mehrere Richtungen abzweigten. Bunte Fahnen schmückten die Wände, und aus dem Felsgestein ragten Statuen hervor. Aber was ich in einer Ecke des Raumes erblickte, ließ mich an meinem Verstand zweifeln. Es war ein Garten! Die Felssteine auf dem Gipfel des Hügels waren so gruppiert, daß das Sonnenlicht hereinfallen konnte, und ich hörte deutlich das Geräusch von Wasser, das auf einen Stein tropfte. Über einen Steintrog wurde Grundwasser herbeigeführt, das in der ganzen Zeit, die wir dort weilten, niemals versiegte. Es herrschte eine Atmosphäre von Reinheit und Klarheit, einfach, aber ewigwährend.

Es war das einzige Mal, daß ich diese Leute auf so etwas wie persönlichen Besitz Anspruch erheben sah. In der Höhle bewahrten sie die Gerätschaften für ihre Zeremonien auf. Es gab auch bessere Schlafstätten, die aus mehreren zu bequemen Betten aufgeschichteten Tierfellen bestanden. Jetzt sah ich auch, was sie aus den Kamelhufen herstellten – Schneidewerkzeuge. Dann erblickte ich einen Raum, den ich das Museum nennen möchte. Hier bewahrten sie all die Dinge auf, die von den Kundschaftern im Laufe der Jahre aus den Städten herbeigeschleppt worden waren. Es gab Illustrierten- und Prospektbilder von Fernsehern, Computern, Autos, Panzern, Raketenwerfern, Spielautomaten, berühmten Gebäuden, Menschen verschiedener Rasse und sogar Fotos aus Gourmet-Zeitschriften. Aber die Kundschafter hatten nicht nur Bilder mitgebracht, sondern auch die Dinge, die hier aufbewahrt wurden: Sonnenbrillen, einen Rasierapparat, einen Gürtel, einen Reißverschluß, Sicherheitsnadeln, Kneifzangen, ein Thermometer, Batterien, mehrere Stifte und Füllfederhalter sowie ein paar Bücher.

In einem Teil der Höhle stellte der Stamm ein stoffähnliches Produkt her. Mit benachbarten Stämmen betreiben sie einen Tauschhandel und kommen so in den Besitz von Wolle und anderen Fasern. Manchmal weben sie sogar Decken aus Baumrinde, und auch Seile werden gelegentlich angefertigt. Ich sah zu, wie ein Mann ein paar Fasern in die Hand nahm und sie auf seinem Schenkel rollte. Während er sie zwirnte, fügte er immer neues Material hinzu, bis er eine lange Schnur in der Hand hielt. Diese Schnüre wurden dann wieder zu Seilen unterschiedlicher Dicke verwoben. Auch Haare wurden zu verschiedenen Dingen verarbeitet. Damals war mir noch nicht klar, daß die Stammesangehörigen sich aus Rücksicht auf mich bedeckt hatten. Sie wußten, daß es mir in diesem Stadium meines Lebens sehr schwer fallen würde, mit Leuten umzugehen, die ganz ohne Kleidung lebten. Vielleicht hätte es unser Zusammensein sogar unmöglich gemacht.

An diesem Tag kam ich aus dem Staunen nicht mehr heraus, und Ooota begleitete mich auf meiner Entdeckungsreise mit seinen Erklärungen. Weiter im Inneren der Höhle waren Fackeln notwendig, aber in der

Hauptebene konnte man die Felsen auf dem Hügel von außen so verschieben, so daß man alle Helligkeitsstufen vom dämmrigen Schummerlicht bis zur Festbeleuchtung einstellen konnte. Diese Höhle der »Wahren Menschen« war kein Gotteshaus, denn eigentlich ist jede Minute ihres Lebens Gebet und Gotteslob. Für sie war diese heiligste Stätte der Ort, an dem sie ihre Geschichte bewahrten. In dieser Höhle wurde die Wahrheit gelehrt, und hier gab man die Werte der Ahnen weiter. Sie war eine Zufluchtsstätte vor der Gedankenwelt der »Veränderten Menschen«.

Als wir in den zentralen Bereich zurückkehrten, hielt Ooota mir die Holz- und Steinstatuen zur genaueren Betrachtung hin. Seine breiten Nasenflügel bebten, als er mir erklärte, daß der jeweilige Kopfschmuck etwas über die Eigenschaften der Figur verriet. Ein kurzer Kopfschmuck wies auf die vom Verstand gesteuerten Dinge hin: unser Gedächtnis, unsere Entscheidungskraft, die Wahrnehmung der Sinne, das Empfinden von Schmerz und Freude und alles, was ich mit dem bewußten und unterbewußten Denken in Verbindung brachte. Der hohe Kopfschmuck repräsentierte unser kreatives Wesen, mit dem wir uns Wissen aneignen und Neues erfinden, Erfahrungen machen, die real oder auch irreal sind, und die Weisheit begreifen, die allen Menschen und Kreaturen der Welt, die je gelebt haben, eigen ist. Die Menschen streben ständig nach Wissen, doch scheinen sie dabei nicht zu erkennen, daß auch die Weisheit nach einer Ausdrucksmöglichkeit sucht. Der hohe Kopfschmuck stand auch für das wahre und perfekte Selbst, für das ewige Wesen in jedem von uns, an das wir uns immer wenden können, wenn wir wissen müssen, ob das, was wir tun wollen, auch zu unserem eigenen Besten und zum Besten des höchsten Wesens ist. Es gab noch einen dritten Kopfschmuck, der das geschnitzte Gesicht der Figur fächerförmig umgab und über ihren Rücken bis zu den Füßen fiel. Dieser Schmuck stand für die Verbindung aller Aspekte bei den Menschen: das Physische, das Emotionale und das Spirituelle.

Die meisten Figuren waren ungeheuer fein gearbeitet, aber bei einer hatte man zu meiner Überraschung die Pupillen in den Augen weggelassen. Sie sah wie ein gesichtsloses, blindes Symbol aus. »Ihr glaubt, daß die Göttliche Einheit die Menschen beobachtet und über sie urteilt«, sagte Ooota. »Wir meinen, daß die Göttliche Einheit unsere Absichten und Gefühle erspürt – es interessiert sie nicht, was wir tun, sondern warum wir es tun.«

Dieser Abend war für mich der bedeutendste Abend unserer ganzen Reise. Ich erfuhr, warum ich hier war und was von mir erwartet wurde.

Wir feierten eine Zeremonie. Ich beobachtete, wie die Künstler aus weißem Töpferton Farbe herstellten: Es gab zwei Töne von Rotocker und einen zitronengelben. Der Werkzeugmacher stellte aus kurzen, etwa fünfzehn Zentimeter langen Hölzern Pinsel her, indem er sie mit seinen Zähnen ausfranste und zurechtstutzte. Dann bemalten sie sich gegenseitig mit komplizierten Mustern und Tierbildern. Mich kleideten sie in ein Federkostüm, das zum Teil aus dem weichen, vanillefarbenen Gefieder des Emus bestand. Sie forderten mich auf, den Kookaburra, den Rieseneisvogel, nachzuahmen. In dem rituellen Schauspiel, das wir aufführen wollten, bestand mein Auftritt darin, diesen Vogel als einen Boten darzustellen, der in die entlegensten Ecken der Erde fliegt. Der Kookaburra ist ein sehr schöner Vogel, aber er gibt ein lautes Krächzen von sich, das oft mit dem Brüllen eines Esels verglichen wird. Außerdem hat er einen sehr ausgeprägten Überlebenstrieb und ist sehr groß. Für unseren Zweck schien er genau richtig zu sein.

Nachdem wir mit den Gesängen und Tänzen fertig waren, bildeten wir zu neunt einen kleinen Kreis: der Älteste, Ooota, der Medizinmann, die Heilerin, die Zeitbewahrerin, die Erinnerungsbewahrerin, der Friedensstifter, die Schwester der Vogelträume und ich selbst.

Der Älteste nahm mit untergeschlagenen Beinen den Platz mir gegenüber ein; er beugte sich vor, um mir in die Augen blicken zu können. Jemand von außerhalb des Kreises reichte ihm einen Steinkelch, der mit einer Flüssigkeit gefüllt war. Er nahm einen Schluck. Während er den Becher an seinen rechten Nachbarn weiterreichte, ließ mich sein durchdringender Blick, der bis in die Tiefe meines Herzens reichte, nicht los. Er sprach: »Wir, die ›Wahren Menschen der Göttlichen Einheit‹, werden den Planeten Erde verlassen. In der Zeit, die uns noch bleibt, wollen wir ein Leben auf höchster spiritueller Ebene führen: Wir haben für uns den Zölibat gewählt, eine Lebensform, die körperliche Disziplin erfordert. Wir gebären keine Kinder mehr. Wenn unser jüngstes Stammesmitglied stirbt, wird dies das Ende der reinen Menschenrasse sein.

Wir sind ewige Wesen. Es gibt im Universum viele Orte, an denen die Seelen, die uns folgen werden, körperliche Gestalt annehmen können. Wir sind die direkten Nachfahren der ersten Lebewesen. Seit Anbeginn der Zeiten haben wir alle Prüfungen bestanden und überlebt, indem wir standhaft an unseren alten Werten und Gesetzen festhielten. Unser Gruppenbewußtsein hat die Erde bisher zusammengehalten. Nun haben wir die Erlaubnis zu gehen. Die Menschheit hat sich verändert, und die Menschen haben dem Land einen Teil seiner Seele genommen. Wir werden uns im Himmel mit diesem Teil vereinen.

Wir haben dich als Botin erwählt, um deinem Volk, den ›Veränderten Menschen‹, mitzuteilen, daß wir die Erde verlassen. Wir überlassen euch die Mutter Erde. Und wir beten, daß ihr erkennen möget, was ihr mit eurer Art zu leben dem Wasser, den Tieren, der Luft und auch euch selbst antut. Wir beten, daß ihr eine Lösung für eure Probleme finden werdet, ohne diese Welt zu zerstören. Es gibt auch bei euch ›Veränderten‹ einzelne Menschen, die dabei sind, zu ihrem geistigen Wesen und wahren Selbst zurückzufinden. Wenn ihr euch nur ausreichend bemüht, habt ihr noch Zeit, der Zerstörung auf diesem Planeten Einhalt zu gebieten, aber wir können euch dabei nicht länger helfen. Unsere Zeit ist abgelaufen. Die Zyklen des Regens haben sich bereits verändert, die Hitze hat zugenommen, und in der Pflanzen- und Tierwelt gibt es schon seit Jahren immer weniger Wachstum. Wir können für unsere Seelen nicht länger körperliche Hüllen bereitstellen, weil es hier in der Wüste bald kein Wasser und keine Nahrung mehr geben wird.«

In meinem Kopf wirbelten die Gedanken umher. Jetzt ergab alles einen Sinn. Sie hatten sich nach all den Jahren einer Außenseiterin geöffnet, weil sie einen Boten brauchten. Aber warum ausgerechnet ich?

Man reichte mir den Kelch. Ich nahm einen Schluck.

Er brannte im Hals wie eine Mischung aus Essig und reinem Whiskey. Ich gab den Kelch an den Nachbarn zu meiner Rechten weiter.

Der Älteste fuhr mit seiner Rede fort: »Jetzt ist es an der Zeit, deinem Körper und deinen Gedanken Ruhe zu gönnen. Schlafe, meine Schwester. Morgen werden wir weiterreden.«

Das Feuer war nur mehr ein rotglühender Kohlenhaufen. Die aufsteigende Hitze entwich der Höhle durch große Öffnungen in der Felsendecke. Ich konnte nicht schlafen. Mit einer Handbewegung fragte ich den Mann, der sich Friedensstifter nannte, ob er mit mir reden wolle. Er bejahte, und auch Ooota gab sein Einverständnis, so daß wir drei eine intensive und komplexe Unterhaltung begannen.

Das Gesicht des Friedensstifters war zerfurcht wie die Landschaft, durch die wir gewandert waren. Er erzählte mir, daß zu Anbeginn der Zeit, in der Epoche, die sie die Traumzeit nannten, die ganze Erde eins war. Die Göttliche Einheit schuf das Licht, und der erste Sonnenaufgang durchbrach die ewige Finsternis. In die Leere des Himmels wurden viele sich drehende Scheiben gesetzt. Unser Planet war eine von ihnen. Er war flach und und wies keine besonderen Merkmale auf. Es gab keinerlei Anzeichen für irgendeine schützende Hülle, seine Oberfläche war völlig nackt. Es herrschte absolutes Schweigen. Keine einzige Blume neigte sich im Lufthauch, es gab noch nicht einmal so etwas wie eine Brise. Kein Vogel, kein Geräusch durchdrang die klanglose Leere. Dann schenkte die Göttliche Einheit jeder einzelnen Scheibe Wissen, aber ganz unterschiedlicher Art. Als erstes kam das Bewußtsein. Aus dem Bewußtsein entstanden

Wasser, Luft und Land. Alle Lebensformen, wie wir sie heute kennen, wurden geboren. »Ihr ›Veränderten‹ habt Schwierigkeiten damit, das, was ihr ›Gott‹ nennt, zu beschreiben, denn ihr seid von Formen abhängig. Für uns hat die Göttliche Einheit weder Größe, Form noch Gewicht. Die Einheit ist Substanz, Kreativität, Reinheit, Liebe und grenzenlose, unerschöpfliche Energie. In vielen Sagen unseres Stammes kommt die Regenbogenschlange vor, sie symbolisiert die verschlungene Linie der Energie oder des Bewußtseins. Sie beginnt in völliger Stille, dann verändern sich ihre Schwingungen, und sie wird zu Geräusch, Farbe und Form.«

Ich spürte, daß Ooota mir nicht den Unterschied zwischen einem wachen Zustand und dem Unbewußten erklären wollte, sondern eher so etwas wie ein Schöpferbewußtsein. Es umfaßt alles und findet sich in Steinen, Pflanzen, Tieren und Menschen. Der Mensch wurde erschaffen, aber der menschliche Körper ist nur eine Hülle für unser ewiges Wesen. Überall im Universum gibt es ewige Wesen, die in anderen Hüllen ihr Zuhause gefunden haben. Dem Stammesglauben nach hat die Göttliche Einheit erst die Frau erschaffen. Die Welt selbst wurde ins Leben gesungen. Die Göttliche Einheit wird nicht personifiziert. Sie ist Gott; eine höhere, absolut positive, liebende Macht. Sie ließ ihre Energie ausströmen und erschuf so die Welt.

Menschen, so glauben sie, seien ein Abbild Gottes, aber nicht im körperlichen Sinn, denn Gott hat keinen Körper. Die Seelen sind ein Abbild der Göttlichen Einheit. Sie sind daher fähig zu reiner Liebe und Frieden, und sie sind offen für Kreativität und viele Begabungen. Den Menschen wurde ein freier Wille und dieser Planet gegeben, damit sie lernen können, mit ihren Gefühlen zu leben, denn es sind die Gefühle, die erwachen, wenn die Seele sich in die menschliche Hülle begibt.

Sie erzählten mir, daß die Traumzeit drei Abschnitte habe. Es gab die Zeit vor der Zeit; dann die Zeit, als es die Erde zwar gab, diese jedoch noch keine Form hatte. Als sie zu fühlen und zu handeln begannen, fanden die Menschen dieser Frühzeit heraus, daß es ihnen offenstand, wütend zu sein, wenn sie es so wollten. Sie konnten nach Dingen Ausschau halten, die sie wütend machten, oder entsprechende Situationen herbeiführen. Sorgen, Gier, Lust, Lügen und Macht sind Gefühle, die man nicht weiterentwickeln sollte. Um dies zu verdeutlichen, verschwanden die Menschen der Frühzeit, und an ihrer Stelle erschien ein Felsengebilde, ein Wasserfall, eine Felswand oder etwas Ähnliches. Diese Orte gibt es noch heute. Jeder, der weise genug ist, aus ihnen zu lernen, kann dort verweilen und nachdenken. Das Bewußtsein hat die Realität geformt. Der dritte Abschnitt der Traumzeit ist das Jetzt. Der Traum geht immer weiter; das Bewußtsein erschafft auch heute noch unsere Welt.

Aus diesem Grund glauben die »Wahren Menschen« auch, daß man Land nicht besitzen sollte. Das Land gehört allem Leben. Die wahre Art des Menschen ist es, zu teilen und Vereinbarungen zu treffen. Besitz ist das extreme Beispiel dafür, wie man andere zum eigenen Vorteil ausschließt. Vor der Ankunft der Engländer war bei den Aborigines niemand ohne Land.

Die »Wahren Menschen« glauben, daß schon zu

Zeiten, als die Landmassen der Erde noch zusammenhingen, die ersten Menschen in Australien auftauchten. Die Wissenschaftler sprechen von einer großen Landmasse, die vor ungefähr 180 Millionen Jahren existierte und Pangaea genannt wird. Irgendwann brach sie auseinander. Der Laurasis genannte Teil umfaßte die nördlichen Kontinente, und der andere, Gondwanaland genannte Teil, Australien, die Antarktis, Indien, Afrika und Südamerika. Vor 65 Millionen Jahren lösten sich Afrika und Indien ab und ließen die Antarktis sowie dazwischen Australien und Südamerika zurück.

Schon in einem sehr frühen Stadium der Menschheitsgeschichte begannen die Menschen ihre Umgebung zu erkunden und sich auf immer weiter reichende Wanderschaften zu machen. Sie wurden mit für sie fremden Situationen konfrontiert, und statt sich auf ihre althergebrachten Prinzipien zu verlassen, nahmen sie immer aggressivere Verhaltens- und Handlungsweisen an, um überleben zu können. Je weiter sie sich entfernten, um so mehr veränderte sich ihr Glaubens- und Wertesystem. Irgendwann veränderte sich sogar ihr Äußeres, und sie nahmen im kühleren, nördlichen Klima eine andere Hautfarbe an.

Es gibt bei den Aborigines zwar keine Diskriminierung wegen der Hautfarbe, aber sie glauben, daß wir einmal alle dieselbe Hautfarbe hatten und dabei sind, uns diesem Zustand wieder zu nähern.

Die »Veränderten Menschen« heben sich ihrer Meinung nach durch besondere Eigenschaften hervor: Zum einen sind die »Veränderten« nicht mehr in der Lage, draußen zu leben. Die meisten von ihnen sterben, ohne jemals erfahren zu haben, was für ein Gefühl es ist, nackt im Regen zu stehen. Sie verbringen ihre Zeit in Gebäuden mit künstlich herbeigeführter Hitze und Kälte und erleiden draußen bei normalen Temperaturen einen Sonnenstich.

Zum zweiten verfügen die »Veränderten« nicht mehr über das gute Verdauungssystem der »Wahren Menschen«. Sie müssen ihr Essen pulverisieren, emulgieren, chemisch behandeln und konservieren. Sie nehmen mehr künstliche als natürliche Nahrung zu sich. Es ist sogar so weit gekommen, daß sie Allergien gegen bestimmte Grundnahrungsmittel und Pollen in der Luft entwickelt haben. Manchmal vertragen die Babys der »Veränderten« nicht einmal mehr die eigene Muttermilch. Das Verständnis der »Veränderten« ist begrenzt, weil sie Zeit nur in bezug auf sich selbst messen. Alles, was über ihr »Heute« hinausgeht, ist ihnen unbegreiflich, und so zerstören sie ihre Lebensgrundlagen ohne Rücksicht auf morgen.

Doch der größte Unterschied zwischen den Menschen heute und ihrer ursprünglichen Wesensart ist ein Kern aus Angst, der jetzt in ihnen steckt. Die »Wahren Menschen« kennen keine Angst. Die »Veränderten« bedrohen ihre Kinder. Sie brauchen die Polizei und Gefängnisse. Selbst die Sicherheit von Regierungen basiert darauf, daß sie andere Länder mit Waffen bedrohen. Für die Stammesleute ist die Furcht ein Gefühl, das ins Tierreich gehört. Dort spielt sie eine wichtige Rolle im Überlebenskampf. Doch Menschen, die von der Göttlichen Einheit wissen und verstehen, daß dem Universum nicht ein Zufall, sondern ein göttlicher Plan zugrundeliegt, kennen keine Angst. Man kann nur glauben oder Angst haben, niemals beides. Je mehr man besitzt, um so mehr muß man sich auch fürchten. Und irgendwann beginnt man, nur noch für seinen Besitz zu leben.

Die »Wahren Menschen« erklärten mir, wie absurd es ihnen erschien, als die Missionare darauf bestanden, daß ihre Kinder vor jeder Mahlzeit zwei Minuten lang die Hände falteten und ein Dankgebet sprachen. Sie wachen doch morgens schon mit einem Gefühl der Dankbarkeit auf! Den ganzen Tag über nehmen sie niemals etwas als selbstverständlich hin. Wenn die Missionare ihren eigenen Kindern Dankbarkeit erst beibringen müssen, ein Gefühl, das doch jedem Menschen angeboren ist, sollten sie sich nach Meinung des Stammes erst einmal ihre eigene Gesellschaft genauer anschauen. Vielleicht wird ihre Hilfe dort viel dringender gebraucht. Die Ureinwohner verstehen auch nicht, warum die Missionare ihnen ihre Opfergaben an die Erde verbieten. Je weniger man von der Erde nimmt, desto weniger ist man ihr schuldig – und das wissen alle. Die »Wahren Menschen« verstehen nicht, warum es primitiv sein soll, eine Schuld zu bezahlen oder der Erde seinen Dank zu zeigen, indem man sein eigenes Blut in den Sand fließen läßt. Auch glauben sie, daß man es respektieren muß, wenn ein Mensch nicht länger essen und trinken will und sich unter den freien Himmel setzt, um sein irdisches Dasein zu beenden. Für sie ist es kein natürlicher Tod, an einer Krankheit zu sterben oder durch einen Unfall umzukommen. Denn schließlich könne man etwas Ewiges nicht durch äußere Gewalt umbringen. Was man nicht geschaffen hat, kann man auch nicht töten. Ihr Glaube an den freien Willen ist unerschütterlich: Aus freiem Willen entscheidet sich die Seele zu kommen, deshalb kann es auch kein Gesetz geben, das sie daran hindert, wieder zu gehen. Dies ist keine Entscheidung, die eine einzelne Person in der für uns greifbaren Realität fällt, sondern etwas, das ein allwissendes Selbst auf einer höheren, ewigen Ebene beschließt.

Das Sterben ist für diese Menschen ein bewußter Willensakt. Im Alter von einhundertzwanzig oder einhundertdreißig Jahren, wenn der Gedanke an eine Rückkehr in die Ewigkeit dem Menschen sehr verlockend erscheint, fragt man die Göttliche Einheit, ob es zum Besten aller ist. Dann lädt man zu einem Fest, um das eigene Leben zu feiern.

Seit Generationen gibt es bei den »Wahren Menschen« den Brauch, alle Neugeborenen mit einem bestimmten Satz zu begrüßen: »Wir lieben dich und werden dir auf deiner Reise beistehen.« Bei der letzten Feier seines Lebens wird der scheidende Mensch von allen umarmt und mit ebendiesem Satz verabschiedet. Es ist der erste und letzte Satz im Leben eines Menschen! Danach setzt sich dieser Mensch in den Sand und stellt alle Körperfunktionen ein. In weniger als zwei Minuten ist er gestorben. Es gibt weder Tränen noch Trauer. Sie versprachen, mir ihre Technik für den Übergang von der menschlichen in die unsichtbare Ebene beizubringen, sobald ich bereit sei für den verantwortlichen Umgang mit einem solchen Wissen.

Die Bezeichnung »Veränderter Mensch« scheint auf den Zustand von Herz und Verstand anzuspielen und nicht auf die Hautfarbe eines Menschen. Es geht ihnen um die Einstellung: Ein »Veränderter« ist jemand, der die uralten Gesetze und ewigen Wahrheiten vergessen oder verdrängt hat.

Schließlich mußten wir unser Gespräch beenden. Es war sehr spät, und wir waren alle erschöpft. Gestern noch war diese Höhle leer gewesen, und jetzt war sie voller Leben. Gestern noch war mein Kopf angefüllt mit dem Bildungsgut vieler Jahre, aber jetzt schien er wie ein Schwamm ein anderes, wichtigeres Wissen aufzusaugen. Ihre Art zu leben war für mich so fremd und unergründlich, daß ich dankbar war, als ich endlich vom Denken in eine friedliche Bewußtlosigkeit hinüberglitt.

24

Archive

Am nächsten Morgen erlaubten sie mir, den Teil der Höhle zu sehen, den sie Zeitbewahrung nannten. Die Stammesangehörigen hatten eine Art Schacht aus Steinen errichtet, durch den das Sonnenlicht hereinfiel. Nur einmal im Jahr scheint die Sonne ganz direkt und in einem bestimmten Winkel durch diesen Schacht. Dann wissen sie, daß ein ganzes Jahr vergangen ist, seit sie zum letzten Mal diesen Sonnenstand verzeichneten. Dies ist auch der Zeitpunkt für eine große Feier, bei der die Zeitbewahrerin und die Erinnerungsbewahrerin besonders geehrt werden.

An diesem Tag vollziehen die beiden Archivarinnen ihr jährliches Ritual. Sie bedecken die Felsen mit einem Wandgemälde, das alle bedeutenden Ereignisse der vergangenen sechs Jahreszeiten der Aborigines zeigt. Alle Geburten und Todesfälle sowie andere wichtige Beobachtungen sind unter Angabe des Tages, der Jahreszeit und des jeweiligen Standes von Sonne und Mond verzeichnet. Ich habe über einhundertsechzig dieser Zeichnungen gezählt. So erfuhr ich auch, daß das jüngste Stammesmitglied dreizehn Jahre alt sein mußte und vier Leute in der Gruppe über neunzig waren.

Damals wußte ich noch nicht, daß die australische Regierung an irgendwelchen Atomversuchen teilgenommen hatte – bis ich es auf der Felswand verzeichnet sah. Die Regierung hatte wahrscheinlich keine Ahnung, daß in der Nähe des Testgeländes Menschen lebten. Auch die Bombardierung der Stadt Darwin durch die Japaner war auf der Wand geschildert. Ohne die Hilfe von Stift und Papier wußte die Erinnerungsbewahrerin, in welcher Reihenfolge die einzelnen wichtigen Ereignisse aufzuführen waren. Als mir die Zeitbewahrerin erklärte, daß sie die Verantwortung für das Meißeln und Malen trug, war so viel Freude in ihrem Gesicht zu sehen, daß ich glaubte, in die Augen eines Kindes zu blicken, dem man gerade ein besonderes Geschenk gemacht hatte. Beide Frauen waren schon recht alt. Ich war überrascht, daß es in unserem Kulturkreis so viele alte Leute gibt, die vergeßlich, uninteressiert, unzuverlässig und senil sind, während die Leute hier draußen in der Wildnis mit jedem zusätzlichen Jahr nur noch weiser werden, weshalb ihre Meinung auch in jeder Diskussion sehr geschätzt wird. Sie sind Säulen der Kraft für die anderen und haben eine echte Vorbildfunktion.

Ich zählte zurück und suchte in der Wand nach einer Einkerbung für den Tag meiner Geburt. In der Jahreszeit, die dem September entsprach, am neunundzwanzigsten Tag in den frühen Morgenstunden, war eine Geburt verzeichnet. Ich fragte, welches Stammesmitglied dies sei. Es war der Königliche Schwarze Schwan, ihr Stammesältester.

Mein Mund blieb zwar nicht gerade vor Staunen offenstehen, aber viel fehlte nicht. Wie groß ist die Chance, am anderen Ende der Welt jemanden zu treffen, der im selben Jahr, am selben Tag und zur selben Stunde wie man selbst geboren wurde? Noch dazu, wenn einem dies vorhergesagt wird! Ich sagte Ooota, daß ich gern allein mit dem Königlichen Schwarzen Schwan sprechen würde. Er arrangierte es.

Schon vor Jahren hatte man dem Schwarzen Schwan von einem spirituellen Partner berichtet, der in einer Person wohnte, die auf der oberen Hälfte des Globus in der Gesellschaft der »Veränderten« geboren worden war. Als er jünger war, wollte er aufbrechen, um diese Person zu suchen, aber man erinnerte ihn an die Vereinbarung, die besagte, daß jedem Partner fünfzig Jahre vergönnt sein sollten, um die eigenen Werte entwickeln zu können.

Wir verglichen unsere Geburten. Sein Leben hatte begonnen, als seine Mutter, die viele Tage allein zu einem ganz bestimmten Ort gewandert war, mit den Händen eine Sandgrube aushob, sie mit dem besonders weichen Fell des Albino-Koala auslegte und sich darüberhockte. Mein Leben hatte in einem sterilen, weißen Krankenhauszimmer in Iowa begonnen, zu dem auch meine Mutter die vielen Meilen aus Chicago anreiste, weil es der Ort ihrer Wahl war. Sein Vater war auf einem Walkabout und viele Meilen entfernt. Auch mein Vater war nicht in der Nähe gewesen. In seinem Leben hatte der Schwarze Schwan seinen Namen bereits mehrmals gewechselt. Genau wie ich. Er erklärte mir die Umstände, die zu dem jeweiligen Namenswechsel geführt hatten. Der seltene weiße Koala, der den Weg seiner Mutter gekreuzt hatte, war ein Zeichen dafür gewesen, daß der Geist des Kindes, das sie trug, dazu bestimmt war, andere zu führen. Er selbst hatte seine Verwandtschaft zum Australischen Schwarzen Schwan gespürt und später dem Schwan das Wort zugefügt, das eine Art Symbol für dieses Tier war – königlich. Ich erzählte ihm von den Umständen meiner Namenswechsel.

Es spielte eigentlich keine Rolle, ob unsere besondere Verbindung nun eine Erfindung oder Wirklichkeit war. Es entstand sofort eine echte Partnerschaft aus ihr. Von diesem Moment an führten wir viele Kopf-zu-Kopf-Gespräche.

Die meisten Dinge, über die wir redeten, waren sehr persönlich und wären hier fehl am Platz, aber ich will das wiedergeben, was meines Erachtens seine tiefsinnigste Bemerkung war.

Der Königliche Schwarze Schwan erklärte mir, daß es in der Welt der Menschen immer zwei Gegensätze gäbe. Ich hatte darunter Begriffspaare wie Gut und Böse, Sklaverei und Freiheit, Konformität und ihr Gegenteil verstanden. Aber darum ging es nicht. Es gibt nämlich weder Schwarz noch Weiß, sondern nur verschiedene Grautöne. Und mehr noch, alles Graue bewegt sich in einem fortschreitenden Muster zum Schöpfer zurück. Ich kokettierte mit unserem Alter und sagte ihm, daß ich nochmals fünfzig Jahre brauchen würde, um das zu verstehen.

Später an diesem Tag erfuhr ich im Zeitbewahrungsteil der Höhle, daß die Aborigines die Erfinder der Sprühfarbe sind. Ihrer großen Sorge um die Umwelt entsprechend, benutzen sie keine giftigen Chemikalien. Sie haben sich geweigert, mit der Zeit zu gehen, und deshalb haben sie noch heute dieselben Methoden wie vor 1000 Jahren. Sie malten einen Teil der Felswand mit Hilfe der Finger und einem Pinsel aus Tierhaar tiefrot an. Nach ein paar Stunden war diese Schicht getrocknet, und sie brachten mir bei, wie man aus weißer Tonerde, Wasser und Eidechsenöl weiße

Farbe herstellt. Wir benutzten ein flaches Stück Baumrinde, um die Mixtur anzurühren. Als sie die richtige Konsistenz zu haben schien, falteten sie die Rinde zu einem Trichter, und ich ließ die Farbe in meinen Mund laufen. Es fühlte sich etwas ungewöhnlich an, aber die Farbe war fast geschmacklos. Als nächstes legte ich die Hände auf die rotgemalte Wandfläche und spuckte die Farbe um meine Finger herum. Schließlich entfernte ich meine vollgespritzten Hände, und da war er – ein Handabdruck der »Veränderten« auf der heiligen Wand. Es hätte keine größere Ehre für mich bedeutet, wenn mein Gesicht in der Kuppel der Sixtinischen Kapelle verewigt worden wäre.

Ich verbrachte einen ganzen Tag mit dem Studium der Eintragungen auf der Wand. Sie hatten die Herrscher Englands registriert, die Einführung der Geldwirtschaft, das erste Auto, das ihnen zu Gesicht kam, ein Flugzeug, den ersten Düsenflieger, die Satelliten, die über Australien kreisten, Sonnenfinsternisse und sogar so etwas wie eine fliegende Untertasse, in der »Veränderte« saßen, die noch veränderter aussahen als ich! Einige der Zeichnungen waren nach Augenzeugenberichten früherer Zeit- und Erinnerungsbewahrer entstanden, aber andere zeigten Ereignisse, von denen die Kundschafter, die in zivilisierte Gebiete geschickt worden waren, erzählt hatten.

Früher hatten sie immer junge Menschen auf diese Erkundungsreisen geschickt, dann aber erkannten sie, daß diese Aufgabe für Jugendliche zu schwer war. Sie ließen sich zu leicht beeindrucken durch das Versprechen auf einen eigenen kleinen Geländewagen, das tägliche Eis und den Zugang zu allen anderen Wundern der industriellen Welt. Ältere Menschen waren standfester; auch sie spürten die Anziehungskraft des Magneten, aber sie gaben nicht nach. Es ist jedoch niemals jemand gezwungen worden, bei der Stammesfamilie zu bleiben. Manchmal kehrten verloren geglaubte Stammesangehörige auch wieder in den Schoß ihrer Familie zurück. Ooota hatte man schon bei der Geburt von seiner Mutter getrennt, was in der Vergangenheit nicht nur eine weit verbreitete Praxis war, sondern auch noch gesetzlich erlaubt. Um die Heiden zu bekehren und ihre Seelen zu retten, wurden die Kinder in Heime gesteckt, wo man ihnen verbat, ihre Muttersprache zu lernen und die heiligen Riten auszuüben. Sechzehn Jahre lang hatte man Ooota in der Stadt festgehalten, bis er wegrannte, um seine Wurzeln zu suchen.

Wir mußten alle lachen, als Ooota von dem Regierungsprogramm erzählte, das den Aborigines Häuser zur Verfügung zu stellen versuchte. Die Menschen schliefen vor ihren Häusern und benutzten diese als Vorratskammern. So kam das Gespräch auch auf ihre Vorstellung von Geschenken und öffentlichen Zuwendungen. Für die Stammesleute ist ein Geschenk nur dann ein Geschenk, wenn man etwas gibt, was die beschenkte Person auch will. An einem Geschenk haftet keinerlei Bindung. Es wird ohne jede Bedingung gegeben. Der Beschenkte darf mit der Gabe machen, was er will: sie benutzen, zerstören oder weiterverschenken. Das Geschenk gehört jetzt ihm, und der Geber erwartet auch nichts als Gegenleistung. Wenn ein Geschenk diesen Kriterien nicht entspricht, ist es auch kein Geschenk, und man muß eine andere Bezeichnung dafür finden. Ich mußte ihnen zustimmen, daß die Zuwendungen der Regierung und auch das, was in meiner Gesellschaft unter einem Geschenk verstanden wird, diesen Maßstäben nicht entsprachen, und deshalb werden sie von den Stammesleuten auch anders bezeichnet. Aber mir fielen auch Menschen in meiner Heimat ein, die ständig Geschenke machen und sich dessen nicht bewußt sind. Sie sprechen uns Mut zu und lachen mit uns über komische Vorfälle, sie bieten uns eine Schulter, an der wir uns anlehnen können, oder sind einfach nur treue und aufrechte Freunde.

Die Weisheit dieses Volkes erstaunte mich immer wieder aufs neue. Wenn doch nur sie es wären, die die Welt regierten, wie anders würden die Menschen miteinander umgehen!

25

Mein Auftrag

Am nächsten Tag gewährte man mir Zutritt zu dem Bereich der unterirdischen Höhle, der am besten abgeschirmt und nur mit großer Ehrfurcht betreten wurde. Thema der vorangegangenen Diskussionen unter den Stammesleuten war fast immer gewesen, ob man mir auch diesen Teil zeigen sollte. Wir brauchten Fackeln, um den Raum aus schillernden Opalen zu erhellen. Als das Licht des Feuers von den Wänden, dem Boden und der Decke des Raums zurückgeworfen wurde, irisierte es in brillanter Klarheit und allen Regenbogenfarben. Es war eines der schönsten Schauspiele, die ich jemals gesehen hatte. Ich hatte das Gefühl, im Inneren eines Kristalls zu stehen, während die Farben mich umtanzten.

Diesen Raum suchten die »Wahren Menschen« auf, wenn sie ganz konzentriert und direkt mit der Göttlichen Einheit Zwiesprache halten wollten. Bei uns würde man diese Art Zwiegespräch Meditation nennen. Sie erklärten mir, der Unterschied zwischen unserer Art zu beten und ihrer bestünde darin, daß die »Veränderten« durch ein gesprochenes Gebet Kontakt mit der spirituellen Welt aufzunehmen versuchten, während die Ureinwohner genau das Gegenteil tun. Sie hören zu. Sie verbannen jeden Gedanken aus ihrem Kopf und warten darauf, etwas zu empfangen.

»Wer die ganze Zeit redet, kann die Stimme der Göttlichen Einheit nicht hören«, schien der dahinterstehende Gedanke zu sein.

In diesem Raum hatten schon viele Trauungszeremonien und Feiern zum Namenswechsel stattgefunden. Die älteren Menschen gehen gerne an diesen Ort, wenn sie sterben. Als die Ureinwohner noch die einzigen Bewohner dieses Kontinents waren, gab es bei den verschiedenen Völkern unterschiedliche Begräbnisriten. Einige wickelten ihre Toten wie Mumien ein und begruben sie in Grabkammern, die sie in die Berghänge trieben. In früheren Zeiten hatten viele Körper im Ayers Rock ihre letzte Ruhestätte gefunden, aber sie sind jetzt natürlich alle verschwunden. Da der tote Körper für die Ureinwohner keine besondere Bedeutung mehr hat, verscharren sie ihre Toten oft einfach in flachen Sandgruben. Sie finden es völlig natürlich, daß der Mensch wieder zu Erde wird und wie alle anderen Elemente in den ewigen Kreislauf des Universums eingeht. In letzter Zeit haben viele Ureinwohner den Wunsch geäußert, nach ihrem Tod einfach unbedeckt in der Wüste liegengelassen zu werden, um dem Tierreich, das während des ganzen Lebenszyklus allen immer treu Nahrung gespendet hat, mit dieser Mahlzeit zu danken. Am meisten aber unterscheidet sich ihre Art zu sterben von der unseren nach meinem Verständnis darin, daß die »Wahren Menschen« wissen, wohin ihre Reise geht, wenn sie ihren letzten Atemzug auf Erden getan haben, und die meisten »Veränderten« nicht. Und wenn jemand weiß, wohin die Reise geht, scheidet er in Frieden und voller Zuversicht; wer es nicht weiß, wird immer mit dem Tod kämpfen.

Im Edelsteinzimmer wird auch ganz besonderes Wissen vermittelt. In diesem Klassenzimmer kann man zum Beispiel die Kunst des Verschwindens erlernen. Man hat sich schon immer erzählt, die Aborigines könnten sich bei Gefahr in Luft auflösen. Die meisten städtischen Aborigines behaupten allerdings, dies sei alles Schwindel, denn es hätte nie Ureinwohner gegeben, die über übernatürliche Fähigkeiten verfügten. Das stimmt so nicht. Draußen in der Wüste wird die Kunst der Illusion geradezu meisterhaft beherrscht. Die »Wahren Menschen« können mit dieser Methode sogar den Anschein erwecken, sie hätten sich vervielfacht. Aus einer Person werden so plötzlich zehn oder fünfzig. Dieser Illusionstrick erspart ihnen in lebensgefährlichen Situationen den Einsatz von Waffen. Die Angst des anderen ist ihr Kapital. Sie müssen sich eines Feindes nicht entledigen, indem sie ihn mit dem Speer durchbohren. Dadurch, daß sie scheinbar in Truppenstärke auftreten, können sie die Illusion unglaublicher Kraft erwecken. Ihr eingeschüchtertes Gegenüber läuft dann laut schreiend davon, um später von Teufeln und Zauberei zu berichten.

Wir hielten uns nur wenige Tage in dieser heiligen Stätte auf, aber bevor wir weiterzogen, veranstalteten sie in ihrem Allerheiligsten eine besondere Zeremonie für mich. Während dieser Feier ernannten sie mich zu ihrer Sprecherin und vollzogen einen eigenen Ritus, der mir in Zukunft Schutz gewähren sollte. Das Ritual begann damit, daß sie meinen Kopf salbten. Sie setzten mir einen Kranz aus geflochtenem silbergrauen Koalapelz aufs Haupt, in dessen Mitte ein polierter Opal in einem Bett aus Harz ruhte. Dann beklebten sie mich überall, auch im Gesicht, mit Federn. Zu diesem

Anlaß trugen alle Federkostüme. Es war eine wunderschöne Feier, in der sie mit Hilfe von Feder- und Schilfgrasfächern eine Windorgel erklingen ließen. Der Klang war unglaublich und konnte mit sämtlichen Orgeln, die ich in den Kathedralen dieser Welt gehört hatte, mithalten. Sie musizierten auch auf Tonpfeifen und kurzen Holzinstrumenten, die ähnlich wie unsere Flöten klangen.

Jetzt wußte ich, daß sie mich endgültig akzeptiert und aufgenommen hatten. Ich hatte die Prüfungen, die sie mir auferlegt hatten, bestanden, ohne überhaupt zu wissen, daß und wozu ich geprüft wurde. Als ich da in ihrer Mitte stand, ihren Liedern, die sie für mich sangen, und dem reinen Klang ihrer uralten Musik lauschte, war ich zutiefst bewegt.

Am nächsten Morgen verließ nur ein Teil der ursprünglichen Gruppe den geheimen Ort, um mich auf unserer weiteren Reise zu begleiten. Wohin sollte es gehen? Ich wußte es nicht.

26

Glücklicher Nichtgeburtstag

Während unserer Reise feierten wir zweimal ein Fest zu Ehren des besonderen Talents eines Stammesmitglieds. Für jeden in der Gruppe wird irgendwann einmal ein eigenes Fest gefeiert, aber es hat nichts mit dem Alter oder Geburtsdatum dieser Person zu tun. Sie glauben, Sinn der verstreichenden Zeit sei es, einen Menschen besser und weiser werden zu lassen, so daß er sein eigenes Selbst immer deutlicher zum Ausdruck bringen kann. Wenn man selbst der Meinung ist – und wer sonst könnte es so genau wissen –, in dem vergangenen Jahr ein besserer Mensch geworden zu sein, lädt man zu einem Fest ein. Alle anderen werden es respektieren, wenn man selbst soweit zu sein glaubt. Eine der Feiern fand für eine Frau statt, deren Talent – oder auch Medizin – im Leben das Zuhören war. Ihr Name lautete Geheimnisbewahrerin. Egal, worüber man sprechen wollte, ob man sich nun etwas von der Seele reden, etwas beichten oder einfach nur erzählen wollte, man konnte sie immer ansprechen. Die Geheimnisbewahrerin betrachtete diese Gespräche als etwas sehr Persönliches. Sie gab eigentlich keine richtigen Ratschläge, und sie urteilte auch nicht; sie hielt einfach nur die Hand oder den Kopf ihres Gesprächspartners in ihrem Schoß und hörte zu. Dabei schien sie die Menschen zu ermutigen, selbst eine Lösung für ihre Probleme zu finden, indem sie ihren Herzen folgten.

Ich mußte an die Menschen zu Hause in Amerika denken: an die vielen jungen Leute, denen jeder Sinn im Leben abhanden gekommen war; an die Obdachlosen, die glaubten, keinen sinnvollen Beitrag für die Gesellschaft mehr leisten zu können; und an all die Drogensüchtigen, die nur noch in einer anderen Realität als der unseren leben wollten. Am liebsten hätte ich sie alle hierhergebracht, um ihnen zu zeigen, mit wie wenig man manchmal zum Wohl einer Gemeinschaft beitragen kann. Dann würden sie auch erkennen, wie wunderbar es ist, wenn man mit Sicherheit weiß, daß man ein wertvoller Mensch ist.

Genau wie alle anderen in der Gruppe war sich diese Frau ihrer Verdienste durchaus bewußt. Bei dem Fest nahm sie einen leicht erhöhten Ehrenplatz ein. Sie hatte das Universum darum gebeten, für diesen Tag ein Essen in besonders leuchtenden Farben bereitzustellen. Ihre Bitte wurde erfüllt, denn an diesem Abend wanderten wir durch eine Gegend mit Pflanzen, an denen Beeren und Trauben wuchsen.

Schon vor Tagen hatten wir in der Ferne einen Regenschauer beobachtet, und in den Pfützen, die er hinterlassen hatte, schwammen jetzt unzählige Kaulquappen. Sie wurden auf heißen Steinen getrocknet und so zu einer weiteren Mahlzeit, die ich mir nie erträumt hätte. Auf unserem Festtagsmenü stand außerdem noch eine eher unansehnliche Kreatur, deren Lebensraum der Schlamm war.

Auch zu diesem Fest gab es Musik. Ich brachte den »Wahren Menschen« einen texanischen Tanz bei, den »Cotton-Eyed Joe«, den wir ihrem Trommelrhythmus anpaßten. Bald hörte man überall Gelächter. Dann erklärte ich ihnen, daß die »Veränderten« gern mit Partnern tanzten und forderte den Königlichen Schwarzen Schwan auf. Sofort begriff er den Walzerschritt, nur mit dem Rhythmus hatten wir Probleme. Also begann ich die Melodie zu summen und ermunterte alle, mich dabei zu unterstützen. Bald summte die ganze Gruppe, und wir drehten uns im Walzerschritt unter dem weiten australischen Himmel. Als nächstes brachte ich ihnen den Square Dance bei, wobei sich Ooota besonders hervortat. An diesem Abend kamen sie zu der Einsicht, daß ich die Kunst des Heilens in meiner Gesellschaft vielleicht schon so perfekt beherrschte, daß ich mich ganz der Musik zuwenden sollte!

Sie gaben mir einen Spitznamen, was zwar noch kein richtiger Aborigine-Name war, aber zumindest in diese Richtung ging. Sie waren der Meinung, daß ich mehr als nur ein besonderes Talent besaß, und sie hatten erkannt, daß ich sie und ihre Lebensweise lieben und gleichzeitig meiner eigenen treu bleiben konnte. Deshalb tauften sie mich scherzhaft »Zwei Herzen«.

Auf dem Fest zu ihren Ehren sagte ein jeder der Geheimnisbewahrerin, welch ein Gewinn es sei, sie in der Gemeinschaft zu haben und wie sehr alle ihre Arbeit schätzten. Bei aller Bescheidenheit glühte sie vor Stolz und nahm das Lob würdevoll entgegen.

Es war ein wunderbarer Abend. Bevor ich einschlief, bedankte ich mich beim Universum für diesen außerordentlichen Tag und sprach ein »Danke« in den Himmel.

Hätte man mir die Wahl gegeben, wäre ich niemals

mit diesen Menschen aufgebrochen. Von keiner Speisekarte der Welt hätte ich Kaulquappen bestellt. Doch jetzt erkannte ich, wie bedeutungslos bei uns die meisten Feste und Feiertage geworden sind und wie wundervoll sie eigentlich sein konnten.

27

Ausgelöscht

Der Boden vor uns war von der Erosion zerfurcht. Bis zu drei Meter tiefe Schluchten hinderten uns daran, einfach geradeaus zu wandern. Plötzlich verdunkelte sich der Himmel. Riesige graue Gewitterwolken türmten sich über uns auf, und wir konnten am Himmel verfolgen, wie das Gewitter immer näher kam. Nur wenige Meter von uns entfernt schlug ein Blitz in den Boden, gefolgt von einem ohrenbetäubenden Knall. Jetzt folgte ein gezackter Blitz dem anderen. Jeder rannte los, um irgendeinen Unterstand zu suchen. Obwohl wir in alle Richtungen auseinanderstoben, schien keiner von uns einen geschützten Ort zu finden. In diesem Teil des Landes war die Gegend nicht ganz so unfruchtbar. Es gab verkrüppelte Büsche, ein paar einsam vor sich hin kämpfende Bäume und eine stachelige Bodenflechte.

Wir sahen, wie die Wolke aufbrach und eine Regenwand aus ihr herausströmte. Ich konnte das Prasseln in der Ferne hören – es war wie das Geräusch eines Zuges, der stampfend näher kommt. Der Boden unter meinen Füßen bebte. Riesige Wassertropfen fielen vom Himmel. Blitze durchzuckten die schwarze Wolkenwand, und die Donnerschläge waren laut genug, um mein Nervensystem in Alarmbereitschaft zu versetzen. Instinktiv griff ich nach dem Riemen, der um meine Taille gegürtet war. Daran trug ich ein Wassergefäß und einen kleinen geflochtenen Beutel aus Pflanzenfasern, den mir die Heilerin mit vielen Gräsern, Ölen und Pudern gefüllt hatte. Sie hatte mir genau erklärt, woher jedes einzelne stammte und wozu es gut war, aber ich hatte bereits erkannt, daß ihre Behandlungsmethoden genauso schwer zu erlernen waren wie unsere Schulmedizin; sie zu begreifen und zu beherrschen würde genauso lange dauern wie ein Medizinstudium. Ich legte meine Hand auf den Knoten, um sicherzugehen, daß er fest saß.

In all dem Lärm und Aufruhr hörte ich noch etwas. Durchdringend übertönte es alles andere; es war ein neues, aggressives Geräusch, das ich von diesen Menschen nicht kannte. Ooota schrie mir zu: »Greif nach einem Baum! Halt dich an einem Baum fest!« Aber es gab keinen in meiner Nähe. Suchend blickte ich mich um und sah etwas über den Wüstenboden angerollt kommen. Es war riesig, schwarz und ungefähr zehn Meter breit, und es kam unglaublich schnell auf mich zu! Bevor ich noch einen klaren Gedanken fassen konnte, hatte es mich erreicht. Eine Welle wirbelnden, schlammigen und schäumenden Wassers schlug über meinem Kopf zusammen. Die Lawine riß mich fort. Ich rang nach Luft. Meine Hände kämpften sich nach draußen und versuchten irgendwo Halt zu finden. Ich wußte nicht mehr, wo oben und unten war. Schwerer, zäher Schlamm drang in meine Ohren. Ich wirbelte herum und überschlug mich. Als ich seitwärts gegen einen sehr festen Gegenstand geworfen wurde, blieb ich endlich liegen. Ich hatte mich um einen Busch gewickelt. Soweit es möglich war, reckte ich Hals und Kopf vor, um endlich Luft zu kriegen. Meine Lungen schrien nach Sauerstoff. Ich mußte einatmen, mir blieb keine andere Wahl mehr, selbst wenn ich noch immer unter Wasser war. Meine Angst war unbeschreiblich. Ich glaubte mich Gewalten ergeben zu müssen, die ich noch nicht einmal verstand. Doch obwohl ich jetzt fest damit rechnete, zu ertrinken, atmete ich Luft ein und kein Wasser. Ich konnte meine Augen nicht öffnen, weil der Schlamm zu schwer auf meinem Gesicht lag. Der Busch stach mir immer heftiger in die Seite, aber die Wassergewalten zwangen mich dazu, noch mehr Halt bei ihm zu suchen.

So schnell wie alles gekommen war, war es auch wieder vorbei. Die Welle rollte weiter und wurde dabei zunehmend kleiner. Jetzt spürte ich dicke Regentropfen auf meiner Haut. Ich wandte mein Gesicht himmelwärts und ließ mir von dem Regen den Schlamm von meinen Augen waschen. Ich versuchte mich zu strecken und rutschte dabei etwas nach unten. Schließlich wagte ich es, die Augen zu öffnen. Als ich mich umblickte, sah ich, daß meine Beine ungefähr anderthalb Meter über dem Boden baumelten. Ich war in eine der Schluchten halb hinuntergerutscht. Dann hörte ich auch wieder die Stimmen der anderen. Weil ich nicht hochklettern konnte, ließ ich mich einfach auf den Boden fallen. Ich schlug auf den Knien auf und rappelte mich hoch, um durch die Schlucht zu schwanken. Bald erkannte ich, daß die Stimmen aus der entgegengesetzten Richtung kamen, also änderte ich die Richtung.

Schließlich hatten wir uns alle wiedergefunden. Niemand war ernsthaft verletzt worden, aber unsere Schlaffelle waren verschwunden. Verschwunden war auch mein Taillengurt mit seinen wertvollen Lasten.

Wir standen einfach im Regen und ließen den Schlamm, der an unseren Körpern klebte, zur Mutter Erde zurückkehren. Einer nach dem anderen legten die Stammesleute ihre Kleider ab, bis sie vollkommen nackt dastanden, und wuschen den Schmutz aus den Falten und Säumen der Stoffstücke. Auch ich zog mich aus. Im Unterwasserballett hatte ich mein Stirnband verloren, deshalb fuhr ich jetzt mit den Fingern durch das verfilzte Haargewirr auf meinem Kopf. Ich muß einen witzigen Anblick abgegeben haben, denn die anderen eilten herbei, um mir zu helfen. In den Kleidungsstücken, die sie auf dem Boden ausgebreitet hatten, hatte sich Regenwasser angesammelt. Ich mußte mich hinsetzen, und dann begannen sie, mir das Wasser über den Kopf zu schütten und meine Haarsträhnen mit den Fingern zu entwirren.

Als der Regen aufhörte, zogen wir uns wieder an. Nachdem unsere Kleidungsstücke endgültig getrocknet waren, mußten wir nur noch die letzten Sandreste aus ihnen bürsten. Die heiße Luft schien die Feuchtigkeit geradezu aufzusaugen, und meine Haut fühlte sich wie eine Leinwand an, die straff über eine Staffelei gespannt war. Jetzt erzählten mir die Stammesmitglieder, daß sie bei diesen extremen Temperaturen am liebsten völlig nackt gingen, aber weil sie befürchteten, daß mir das unangenehm sein könnte, hatten sie sich als Gastgeber meinen Gebräuchen angepaßt.

Am erstaunlichsten an dieser ganzen Episode war, daß wir nur sehr kurze Zeit wirklich unter Streß gestanden hatten. Wir hatten all unsere Habe verloren, aber schon bald konnten wir wieder lachen. Ich mußte zugeben, daß ich mich nach dieser Springflutabreibung besser fühlte und wahrscheinlich auch besser aussah. Das Gewitter hatte mich mit Gewalt darauf aufmerksam gemacht, wie sehr ich am Leben hing und wie wunderbar es doch war. Diese Berührung mit dem Tod ließ mich auch von meiner Überzeugung Abschied nehmen, daß Freude und Verzweiflung von äußeren Faktoren abhängig waren. Wir hatten buchstäblich alles bis auf die Fetzen an unseren Körpern verloren. Die kleinen Geschenke, die man mir gemacht hatte und die ich mit nach Amerika nehmen und meinen Enkeln vererben wollte, waren zerstört. Ich hatte die Wahl: Sollte ich meinen Verlust laut beklagen oder ihn einfach akzeptieren? War es denn fair, daß ich für diese Lektion in Besitzlosigkeit meine einzigen Besitztümer hatte hingeben müssen? Die Stammesmitglieder erklärten mir, daß man mir ebensogut hätte erlauben können, die Andenken, die weggeschwemmt worden waren, zu behalten. Aber offensichtlich war die Göttliche Einheit der Ansicht, daß ich noch immer zu sehr an weltlichen Dingen hing und ihnen zuviel Bedeutung zumaß. Sollte ich endgültig gelernt haben, nicht die Dinge selbst, sondern die Erfahrung, mit der sie verbunden waren, zu schätzen?

An diesem Abend gruben sie ein kleines Loch in die Erde. Dann entzündeten sie darin ein Feuer und legten mehrere Steine hinein, um sie aufzuheizen. Als das Feuer abgebrannt war und nur noch die Steine dalagen, bedeckten sie diese mit feuchten Zweigen, dicken Gemüsewurzeln und schließlich einer Lage trockenem Gras. Dann schlossen sie die Grube mit einer Sandschicht. Wir standen davor und warteten wie Kinder vor einem Ofen mit Plätzchen. Nach ungefähr einer Stunde gruben wir unser Essen wieder aus und aßen dankbar eine wunderbare Mahlzeit.

Als ich mich an diesem Abend ohne den Komfort eines Dingofells zum Schlafen legte, mußte ich an ein berühmtes Gebet denken: »Lieber Gott, bitte laß mich das, was ich nicht ändern kann, gelassen hinnehmen. Gib mir Mut, das zu ändern, was ich ändern kann, und gib mir die Weisheit, zwischen beiden Dingen zu unterscheiden.«

28

Die Taufe

Nach dem Gewitterregen sprossen überall Blumen hervor. Wo die Landschaft vorher nur trostlose und unfruchtbare Steppe gewesen war, breitete sich jetzt ein farbenprächtiger Teppich aus. Wir gingen auf Blumen, aßen Blumen und schmückten uns mit Girlanden aus Blumen. Es war einfach herrlich.

Wir näherten uns jetzt der Küste und ließen die Wüste hinter uns. Mit jedem Tag wurde die Vegetation üppiger. Die Pflanzen und Bäume wurden immer größer und zahlreicher. Es gab Nahrung im Überfluß und ein breitgefächertes Angebot an Samen, Sprossen, Nüssen und Wildfrüchten, die ich bisher noch nicht kennengelernt hatte. Einer der Männer kerbte einen Baumstamm ein. Wir hielten unsere neuen Blasengefäße daran, und ich konnte sehen, wie das Wasser aus dem Baum direkt in den Behälter lief. Erstmals hatten wir die Gelegenheit, Fische zu fangen. Noch heute kann ich mich an den wunderbaren Räuchergeschmack erinnern. Wir fanden auch zahlreiche Eier von Reptilien und Vögeln.

Eines Tages kamen wir an einem herrlichen natürlichen Wasserbecken vorbei. Den ganzen Tag hatten sie mich schon damit geneckt, daß sie eine ganz besondere Überraschung für mich hätten, und das war es wirklich. Das Wasser war klar und tief. Ein Fluß hatte an dieser Stelle ein großes, steinernes Becken gebildet, das von dichtem Gebüsch umgeben war. Die Atmosphäre war fast wie in einem Dschungel. Wie meine Reisegefährten schon geahnt hatten, war ich begeistert. Das Becken war groß genug, um ausgiebig darin schwimmen zu können, also fragte ich um Erlaubnis, dies zu tun. Sie baten mich um Geduld. Die Bewohner dieses Territoriums würden mir die Erlaubnis geben oder verwehren. Mit dem entsprechenden Ritual baten die Stammesangehörigen darum, das Wasserbecken benutzen zu dürfen. Während sie noch sangen, begann sich die Wasseroberfläche zu kräuseln. Irgend etwas schien sich in der Mitte des Beckens in Bewegung zu setzen und langsam auf das uns entgegengesetzte Ufer zuzusteuern. Dann tauchte plötzlich ein langer, flacher Kopf auf, dem der rauhe Körper eines fast zwei Meter langen Krokodils folgte. Ich hatte völlig vergessen, daß es Krokodile überhaupt gab. Der Gesang lockte ein weiteres Exemplar an die Oberfläche, und dann krochen beide Tiere aus dem Wasser und verschwanden im Gebüsch. Als sie mich jetzt ermunterten, schwimmen zu gehen, hatte meine ursprüngliche Begeisterung merklich nachgelassen.

»Seid ihr auch sicher, daß alle draußen sind?« fragte ich telepathisch. Wie konnten sie sicher wissen, daß es nur zwei Krokodile waren? Sie machten mir Mut, indem sie mit einem langen Ast im Wasser herumstocherten. Aus der Tiefe kam keinerlei Reaktion. Sie stellten einen Wachposten auf, der uns warnen sollte, falls die Krokodile zurückkamen, und dann gingen wir alle schwimmen. Wie erfrischend es war, im Wasser herumzuplanschen und sich einfach treiben zu lassen! Seit Ewigkeiten hatte sich mein Rückgrat nicht so vollständig entspannen können.

So eigenartig dies auch klingen mag, bedeutete die Tatsache, daß ich so furchtlos in das Krokodilbecken eingetaucht war, für mich eine Art zweite Taufe. Ich hatte keine neue Religion entdeckt, sondern grenzenloses Vertrauen.

Wir schlugen unser Lager nicht neben dem Wasserbecken auf, sondern setzten unsere Tagesreise weiter fort. Als wir noch einmal einem Krokodil begegneten, war es ein viel kleineres Tier. An der Art und Weise, in der es uns über den Weg lief, erkannte ich, daß es uns sein Leben schenken wollte, um uns zu speisen. Krokodilfleisch essen die »Wahren Menschen« nur sehr selten. Sie empfinden die Verhaltensweisen dieses Reptils als aggressiv und boshaft, und die Schwingungen des Fleisches könnten sich mit ihren eigenen Schwingungen vermischen. Menschen, die Krokodilfleisch aßen, hatten möglicherweise Probleme damit, friedlich und gewaltlos zu bleiben. Wir brieten auch Krokodileier, aber sie schmeckten einfach scheußlich. Doch wenn man das Universum bittet, Nahrung bereitzustellen, kann man nie voraussehen, was kommt. Man weiß nur, daß alles, als Ganzes betrachtet, seine Ordnung hatte. Das beste war, mit dem Strom zu schwimmen, das Essen in großen Bissen runterzuschlucken und einen Nachschlag abzulehnen.

Auf unserem Weg entlang des Flusses fanden wir zahlreiche Wasserschlangen. Wir fingen sie und ließen sie am Leben, um zum Abendessen frisches Fleisch zu haben. An unserem Lagerplatz beobachtete ich dann, wie einige Stammesmitglieder sich den zischenden

Schlangenkopf in den Mund steckten und ihn mit ihren Zähnen festhielten. Dann bewegten sie ihre Hände ruckartig und brachten dem Tier so einen schnellen Tod, um ihm für seinen Daseinszweck zu danken. Sie glauben fest daran, daß die Göttliche Einheit es nicht zuläßt, daß Lebewesen leiden – außer den Schmerz, den sie für sich selbst akzeptieren können. Dies trifft auf Menschen genauso zu wie auf Tiere. Während das Schlangenfleisch geräuchert wurde, mußte ich mit einem Lächeln an einen alten Freund denken, Dr. Carl Cleveland. Jahrelang hatte er seinen Studenten beigebracht, daß man in seinen Bewegungen absolut präzise sein muß, um Gelenke richtig einzurenken. Eines Tages, nahm ich mir vor, würde ich ihm von den Ereignissen dieses Abends erzählen.

»Niemand sollte mehr leiden als den Schmerz, den er für sich selbst akzeptieren kann.« Das war ein Satz, der mir zu denken gab. Die Seelenfrau hatte mir erklärt, daß sich auf der höchsten Ebene unseres ewigen Wesens jede einzelne Seele dafür entscheiden könne, in einem nicht perfekten Körper geboren zu werden. Sie kamen, um die Leben, die sie berührten, zu beeinflussen und zu belehren. Stammesmitglieder, die in der Vergangenheit ermordet worden waren, hatten sich vor ihrer Geburt eigentlich entschieden, ihr Leben ausgiebig und ganz zu leben. Gleichzeitig wollten sie sich aber zu irgendeinem Zeitpunkt einer anderen Seele zur Verfügung stellen, bei der der Grad der Reife geprüft werden sollte. Wenn sie getötet wurden, geschah dies nicht ohne das Einverständnis ihrer ewigen Wesen, und es war nur ein weiterer Beweis dafür, daß sie den Begriff der Ewigkeit auch wirklich verstanden. Es bedeutete aber auch, daß der Mörder die Prüfung nicht bestanden hatte und in der Zukunft an einem anderen Ort noch einmal auf die Probe gestellt werden würde. Alle Krankheiten und Beschwerden haben ihrer Meinung nach eine spirituelle Bedeutung und bringen den Menschen weiter; wenn man sich ihnen nur öffnet und auf seinen Körper hört, kann man verstehen, was vor sich geht.

An diesem Abend hörte ich, wie die Welt in der schwarzen, unendlichen Wüste lebendig wurde, und ich erkannte, daß ich meine Furcht endgültig überwunden hatte. Ich hatte vielleicht als zögernde Schülerin aus der Stadt begonnen, doch jetzt wußte ich, daß diese Erfahrung hier draußen im Outback gut für mich war. Hier gab es nur Erde, Himmel und uraltes Leben, hier waren die prähistorischen Kneifschalen, Reißzähne und Klauen noch immer gegenwärtig, aber diesem furchtlosen Volk konnten sie nichts anhaben.

Jetzt endlich wußte ich, daß ich soweit war, mich dem Leben, das ich mir offensichtlich erwählt hatte, zu stellen.

29

Freigegeben

Wir waren bergauf gegangen und hatten unser Lager in einer Gegend aufgeschlagen, die viel höher lag als alle, die wir bisher durchwandert hatten. Die Luft war frisch und kühl, und sie sagten mir, das Meer sei nicht mehr fern, auch wenn man es noch nicht sehen konnte.

Es war sehr früh am Morgen. Die Sonne war noch nicht aufgegangen, doch meine Reisegefährten eilten bereits geschäftig umher. Sie trafen Vorbereitungen für ein Morgenfeuer, was ungewöhnlich war. Ich blickte hoch und sah den Falken, der auf einem Ast über mir thronte.

Wir feierten unser übliches Morgenritual. Dann nahm der Königliche Schwarze Schwan meine Hand und führte mich ans Feuer. Ooota erklärte mir, der Älteste wolle einen besonderen Segen aussprechen. Alle versammelten sich um uns, und ich stand innerhalb eines Kreises aus ausgestreckten Armen. Ihre Augen waren geschlossen und ihre Gesichter dem Himmel zugewandt. Auch der Königliche Schwarze Schwan richtete seine Worte an den Himmel. Ooota übersetzte sie mir:

»Wir grüßen Dich, Göttliche Einheit. Mit einer ›Veränderten‹ stehen wir hier vor Dir. Wir sind mit ihr gewandert und wissen, daß auch in ihr noch ein Funke der göttlichen Vollkommenheit glüht. Wir konnten sie in ihrem Innersten berühren, und wir haben vieles in ihr bewegt, doch es ist eine sehr schwere Aufgabe, eine ›Veränderte‹ wieder umzuformen.

Du siehst, daß ihre seltsam blasse Haut immer brauner wird. Die weißen Haare auf ihrem Kopf wachsen sich aus, und schönes braunes Haar hat sich nun dort verankert. Aber ihre eigenartige Augenfarbe konnten wir nicht beeinflussen.

Wir haben dieser ›Veränderten‹ viel beigebracht, und wir haben auch von ihr gelernt. So scheint es bei den ›Veränderten‹ etwas zu geben, das sie Soße nennen. Auch sie kennen die Wahrheit, doch sie liegt unter einer dicken Schicht aus Bequemlichkeit, Materialismus, Unsicherheit und Angst begraben. Dann gibt es bei ihnen noch etwas, das sie Zuckerguß nennen. Dieser Zuckerguß ist ein Symbol dafür, daß sie fast jede Minute ihres Lebens mit Dingen vergeuden, die oberflächlich, künstlich, kurzweilig und von angenehmem Geschmack und Äußeren sind. Für die Entwicklung ihrer ewigen Wesen haben sie nur wenige Sekunden übrig.

Wir haben diese ›Veränderte‹ erwählt, und jetzt geben wir sie frei wie einen Vogel. Wir lassen sie aus ihrem Nest aufsteigen. Sie soll weit und hoch fliegen und schreien wie ein Kookaburra. Allen, die sie hören, soll sie sagen, daß wir diese Welt verlassen.

Wir wollen nicht über die ›Veränderten‹ richten. Wir beten für sie und entlassen sie in diese Welt, so wie wir für uns beten und uns in die Ewigkeit entlassen. Wir beten, daß sie ihre Handlungsweisen und Werte genauer betrachten und lernen, daß alles Leben eins ist, bevor es zu spät ist. Wir beten, daß sie damit aufhören, die Erde und sich selbst zu zerstören. Wir beten, daß es genug ›Veränderte‹ gibt, die kurz davor stehen, zu wahren Menschen zu werden. Nur dann kann sich noch etwas ändern.

Wir beten, daß unsere Botin in der Welt der ›Veränderten‹ gehört und erhört wird.

Ende der Botschaft.«

Die Seelenfrau lief ein Stück mit mir, und als die Sonne durch die Dämmerung brach, deutete sie auf die Stadt, die sich vor uns ausbreitete. Die Zeit war gekommen: Ich sollte in die Zivilisation zurückkehren. Die stechenden schwarzen Augen im runzeligen Gesicht der Seelenfrau waren auf die Ebene unter dem Felsen gerichtet, und sie sagte etwas in der seltsam barsch klingenden Ureinwohnersprache. Dies war also der Morgen des Abschieds – der Stamm entließ mich, und ich entließ meine Lehrer. Hatte ich ihre Lektionen auch richtig gelernt? Die Zeit würde es zeigen. Würde ich mich an alles erinnern? Eigenartigerweise machte ich mir mehr Sorgen darüber, ob ich ihre Botschaft auch richtig vermitteln konnte, als darüber, wie mich die australische Gesellschaft wieder aufnehmen würde.

Wir kehrten zur Gruppe zurück, und jedes einzelne Stammesmitglied verabschiedete sich von mir. Wir tauschten die Abschiedsgeste aus, die auf der ganzen Welt unter Freunden üblich ist – eine Umarmung.

Ooota sagte: »Wir konnten dir nichts geben, was du nicht schon längst hattest. Aber auch wenn wir dir nichts gegeben haben, glauben wir doch, daß du gelernt hast, wie man Dinge annimmt, wie man empfängt und wie man etwas hinnimmt. Das ist unser Geschenk.« Der Königliche Schwarze Schwan nahm noch einmal meine Hände in die seinen. Ich glaubte

Tränen in seinen Augen zu sehen, und ich spürte sie in meinen eigenen Augen. »Ich bitte dich – meine Freundin, verliere niemals deine beiden Herzen«, sagte er, und Ooota übersetzte es mir. »Du bist mit zwei offenen Herzen zu uns gekommen. Jetzt sind sie angefüllt mit Verständnis und Mitgefühl für beide Welten – unsere und die deine. Auch mir hast du ein zweites Herz geschenkt. Ich weiß und verstehe jetzt Dinge, die weit über das hinausgehen, was ich mir jemals vorstellen konnte. Immer werde ich das Andenken an unsere Freundschaft bewahren. Gehe in Frieden, unsere Gedanken werden dich beschützen.«

Seine Augen schienen von innen zu leuchten, als er nachdenklich hinzufügte: »Wir werden uns wiedertreffen, ohne die Last unserer Menschenkörper.«

30

Ein Happy-End?

Als ich die »Wahren Menschen« verließ, wußte ich, daß mein Leben nie wieder so einfach und doch so sinnvoll sein würde wie in diesen letzten paar Monaten. Ein Teil von mir würde sich immer dorthin zurückwünschen.

Für den Weg bis in die Stadt brauchte ich fast den ganzen Tag. Wie ich von dort in meine Stadt und in mein Haus kommen sollte, war mir noch völlig schleierhaft. Ich sah eine Schnellstraße, aber weil ich mich nicht traute, an ihr entlangzuwandern, setzte ich meinen Weg durch den Busch fort. Irgendwann drehte ich mich um und blickte zurück, und genau in diesem Moment kam aus dem Nichts ein Windstoß auf. Meine Fußspuren wurden wie mit einem riesigen Radiergummi aus dem Sand gewischt, und mit ihnen schien jede Verbindung zu meiner Existenz im Outback ausgelöscht zu sein. Der braune Falke, der immer wieder wie ein Wachposten über mir gekreist war, tauchte genau in dem Moment, als ich die Stadtgrenze erreichte, noch einmal über meinem Kopf auf.

In der Ferne sah ich einen älteren Mann stehen. Er trug Jeans, ein Sporthemd, das er unter einen dicken Gürtel gezwängt hatte, und einen alten, aufgetragenen grünen Buschhut. Er lächelte nicht, als ich näher kam, sondern riß seine Augen ungläubig auf.

Gestern hatte ich noch alles, was ich brauchte: Nahrung, Kleidung, Schutz, Leute, die sich um meine Gesundheit sorgten, Gefährten, Musik, Unterhaltung, Beistand, eine Familie und viel fröhliches Gelächter. Und es war alles selbstverständlich gewesen. Aber diese Welt hatte ich jetzt verloren.

Heute würde ich nicht mehr weiterkommen, wenn ich nicht um Geld bettelte. Alles, was ich zum Leben brauchte, mußte gekauft werden. Ich hatte keine Wahl, denn im Moment war ich nichts anderes als eine schmutzige, heruntergekommene Bettlerin. Ich war eine Pennerin ohne das geringste Hab und Gut. Nur ich allein wußte, wer sich hinter dieser äußeren Erscheinung aus Armut und Schmutz verbarg. Meine Einstellung zu den Obdachlosen dieser Welt veränderte sich in diesem Moment für immer.

Ich ging auf den Australier zu und fragte: »Können Sie mir bitte etwas Kleingeld borgen? Ich komme gerade aus dem Busch und muß dringend telefonieren. Ich habe kein Geld bei mir. Wenn Sie mir Ihren Namen und Ihre Adresse nennen, werde ich es Ihnen zurückzahlen.«

Er starrte mich einfach weiter an, und zwar so durchdringend, daß sich die Richtung der Falten auf seiner Stirn veränderte. Dann griff er in seine rechte Hosentasche und zog eine Münze heraus, während er sich mit der linken Hand die Nase zuhielt. Mir war klar, daß mein Körpergeruch wieder ziemlich penetrant sein mußte. Seit meinem seifenlosen Bad in dem Krokodilbecken waren ungefähr zwei Wochen vergangen. Der Mann schüttelte den Kopf: Nein, an einer Rückzahlung war er nicht interessiert. Dann machte er sich schnell aus dem Staub.

Ich ging durch die Straßen und sah ein paar Schulkinder in Grüppchen zusammenstehen. Sie warteten auf den Nachmittagsbus, der sie nach Hause bringen sollte. Sie sahen aus wie typische australische Schulkinder – sauber geschrubbt und in ihren Uniformen absolut identisch gekleidet. Nur die Schuhe verrieten eine Spur von Individualität. Sie starrten auf meine nackten Füße, die jetzt mehr Hufen als Frauenfüßen glichen.

Ich wußte, daß ich fürchterlich aussah, und hoffte nur, daß sie der Anblick meines nur dürftig bekleideten Körpers und der seit über einhundertundzwanzig Tagen ungekämmten Haare nicht allzusehr erschrekken würde. Die Haut in meinem Gesicht, auf Schultern und Armen hatte sich mittlerweile so oft geschält, daß ich mit Flecken und Sommersprossen übersät war. Außerdem war mir ja schon bestätigt worden, daß ich, um es ganz ohne Beschönigung zu sagen, fürchterlich stank!

»Entschuldigt mich«, sagte ich. »Ich bin gerade erst aus dem Busch gekommen. Könnt ihr mir sagen, wo es hier ein Telefon gibt, und weiß vielleicht zufällig einer von euch, wo das nächste Telegrafenamt ist?«

Ihre Reaktion war ermutigend. Sie fürchteten sich nicht, sondern platzten fast vor Gekicher und Gelächter. Mein Akzent schien die allgemeine Überzeugung der Australier nur zu bestätigen: Die Amerikaner sind einfach ein seltsames Volk. Sie sagten mir, die nächste Telefonzelle sei nur zwei Blocks entfernt.

Ich rief in meinem Büro an und bat darum, mir telegrafisch Geld anzuweisen. Sie gaben mir die Adresse des hiesigen Telegrafenamtes. Als ich dort ankam, erkannte ich an den Gesichtern der Leute, daß man ihnen gesagt hatte, sie sollten nach jemand mit einer sehr ungewöhnlichen Erscheinung Ausschau halten. Zögernd händigte mir die Angestellte auch ohne die notwendigen Ausweispapiere das Geld aus. Als ich das Bündel Banknoten nahm, besprühte sie den Schalter und auch mich mit irgendeinem Desinfektionsmittel.

Mit dem Geld in der Hand nahm ich ein Taxi zu einem großen Kaufhaus und kaufte mir Hosen, ein Hemd, Gummischlappen, Shampoo, eine Haarbürste, Zahnpasta, Zahnbürste und Haarklammern. Der Taxifahrer hielt an einem kleinen Markt, wo ich mir eine Plastiktüte mit frischem Obst und sechs Flaschen unterschiedlicher Säfte füllte. Dann fuhr er mich zu einem Motel, wo er so lange wartete, bis sie mir Einlaß gewährt hatten. Wir hatten beide bezweifelt, ob sie mir überhaupt ein Zimmer vermieten würden, doch eine Hand voller Banknoten schien eine deutlichere Sprache zu sprechen als der seltsamste Aufzug. Ich drehte das Badewasser an und segnete die Erfindung der Badewanne. Während das Wasser einlief, rief ich verschiedene Fluggesellschaften an, um für den kommenden Tag einen Flug zu buchen. Die nächsten drei Stunden ließ ich mich in der Badewanne aufweichen. Dabei dachte ich ausführlich über die letzten Jahre und ganz besonders über die letzten Monate meines Lebens nach.

Am nächsten Tag bestieg ich ein Flugzeug. Mein Gesicht war frisch geschrubbt und mein Haar zwar häßlich, aber sauber. Ich humpelte in den Gummilatschen, die ich hatte zurechtschneiden müssen, um sie über meine Hufe ziehen zu können, aber ich roch wunderbar! Ich hatte vergessen, mir Kleidung mit

Taschen zu kaufen, deshalb hatte ich mir das Geld in mein Hemd gestopft.

Meine Hauswirtin war froh, mich zu sehen. Ich hatte recht gehabt: Sie hatte während meiner Abwesenheit die Miete für mich vorgestreckt. Es war alles kein Problem, ich mußte es ihr nur zurückzahlen. Der unheimlich freundliche australische Händler, der mir kurz vor meinem Verschwinden einen Fernseher und einen Videorecorder überlassen hatte, hatte mir noch nicht einmal eine Mahnung geschickt oder versucht, die Ausrüstung wieder in seinen Besitz zu bringen. Auch er freute sich, mich zu sehen. Er war sich sicher gewesen, daß ich nicht einfach verschwinden würde, ohne ihm seine Ware zurückzugeben und die Rechnung zu begleichen. Auch meine Arbeit war noch immer da und wartete darauf, daß ich mich ihr wieder zuwendete. Meine Kollegen waren zwar verärgert, aber machten Witze und fragten, ob ich etwa zum Opalschürfen gegangen sei, statt ins Büro zu kommen. Ich erfuhr, daß der Besitzer des Jeeps sich bereit erklärt hatte, seinen Wagen in der Wüste abzuholen und dann meinen Arbeitgeber zu informieren, falls Ooota und ich nicht zurückkehren sollten. Er hatte ihnen gesagt, ich sei auf einem Walkabout, was soviel bedeutete wie: Ziel unbekannt und Reisezeit gemessen nach Aborigine-Maßstäben der Nicht-Zeit. Es war ihnen nichts anderes übriggeblieben, als meine Entscheidung zu akzeptieren. Niemand anderer hatte meine Arbeit abschließen können, deshalb lag immer noch alles da und wartete auf mich.

Ich rief meine Tochter an. Sie war erleichtert und wollte unbedingt ganz genau wissen, was ich alles erlebt hatte. Sie gestand mir jedoch, daß mein Verschwinden sie nie ernsthaft beunruhigt habe. Wenn ich wirklich in Schwierigkeiten gesteckt hätte, davon war sie überzeugt, hätte sie es irgendwie gespürt. Ich öffnete den ganzen Stapel Post, der sich angesammelt hatte, und erfuhr, daß man mich von der Familienliste für Weihnachtspost gestrichen hatte! Es gab keine Entschuldigung dafür, daß ich versäumt hatte, Weihnachtsgeschenke zu verschicken.

Lange Fußbäder und der Einsatz von Bimsstein und Hautlotion waren nötig, um meine Füße wieder an Strumpfhosen und Schuhe zu gewöhnen. Einmal hatte ich sogar zu einem Elektromesser gegriffen, um ein Großteil der toten Haut- und Hornschichten einfach abzusägen!

Ich war für die eigenartigsten Gegenstände dankbar, zum Beispiel für den Rasierapparat, mit dem ich die dicken Haarbüschel, die mir unter den Achseln gewachsen waren, entfernte, die Matratze, die mich aus der Gefahrenzone der winzigkleinen Ungezieferrachen heraushob, und für eine Rolle Klopapier. Immer wieder versuchte ich den Leuten von dem Ureinwohnerstamm zu erzählen, der mir so ans Herz gewachsen war. Ich versuchte ihnen deren Lebenweise zu erklären, ihr Wertesystem und vor allem ihre besorgte Botschaft über unseren Planeten. Jedesmal, wenn ich in den Zeitungen wieder etwas über die ernstzunehmenden Umweltschäden las und die Mahnungen hörte, daß bald die grünsten und üppigsten Vegetationen verbrannt und verschwunden sein könnten, wußte ich, daß es stimmte: Der Stamm der »Wahren Menschen« hatte gehen müssen. Sie konnten schon kaum von der Nahrung leben, die sie vorfanden – von zukünftigen Strahlenschäden ganz zu schweigen. Sie hatten recht gehabt, als sie behaupteten, Menschen könnten keinen Sauerstoff produzieren. Nur Bäume und Pflanzen sind dazu in der Lage. In ihren Worten bedeutete das: »Wir zerstören die Seele der Erde.« Unsere Gier nach technischem Fortschritt hat eine tiefliegende Unwissenheit aufgedeckt, die eine ernsthafte Bedrohung für alles Leben darstellt. Es ist eine Unwissenheit, der nur entgegengewirkt werden kann, wenn wir uns vor der Natur verbeugen. Die »Wahren Menschen« haben sich das Recht verdient, ihre Rasse auf diesem bereits übervölkerten Planeten nicht länger fortbestehen zu lassen. Seit Anbeginn der Zeiten sind sie ein ehrliches, aufrechtes und friedliebendes Volk, das seine enge Verbindung mit dem Universum nie in Frage gestellt hat.

Es war mir völlig unverständlich, daß sich von all den Menschen, mit denen ich sprach, niemand für das Wertesystem der Aborigines interessierte. Mir war klar, daß der Versuch, das Unbekannte und Andere zu begreifen, auch eine Bedrohung darstellte. Aber ich bemühte mich zu erklären, daß dies unser Bewußtsein erweitern konnte. Viele Probleme in unserer Gesellschaft könnten so gelöst werden, ja sogar Krankheiten ließen sich heilen. Ich traf auf taube Ohren. Die Australier gingen in die Defensive. Selbst Geoff, der vor meiner Reise sogar schon vom Heiraten gesprochen hatte, konnte nicht akzeptieren, daß von einem Buschvolk irgendwelche Weisheiten kommen sollten. Er fand es wunderbar, daß ich so ein einmaliges Abenteuer erlebt hatte, und hoffte, daß ich nun Ruhe geben und an der Rolle, die man als Frau von mir erwartete, Geschmack finden würde. Irgendwann verließ ich dann Australien. Mein Gesundheitsvorsorge-Projekt war abgeschlossen, aber meine Geschichte von den »Wahren Menschen« war nicht erzählt.

Die nächste Etappe meiner Lebensreise wurde offensichtlich nicht von mir selbst, sondern von einer höheren Macht gesteuert.

In dem Flugzeug, das mich in die USA zurückbrachte, begann der Mann neben mir eine Unterhaltung. Er war ein Geschäftsmann mittleren Alters mit einem jener Wohlstandsbäuche, die zum Platzen reif scheinen. Wir plauderten über alle möglichen Themen und schließlich auch über die australischen Ureinwohner. Ich erzählte ihm von meinen Erlebnissen im Outback. Er hörte mir aufmerksam zu, aber mit seiner abschließenden Bemerkung faßte er all die Reaktionen, die ich erfahren hatte, zusammen: »Na ja, schließlich hat bisher niemand gewußt, daß diese Menschen überhaupt existieren«, sagte er, »was macht es also, wenn sie verschwinden? Offengestanden glaube ich nicht, daß dies irgend jemandem Kopfzerbrechen bereiten wird. Und außerdem heißt es ihre Vorstellungen gegen unsere. Und kann eine ganze Völkergemeinschaft unrecht haben?«

Mehrere Wochen lang lag mein Andenken an die wunderbaren »Wahren Menschen« in Geschenkpapier gewickelt und versiegelt fest in meinem Herzen und hinter meinen Lippen. Diese Menschen hatten mein Leben so tiefgehend berührt und beeinflußt, daß ich fast glaubte, »Perlen vor die Säue zu werfen«, wenn ich die negativen Reaktionen riskierte, die ich erwarten mußte. Mit der Zeit erkannte ich jedoch, daß meine alten Freunde echtes Interesse hatten. Einige baten mich, Vorträge über meine einzigartige Erfahrung zu halten. Die Reaktion war immer die gleiche:

Mein Publikum war gefesselt. Die Menschen erkannten, daß man zwar einmal Getanes nicht mehr rückgängig machen kann, aber daß man etwas ändern kann.

Es stimmt, die »Wahren Menschen« verlassen den Planeten, aber uns bleibt ihre Botschaft – trotz unseres Soßen- und Zuckerguß-Lebensstils. Wir wollen die »Wahren Menschen« nicht am Gehen hindern und sie überreden, wieder Kinder in die Welt zu setzen. Das geht uns nichts an. Wir sollten uns aber bemühen, ihre friedliebenden, sinnvollen Werte in unser Leben zu integrieren. Ich weiß, daß jeder von uns zwei Leben hat: eins, um zu lernen, und eins, in dem wir das Gelernte anwenden. Es ist an der Zeit, dem angsterfüllten Stöhnen unserer Brüder und Schwestern Gehör zu schenken – und der Erde, die sich in Schmerzen windet.

Vielleicht läge die Zukunft der Welt in besseren Händen, wenn wir endlich Abstand davon nehmen würden, ständig Neues zu entdecken, und uns statt dessen auf unsere Vergangenheit besännen.

Der Stamm der »Wahren Menschen« kritisiert unsere modernen Erfindungen nicht, denn für sie ist das menschliche Dasein eine Erfahrung, die von Selbstverwirklichung, Kreativität und Abenteuer geprägt ist. Aber sie sind der Ansicht, daß wir »Veränderten« bei unserem Wissensdurst einen Satz beachten müssen: »Wenn es zum Besten allen Lebens auf der Welt ist.« Sie hoffen, daß wir lernen, materiellen Besitz anders zu bewerten und entsprechend damit umzugehen. Auch sie glauben, daß die Menschheit einem paradiesischen Zustand noch nie so nahe war wie jetzt. Wir haben die Technologien, Nahrung für alle

Menschen in der Welt zu beschaffen. Wenn wir nur wollten, könnte jeder Mensch auf dieser Welt alles haben, was er braucht: die Möglichkeit, sich selbst zu verwirklichen und zu achten, ein Dach über dem Kopf und vieles mehr.

Ermutigt und unterstützt von meinen Kindern und engen Freunden, begann ich meine Erfahrungen im Outback niederzuschreiben. Auch kam ich den vielen Einladungen zu Vorträgen nach. Ich sprach vor öffentlichen Organisationen, in Gefängnissen, Kirchen, Schulen und so weiter. Die Reaktionen waren gespalten. Der Ku-Klux-Klan erklärte mich zur Feindin, eine andere weiße Rassistenvereinigung aus Idaho versah während meiner Vorträge alle Autos auf den Parkplätzen mit ihren Hetzschriften. Die Anhänger einer ultrakonservativen christlichen Sekte verkündeten mir nach einem meiner Vorträge, alle Völker im Outback seien Heiden und für die Hölle bestimmt. Vier Mitarbeiter einer der führenden Forschungssendungen im australischen Fernsehen flogen in die USA, versteckten sich vor einem meiner Vorträge in einem Schrank und versuchten alles, was ich sagte, in Frage zu stellen. Sie glaubten sicher zu sein, daß kein einziger Aborigine der Volkszählung entgangen war und einfach wild im Busch lebte. Sie bezeichneten mich als Betrügerin. Doch irgendwann trat ein wunderbares Gleichgewicht ein. Im Ausgleich für jeden bösen Kommentar gab es immer einen anderen Zuhörer, der unbedingt mehr über mentale Telepathie lernen oder erfahren wollte, wie man statt Waffen Illusionskunst einsetzt. Es gab Leute, die einfach alles über die Werte und Gebräuche der »Wahren Menschen« hören wollten.

Oft werde ich gefragt, wie diese Erfahrung mein

Leben verändert hat. Meine Antwort lautet: grundlegend. Kurz nachdem ich nach Amerika zurückgekehrt war, verstarb mein Vater. Ich war bei ihm, hielt seine Hand und gab ihm für seine Reise meine Liebe und meinen Beistand mit auf den Weg. Am Tag nach der Beerdigung bat ich meine Stiefmutter um ein kleines Andenken an ihn – einen Manschettenknopf, eine Krawatte oder einen alten Hut. Sie verweigerte es mir. »Für dich gibt es nichts«, sagte sie. Statt verbittert zu reagieren, wie ich es früher vielleicht getan hätte, segnete ich in Gedanken nur die geliebte Seele und verließ das Haus meiner Eltern ein letztes Mal. Ich war stolz auf mich selbst, blickte in den klaren blauen Himmel und zwinkerte meinem Dad zu.

Ich weiß, daß ich aus dieser Situation nichts gelernt hätte, wenn meine Stiefmutter liebevoll gesagt hätte: »Aber natürlich. Dieses Haus ist voll von Andenken an deine Eltern. Such dir etwas aus, das dich an deinen Vater erinnert.« So hatte ich es nämlich erwartet. Daran, daß man mir etwas verweigert hatte, was mir rechtmäßig zustand, war ich gewachsen, und ich erkannte, daß alles zwei Seiten hat. Die »Wahren Menschen« hatten mir gesagt, daß es nur eine Möglichkeit gebe, eine Prüfung zu bestehen; man mußte sich ihr stellen. Ich bin in meinem Leben an einem Punkt angelangt, an dem ich die Möglichkeit zu einer spirituellen Prüfung erkenne und wahrnehme, selbst wenn die Umstände erst einmal sehr negativ erscheinen. Man kann die Dinge wahrnehmen und beobachten, und man kann sein Urteil über sie abgeben. Heute kann ich zwischen diesen beiden Dingen unterscheiden. Ich habe gelernt, daß wir aus allem einen spirituellen Gewinn ziehen können.

Vor kurzem wollte mich jemand, der meinen Vortrag gehört hatte, einem Mann aus Hollywood vorstellen. Es war ein kalter, verschneiter Januarabend in Missouri. Wir gingen zusammen essen, und ich redete mehrere Stunden am Stück, während Roger und die anderen Gäste aßen und Kaffee tranken. Am nächsten Morgen rief er bei mir an, um mit mir über die Möglichkeiten zu einem Film zu reden.

»Wo sind Sie gestern abend geblieben?« fragte er. »Wir haben die Rechnung gezahlt, unsere Mäntel geholt und uns voneinander verabschiedet, als plötzlich jemandem auffiel, daß Sie verschwunden waren. Wir haben Sie draußen gesucht, aber Sie waren einfach verschwunden; es gab noch nicht einmal eine Spur im Schnee!«

»Ja«, erwiderte ich. Meine Antwort stand vor mir, als wäre sie in feuchten Beton geschrieben: »Ich habe vor, das, was ich im Outback gelernt habe, für den Rest meines Lebens anzuwenden. Und zwar alles! Sogar die Kunst der Illusion!«

»Ich, Burnum Burnum, ein Ureinwohner Australiens aus dem Wurundjeri-Stamm, erkläre hiermit, daß ich jedes Wort des Buches *Traumfänger* gelesen habe.

Es ist in meinem Leben das erste Buch, das ich von der ersten bis zur letzten Seite in einem Zug verschlungen habe. Ich habe es mit großer Freude und Hochachtung gelesen. Es ist ein Klassiker, und an keiner Stelle wird das Vertrauen, das wir ›Wahren Menschen‹ der Autorin geschenkt haben, mißbraucht. Unsere Ansichten und esoterischen Erkenntnisse werden vielmehr in einer Art und Weise dargestellt, die mich sehr stolz auf meine Herkunft machen.

Indem Du der Welt von Deinen Erfahrungen erzählst, hast Du einen historischen Fehler richtiggestellt. Im sechzehnten Jahrhundert hat uns der holländische Forschungsreisende William Dampier als ›das primitivste, elendigste Volk auf dem Erdenboden‹ bezeichnet. Dein Buch erhebt uns wieder zu einem höheren Bewußtsein und läßt uns als das königliche und majestätische Volk erscheinen, das wir sind.«

Aus einem Brief von Burnum Burnum,
einem Ältesten der Wurundjeri

Danksagung

Ohne zwei ganz besondere Menschen wäre dieses Buch niemals entstanden – zwei Seelen, die mich unter ihre schützenden Schwingen genommen und geduldig ermutigt haben, mich emporzuschwingen und zu fliegen. Ich bedanke mich bei Jeanette Grimme und Carri Garrison, daß sie mich auf dieser literarischen Reise begleitet haben, und zwar mit einer Intensität, die unbeschreibbar ist.

Ich bedanke mich bei dem Autor Stephen Mitchell für seine Anteilnahme und Ermutigung, indem er schrieb: »Wenn ich nicht immer ihre Worte übersetzt habe, so war es doch mein oberstes Gebot, das, was sie denken, herüberzubringen.«

Ich bedanke mich bei Og Mandino, Dr. Wayne Dyer und Dr. Elisabeth Kübler-Ross, die alle hervorragende Autoren, Dozenten und »Wahre Menschen« sind.

Ich danke Marshall Ball dafür, daß er seiner Berufung zum Lehrer sein ganzes Leben gewidmet hat.

Außerdem möchte ich mich noch bei folgenden Personen bedanken: Tante Nola, Dr. Edward J. Stegman, Georgia Lewis, Peg Smith, Dorothea Wolcott, Jenny Decker, Jana Hawkins, Sandford Dean, Nancy Hoflund, Hanley Thomas, Rev. Marilyn Reiger, Rev. Richard Reiger, Walt Bodine, Jack Small, Jeff Small und Wayne Baker bei Arrow Printing, Stephanie Gunning und Susan Moldow bei Harper Collins, Robyn Berm, Candice Fuhrman und ganz besonders bei MM-Co.-Direktor Steve Morgan.